귀경찰의 리셋 라이프

The Reset Life

회귀 경찰의 리셋 라이프 37

초판 1쇄 발행 2024년 8월 19일

지은이 ｜ 한길
발행인 ｜ 최원영
편집장 ｜ 이호준
편집디자인 ｜ 최은아
영업 ｜ 김민원 조은걸

펴낸곳 ｜ ㈜ 디앤씨미디어
등록 ｜ 2002년 4월 25일 제20-260호
주소 ｜ 서울시 구로구 디지털로32길 30 코오롱디지털타워빌란트 1301-1308호
전화 ｜ 02-333-2513(대표)
팩시밀리 ｜ 02-333-2514
E-mail ｜ papy_dnc@dncmedia.co.kr
블로그 ｜ blog.naver.com/gnpdl7

ISBN 979-11-364-5541-3 04810
ISBN 979-11-364-2581-2 (SET)

※ 저자와 협의하여 인지는 붙이지 않습니다.
※ 이 책은 ㈜ 디앤씨미디어(파피루스)가 저작권자와의 계약에 따라 발행한 것으로 본사와 저자의 허락 없이는 어떠한 형태나 수단으로도 내용을 이용할 수 없습니다.

한길현대 판타지 장편소설

Papyrus Modern Fantasy

회귀 경찰의
리셋 라이프
37

1장. 덫(2) ·················· 7

2장. 언제나 여기에 있었다 ·················· 39

3장. 일본으로 ·················· 155

4장. 재난 특수 ·················· 215

5장. 귀국 ·················· 319

1장. 덫(2)

덫(2)

"방금 전 사무실에 감금되었다고 하셨죠."
그런데 왜 지금은 이런 일반 주택의 2층에서 살고 있을까.
오민영의 흔적을 제외한 타인의 흔적이 없는 집. 감시자는 없는 것일까.
"이젠 저도 범죄를 저질렀다고……."
"아."
종혁이 뒷목을 주무른다.
범죄자 놈들이 일반인을 끌어들였을 때 자주 써먹는 수법이다.
너도 이제 범죄를 저질렀으니 공범이다.
나를 신고하면, 너도 함께 잡혀 들어간다며 협박하는 것이다.

하지만 이것은 잘못된 이야기였다.

협박으로 다른 이를 범죄에 가담시켰을 경우, 이는 공범으로 보지 않고 정범으로 취급된다.

물론 경우에 따라 다르겠지만, 범죄를 강요한 이들과 똑같은 처벌을 받을 리는 없다는 이야기였다.

오민영은 고개를 푹 숙인 채 말을 이었다.

"감시하는 사람은 없지만, 데려다주는 사람은 있어요."

전화를 할 때 대본과 핸드폰을 가져오고, 돈을 뽑을 때 은행으로 데려다주는 사람이 있다.

"대본이요?"

"성준 오빠에게 보낼 메시지나 사진 같은 거요. 저도 알아야 한다고……. 그리고 통화할 때 옆에서 감시를 해요."

그리고 다른 말 못하도록 핸드폰을 거둬 간다.

"하!"

정말 가지가지 하고 있다.

"그놈 언제 옵니까?"

"내일이요."

내일이 장성준에게 전화를 하는 날이다.

그와 거짓된 관계를 맺은 지 벌써 4년이다.

처음에는 매일같이 전화를 했지만, 완전히 넘어왔다고 생각된 순간부터는 일정 주기에만 통화를 했다.

"내일이요……."

빠득!

종혁의 눈이 번들거리기 시작했다.

* * *

"안녕히 가세요!"
인사를 하는 은행원의 환한 미소에 고개를 끄덕인 여성이 은행을 나선다.
주변을 둘러본 그녀가 눈을 굴린다.
여기 은행으로 데려다준 사람이 보이지 않는다.
울컥 하나의 생각이 떠오른다.
'도망칠까.'
도망을 가고 싶다. 더 이상 이 짓을 하기 싫다.
하지만 도망쳤다가 붙잡히기라도 한다면, 지금보다 더한 지옥을 겪게 될 터였다.
그녀는 주변을 두리번거리며 잠시 기다렸다.
1분, 2분.
몇 분이 흘러도 보이지 않는 감시자.
'그래, 이게 마지막 기회일 수도 있어!'
주먹을 꽉 쥔 여성이 돈봉투를 소중히 품에 끌어안은 채 몸을 돌린다.
그 순간이었다.
턱!
어깨를 잡는 손에 기겁하며 고개를 돌린 그녀,
한 남성이 그녀를 향해 미소를 짓는다.

"이 씨발 쌍년이."

철컹!

"어디 가려고, 씨발년아. 내가 안 보이니까 헛생각이 들지? 그 돈이면 도망칠 수 있을 것 같지?"

귓가에 속삭여지는 말에 그녀의 다리가 풀린다.

"우으!"

들켰다.

하얗게 질린 그녀가 다급히 손을 움직이며 무언가 말을 하려고 하지만, 남성은 듣지 않은 채 그녀의 허리를 꽉 끌어안는다.

그러며 마치 연인처럼 거리를 걷는다.

"입 닥치고 따라와."

그녀를 데리고 은행 건물의 옆 골목으로 들어가, 정차시켜 둔 승합차에 그녀를 밀듯 태운 그.

짜아악!

"씨발년. 개 같은 년."

"우으! 우으으!"

"수화 따위 모른다고, 이년아!"

짝! 짝짝!

뺨을 내려치는 무자비한 폭행에 그녀는 몸을 웅크리는 것 말곤 할 수 있는 게 없었다.

그렇게 얼마나 맞고, 때렸을까.

숨이 거칠어진 사내가 짧은 머리를 쓸어 올리며 얼굴을 구긴다.

"아, 이 씨발년이 아침부터 사람 땀 빼게 하고 있어! 콱 그냥 섬에다 팔아 버릴까 보다!"

"우, 우으으!"

경악한 여성이 다급히 사내를 잡으며 고개를 젓는다.

제발 그러지 말아 주세요.

눈으로 간절히 외친다.

그 흐트러진 모습에 사내의 입술이 비틀어진다.

"야, 너처럼 도망치려다 걸린 년들이 어떻게 됐는지 들어서 알지?"

"우아으!"

안다. 누군가는 탈출할 수 없는 섬에 끌려가 노예가 됐고, 누군가는 내장과 각막이 모두 끄집어내졌다고 한다.

모두 눈앞의 사람이 해 준 말이다.

"그럼 어떡해야겠어?"

흠칫!

몸을 굳힌 그녀가 고개를 푹 숙이며 점퍼로 손을 가져가자, 사내는 그걸 말리며 운전석으로 향한다.

"앞에 타, 이년아."

사내가 운전석에 오르자 뒤이어 보조석에 오른 그녀.

스윽.

사내의 손이 여성의 허벅지 안으로 들어간다.

부르릉!

둘을 태운 차가 근처의 모텔로 향한다.

* * *

"아주 씨발, 한 번만 더 그래 봐. 진짜 섬에다 팔아 버릴 거니까. 섬에 팔린 애들이 어떻게 되는지는 들어서 알지?"

이불을 끌어안은 채 고개를 끄덕이는 여성을 본 사내는 코웃음을 쳤다.

"아직 대실 시간 남았으니까 TV나 보고 가든가."

쾅!

사내가 문을 닫고 나가자 여성은 눈물을 흘렸다.

한편 모텔을 벗어나 한참을 운전한 사내가 한 건물 앞에 멈춰 선다.

"다녀왔습니다!"

건물 3층, 대호캐피탈이라는 사무실의 문을 열고 들어간 그.

사내는 바로 가장 안쪽에 있는, 장년인이 앉아 있는 책상으로 걸어가 방금 전 여성에게 뺏은 돈봉투를 내려놓는다.

장년인은 안에 든 지폐를 옆에 놓인 지폐 계수기에 넣는다.

촤라라라락!

"왜 이렇게 늦게 왔어?"

서늘해지는 장년인의 눈빛.

사내가 마른침을 삼킨다.

입술을 달싹거리다가 멈춘다.

"공사 중이라서 차도 밀리고, 배도 고파서 말입니다. 죄송합니다!"

촤라락!

지폐가 모두 내려온 지폐 계수기에 찍힌 숫자를 확인한 장년인이 손을 젓는다.

"옙!"

"아, 김 군아."

"예, 사장님!"

"물장사하는 새끼들이 첫 번째로 생각하는 원칙이 뭔지 알아?"

"그, 글쎄요?"

"바로 가게 아가씨랑 연애하지 않는 거야."

움찔!

"그, 그렇습니까? 모, 몰랐습니다."

"우리 비즈니스만 하자."

"예, 예!"

"자, 여기 인센티브."

"감사합니다, 사장님!"

허리를 넙죽 숙인 사내가 사무실을 나가자 장년인, 대호캐피탈의 사장은 담배를 물었다.

"저 새끼도 곧 치워야겠네."

끼이익!

"내일부터 나오지 말라고 할까요?"

옆에서 열린 문에서 삼십대 사내가 걸어 나온다.

그런 그의 뒤를 고개를 숙인 채 따라 나오는 한 여성.

통장과 돈 몇 백만 원이 든 종이백을 소중히 쥔 여성은 사내에게 허리를 숙인 후 사무실을 빠져나가고, 사장과 사내 둘 모두 입술을 비튼다.

"박 과장."

사장의 표정이 온화해진다.

사채가 주력이었던 대호캐피탈에 꿩 먹고 알 먹는 캐시카우, 이 대박 사업 아이템을 제공한 박 과장.

그가 이 사업 아이템을 제안했을 때를 떠올린 사장은 웃음을 터트리며 말을 이었다.

"세상엔 참 병신 놈들이 많아."

"그러게 말입니다."

손 한 번 못 잡아 본, 아니 얼굴 한 번 못 본 여자를 위해 돈을 꼬라박는 개 병신 호구 새끼들이 이렇게 많을 줄이야.

정말 누워서 헤엄치기가 따로 없다.

어디 그뿐인가.

"방금 나간 저년까지 해서 이번 달에 작업 끝낸 병신년들 명단입니다."

세 여성의 주민등록증 복사본과 억대의 차용증들.

"오, 이번 달엔 좀 많네?"

보통 끽해야 한 달에 한 명인데, 이번 달엔 무려 세 명이다.

"이번에도 그 방법을 쓴 거야?"

"예."

언제나 일자리가 필요한 장애인들.

남성 장애인들은 그나마 안마사나 생산직 등 일자리들이 많고, 또 골라서도 할 수 있다.

하지만 여성 장애인들은 그러기가 힘들다.

남성보다 육체 노동을 덜하는 일을 찾을 수밖에 없는 여성 장애인들.

건전 마사지의 여성 안마사나 인형 눈알, 봉투 접기, 상자 접기 등 눈이 보이고 손만 움직일 수 있다면 할 수 있는 단순노동들엔 언제나 경쟁자가 넘친다.

문제는 눈이 보이지 않거나 손이 불편한 여성 장애인들이다.

박 과장은 그런 여성 장애인들에게 일자리를 알선해 준다고 접근한다. 그리고 이미 입을 맞춘 업체에 일자리를 알선해 주고, 그곳에서 큰 손해를 보게끔 만든다.

그녀들의 실수인 척 고가의 도자기를 부순다든가, 기계를 망가트린 후 그것을 배상하기 위해 대호캐피탈에서 돈을 빌리게 만든다.

적게는 수천만 원부터 수억 원까지.

그녀들이 평생 가도 갚을 수 없는 돈을 빌리게 만들어 목줄을 채우는 것이다.

계속해서 불어나는 이자를 감당할 수 없는 그녀들은 자

신의 뜻을 따를 수밖에 없고, 대한민국 어딘가에 있는 호구에게 낚싯대를 드리우게 된다.

물론, 그녀들이 망가뜨린 도자기나 기계는 처음부터 망가져 있던 물건들이고, 그녀들을 통해 업체의 사장들에게 들어간 돈은 수수료를 조금 떼 준 후 돌려받는다.

즉, 수수료 조금 떼 주는 것만으로 자신을 위해 계속 일해 줄 노예를 손에 넣는 셈이었다.

그게 현재 박 과장이 총괄하고 있는 사업의 개요였다.

"크. 역시 클래식이 최고라니까."

예전부터 사채업자들이 돈을 가져다 바칠 노예들이 필요할 때 잘 써먹던 방법. 고전이라고 할 수 있다.

'이런 걸 왜 그제야 안 건지!'

돈을 못 갚는 여자들을 섬이나 배, 시골 유흥주점, 다방에 가져다 파는 것보다 몇 배는 남는 장사.

잘만 굴리면 통나무용, 장기 매매용으로 팔아넘기는 것보다 약간 더 낫다.

사장은 먹지 않아도 배가 부르다는 느낌이 이런 건가 싶었다.

"그런데 너무 많이 써먹는 거 아니야? 그러다가 그쪽 바닥에 소문이 날 수도 있을 텐데……."

아무래도 여성 장애인들만 타깃으로 하다 보니 그들만의 커뮤니티에 소문이 돌 수밖에 없고, 벌써 이 짓만 4년째다 보니 이미 알 사람은 다 안다고 봐야 했다.

"그렇지 않아도 다른 도시로 원정을 뛸까도 생각 중입

니다."

"흠. 초기 자본이 좀 들어가겠네. 기획해서 예산 청구해."

"아니면 깜빵 사기꾼 동기 놈이 자기랑 사업 하나 하자고 한 것도 있습니다."

"사업?"

"예. 장애인들을 대상으로 한 투자 보증 사기라는데……."

박 과장이 사기에 대해 주욱 설명하자 사장의 눈이 빛난다.

"와꾸 좋네. 출소하면 나한테 오라고 해. 투자한다고."

초기 자본을 투자해 배당금을 벌면서, 지옥에 빠진 장애인들을 고이자 사채로 휘감는 거다.

그러면 평생 이자를 가져다 바칠 노예들이 또 늘어나는 것이었다.

"크! 이러다 강남에 빌딩 세우겠네, 진짜."

"그때까지 열심히 돕겠습니다. 그리고 깜빵 동기에게는 이번 주 내로 연락해 놓겠습니다!"

허리를 꾸벅 숙이는 박 과장의 모습에 사장은 더 온화한 미소를 짓는다.

박 과장은 정말 대호캐피탈의 보배였다.

"어려운 일은 없지? SN인가 뭐시기인가에서 계집년들 사진 긁어 오는 거 힘들지 않아? 사진 찍어 오는 건? 호구들 녹일 대본 짜는 작가들 좀 더 붙여 줄까?"

이 모두 박 과장이 기획한 호구 관리 방법이다.

정말 잔머리 하나는 기똥차다고 볼 수 있었다.

아니면 현재 그들이 목줄을 채워 놓은 장애인들을 관리하는 인원을 더 투입시키거나, 아예 원룸 건물을 하나 매입해 싹 다 모아 놓을 수도 있다.

그렇게 한다면 관리를 하기가 수월해질 것이다.

"아닙니다, 사장님. 차라리 밑에 애들 보고 더 발품 팔라고 하는 게 낫습니다."

"왜?"

"깜빵에서 만난 어느 심리학 교수 새끼가 그랬는데, 사람은 자유를 억압당하면 반발할 수 있다고 했습니다."

실제로 목줄만 채워 둔 채 풀어 두니 도망칠 생각을 안 하고 있지 않은가.

그년들도 아는 거다. 병신인 자신들이 도망을 쳐 봤자 어디 멀리 갈 수도 없다는 걸 말이다.

"또 그런 년들만 작업하고 있잖습니까."

"으음. 그러다 딴생각 먹는 년들이 생길 텐데……."

"아직까진 괜찮습니다, 사장님."

"흠. 뭐 박 과장이 그렇게 말한다면 그런 거겠지. 알았어. 안 풀리는 일 있으면 바로 말하고. 아, 그리고 오늘 저녁 회식에 가족들도 다 오는 거 기억하고 있지? 안사람이 박 과장 와이프를 많이 보고 싶어 해."

"사모님이요?! 예! 감기가 걸렸더라도 데리고 가겠습니다!"

"아니, 몸 아프면 데려오지 마. 우리가 그런 사이야? 그럼 수고 좀 해 줘."
"예, 사장님."
박 과장은 자리로 돌아가 마우스를 잡았다.
"오늘 호구한테 연락할 년들이 누구더라……. 아, 이년 컴퓨터 사 줘야지, 참."
말을 할 수 없는 장애인이 쓸, 호구를 채팅과 게임으로 물색하고 꼬드기는 장애인에게 줄 컴퓨터가 어제 고장이 났다고 했다.
"예, 사장님. 접니다. 컴퓨터 한 대 좀 맞추고 싶은데요. 예, 예."
그렇게 대호캐피탈의 평범한 하루가 흘러갔다.

* * *

"지영씨!"
"사모님!"
천안에서 유명한 소고깃집 앞.
"지금 몇 개월이야?"
"7개월이요. 헤헤. 아, 애들아. 사모님께 인사드려야지?"
"안녕하세요!"
"어휴. 다영이, 주영이도 안녕? 잘 지냈어?"
사장의 와이프 옆에 있던 자식들도 박 과장의 어린 아

들, 딸을 보며 눈을 빛낸다.

"형아! 누나!"

"잘 지냈어?"

"응! 응!"

언제나 만날 때마다 재밌게 놀아 주는 형과 누나.

박 과장의 아들과 딸은 스스럼없이 그들에게 안겼고, 사장의 자식들은 아이들의 토실토실한 볼을 누르며 미소를 짓는다.

그런 그들을 보며 흐뭇하게 웃는 사장의 부인과 박 과장의 부인. 사장과 박 과장도 흐뭇이 웃는다.

"자자, 날이 춥습니다. 어서 안으로 들어가시죠."

그들은 소고깃집으로 걸어 들어갔다.

"여기 계신 분들의 기쁨이!"

"저의 기쁨입니다!"

채재재쟁!

"크아!"

"으아아!"

웃음이 가득한 식당.

사장과 박 과장이 음식과 술을 즐기며 서로 도란도란 이야기를 나누는 사람들을 보며 흐뭇이 웃는다.

어려워하던 알바들도, 아가씨들을 관리하는 아르바이트생들과 그 가족들도 모두 즐기는 회식 자리.

"정말 대단하십니다, 사장님."

꼴꼴꼴!
"박 과장, 내 사람은 이렇게 관리하는 거야."
월급 밀리지 않고, 가끔 장사가 잘되면 보너스도 지불하고. 가끔은 이렇게 다 같이 모여 그동안 쌓은 애환을 듣는다.
"사람 관리하는 거 별거 없다."
이렇게만 하면 사업체는 알아서 잘 굴러간다.
언젠가 독립을 할 박 과장. 그때까지 참 많은 것을 알려 주고 싶었다.
"감사합니다, 사장님."
사장의 말이 진심임을 알기에 박 과장은 오늘도 고개를 숙인다.
오직 둘만 있는 테이블. 둘 사이에 훈훈한 온기가 감돈다.
"아, 맞아. 박 과장, 이번에 저기 남해 쪽 선주가 아가씨 하나를 요청했는데 말이야."
"……병신으로 말입니까?"
"그렇지. 식모로도 쓰게 벙어리년으로 부탁하던데…… 괜찮을까?"
"아, 괜찮습니다. 그렇지 않아도 돈을 거의 갚은 년이 한 명 있습니다."
오늘 늦게 들어온 아르바이트생 김 군이 관리하는 여자다.
"그래?! 크! 역시 박 과장이라니까!"

"언제까지 보내면 될까요?"
"오늘 새벽에 그쪽에서 오기로 했으니까……."
"해 뜨기 전까지 데려다 놓겠습니다."
"오케이! 자, 그럼 그건 그렇게 처리하는 걸로 하고 짠 하자고!"
둘은 고개를 끄덕이며 서로를 향해 술잔을 내밀었다.
꽈앙!
순간 주변의 시간이 얼어붙는다.
"크허억!"
테이블에 머리가 찍힌 사장.
"더 이상 못 들어 주겠네."
사장의 머리채를 잡은 종혁의 두 눈에서 끔찍한 살의가 터져 나왔다.
"이 개새끼가!"
가장 먼저 박 과장이 얼어붙은 시간을 깨며 달려든다.
그에 종혁은 발로 사장의 머리를 누르며 박 과장을 후려친다.
쩌어억!
콰장창!
소고깃집의 유리창을 부수며 바깥으로 날아간 박 과장.
"……꺄아악! 여보!"
"사장님!"
쿠당탕!

대호캐피탈의 직원들이 다급히 일어난다.

하지만…….

터억!

"어허이. 앉아, 앉아."

"쓥. 착하지?"

직원들과 어깨동무를 하는 험악한 인상의 사내들.

"너 뭐야! 뭐하는 새끼들이야! 창섭이 새끼들이냐!"

사장의 두 눈에 불기둥이 솟는다.

"어허. 움직이지 마. 그러다 얼굴 익는다?"

"이 새끼가……!"

쫘앙!

"커헉!"

다시 사장을 테이블에 내려찍은 종혁이 사장의 얼굴을 불판으로 가져간다.

치지직! 타들어 가는 머리카락.

이마가 뜨거워짐에 사장의 낯빛이 하얗게 질린다.

"그, 그만둬! 그만두라고, 새끼야!"

"어허이. 반항하지 말라니까 그러네!"

쫘앙!

종혁이 사장의 머리를 들어 뜨겁게 달아오른 불판에 내려찍는다.

"끄아아악! 아아아아악!"

얼굴을 붙잡고 바닥을 구르는 사장.

발로 그의 가슴을 꽉 누른 종혁이 대호캐피탈 직원들의

가족들을 본다.

방금 전까지 웃고 떠들었던 그들.

마치 실제 가족처럼 단란한 모습을 보였던 그들.

웬만하면 참으려고 했다. 아무리 범죄자라도 가족들이 있는 자리에선 체포하는 게 아니기에 참으려고 했다.

그런데 저들의 웃는 얼굴을 보니, 타인은 지옥에서 허우적거리게 만들어 놓고, 그 돈으로 웃으며 맛있는 걸 먹는 꼴을 보니 속이 뒤집혀 참을 수가 없었다.

10년 전 산 패딩을 아직까지도 입고 있는 오민영.

그런 오민영이 말하길 다른 여성 장애인들도 대부분 다를 게 없다고 했다.

하지만 이들은 다르다.

몸에 좋은 옷을 걸치고, 얼굴엔 토실토실 살이 올라 있다.

잘 먹고, 잘 살고 있었다.

온갖 더러운 짓을 해서 벌어들인 돈으로 말이다.

종혁은 겨우 비명을 멈춘 사장을 보며, 그 가슴에 올린 발에 무게를 실었다.

뿌드득!

"끄아아악!"

"우리가 누구냐고? 누구겠냐?"

천안에서 제일 유명한 소고깃집에서, CCTV가 도처에 널린 이곳에서 사람을 합법적으로 팰 수 있는 존재.

"겨, 경찰?"

파랗게 질리는 사장을 향해 싱긋 웃어 준 종혁은 신안경찰서에서 급히 충원한 경찰들을 봤다.

"여기 있는 사람들 전원 체포합니다. 혐의는 다들 아시죠?"

"예!"

종혁은 수갑을 꺼내 드는 형사들을 일견하며 수갑을 꺼내 들었다.

"자, 잠깐! 가족들이 무슨 잘못이 있다고!"

"사람들 눈에서 뽑은 피눈물로 잘 먹고 잘 산 죄."

조사를 해 보면 전부 드러날 것이다.

과연 정말 아무것도 몰랐는지, 아니면 가족의 범죄를 알면서도 눈감아 주고 그 돈을 아무렇지 않게 쓴 것인지 말이다.

종혁은 사장의 손목에 수갑을 채웠다.

"꺄아아악!"

"으아악!"

잡힐 수 없다는 사람들의 반항이 식당을 울렸다.

* * *

콰앙! 쾅! 와지직!

대호캐피탈의 문을 부수며 신안경찰서의 형사들이 난입한다.

인력이 부족한 와중에도 어떻게든 끌어모은 그들.

오함마를 던진 종혁이 형사들을 향해 외친다.
"싹 다 뒤져요!"
찾아야 한다.
대호캐피탈이 저지른 범죄에 대한 증거를.
그리고 대한민국 여기저기로 팔려 간 사람들의 행방을.
단 한 명도 놓칠 수 없었다.
종혁과 형사들의 눈에 불똥이 튀었다.

* * *

일본 오사카의 유흥가 뒷골목.
양복을 입은 사십대 사내가 마찬가지로 양복을 입은 사람들과 악수를 한다.
"오랜만입니다, 하사시 씨."
"그간 격조했습니다."
아직은 겨울임에도 팔꿈치까지 소매를 걷어 올린 그들. 팔뚝에 드러난 선명한 이레즈미 문신이 그들의 신분을 말해 준다.
"한국은 요새 어떻습니까? 얼마 전 아주 큰 일이 있었다고 하던데요."
전국 폭력조직 소탕 작전.
일본 야쿠자 세계에도 유명한 삼성파에 신21세기파, 범동방파 등 대한민국의 어둠을 다스리는 거대 세력들까지 모두 일망타진됐다.
 그렇다면 한국은 지금 무주공산이라는 소리.
 그들이 입술을 핥는다.
 "어휴. 꿈도 꾸지 마십시오. 지금 한국은 6대 세력으로 재편됐으니까."
 "6대 세력?"
 "목포를 필두로 전라도 전체를 영역으로 삼고 있는 태흥파를 비롯해……."
 사십대 사내가 새로이 재편된 대한민국 폭력 조직들의 계보를 읊는다.
 "600명이라고요?"
 한 조직당 최소 600명의 조직원.
 "지금도 계속 늘어나는 추세입니다. 뭐 뜯어먹을 것도 없는 지방 양아치 조직들까지 모두 통합시키고 있거든요."
 야쿠자들이 웅성거린다.
 "으음. 한국 경찰들은 물렁한가 보군요."
 자신이 경찰이었다면 그놈들까지 모두 박살을 냈을 거다.
 그 말에 사십대 사내의 표정이 뚱해진다. 그 역시 한국 사람이기 때문이다.
 "그건 일본 경찰도 마찬가지잖습니까."
 "……흐흐. 그건 그렇죠."
 지방 경찰서들 따위가 자신들 야쿠자를 어떻게 할 수 있을까.

물론 자신들처럼 업소나 겨우 관리하는 말단들에겐 강력반 형사가 요괴와 다를 게 없지만, 자신보다 윗선인 진짜 야쿠자들에겐 통하지 않는다.

저 도쿄 한가운데에 군림하는, 야쿠자 따윈 신경 쓰지도 않는 고고한 경시청이 나서지 않고서는 감히 야쿠자를 건드릴 간 큰 경찰들은 없었다.

"그럼 거래를 시작할까요?"

고개를 끄덕인 사장이 뒤에 서서 바들바들 떨고 있는 여성 두 명의 등을 떠민다.

"사, 살려 주세요! 살려 주세요!"

"에헤이. 누가 보면 죽이는 줄 알겠네. 아가씨들, 여기 일본 애들은 한국과 달리 신사적이거든?"

변태가 조금 있긴 하지만, 그래도 한국보단 더 많이 벌 수 있다. 기본적으로 한 번 관계를 맺는 가격이 한국보다 높기 때문이다.

"제, 제발요! 시간만 주시면 모두 갚을게요! 제발-!"

"솔직히 팔다리 다 잘려서 쑤셔지는 것보단 낫잖아."

"흑?!"

"적당히 한 5년만 몸을 굴리면 한몫 두둑하게 챙겨서 금의환향하게 될 테니까 마음 단단히 먹어."

툭!

브로커에게 등이 떠밀린 여성들은 힘없이 야쿠자들에게 넘겨졌고, 야쿠자는 브로커에게 돈이 든 봉투를 내밀었다.

"2백만 엔입니다. 확인해 보시죠."
"흐흐. 됐습니다. 우리가 한두 번 거래하는 것도 아니고……!"
"하하. 역시 한국과 거래를 하면 이런 점이 좋다니까요."
업소에서 쓸 아가씨들도 알아서 데려오고, 돈거래도 깔끔하다. 어떻게든 한 푼이라도 아끼려 드는 일본인들과는 달랐다.
"다음 스케줄은 어떻게 되십니까?"
"오랜만에 일본에 왔으니 온천이나 푹 즐기다 돌아갈 생각입니다. 요새 온천 호텔이 제법 늘었다면서요?"
"다음에 진하게 술 한잔하시죠."
"그럽시다!"
만족스럽게 웃은 둘이 서로에게 악수를 하는 순간이었다.
"이야! 너희들 재밌는 짓 한다?"
흠칫!
깜짝 놀란 야쿠자들이 골목으로 들어서는 덩치 큰 사내를 노려본다.
"누구냐!"
"누구겠냐?"
타당! 가르르르!
야구방망이가 벽을 두드리고, 바닥을 긁는 소리.
덩치 큰 사내의 뒤로 연장을 든 험악하게 인상의 사내들이 나타난다.
다른 야쿠자 조직의 습격.

야쿠자들이 다급히 칼을 꺼내 든다.

그에 덩치 큰 사내, 종혁이 브로커를 향해 손을 흔든다.

"어이! 김선필이 개새꺄! 왜 일본까지 넘어오고 지랄이냐!"

"……짭새! 씨발!"

브로커는 그대로 줄행랑을 놓았고, 종혁은 한국어를 몰라 당황한 야쿠자들을 보며 씩 웃었다.

"피해자들 구해요."

"예!"

"우와아아아!"

방검복을 믿고 무기를 치켜들며 달려드는 신안서의 경찰들.

"마, 막아!"

야쿠자들도 경찰들을 향해 달려들었다.

"비켜! 비켜!"

"꺄악!"

"으악!"

"헉! 헉헉!"

폐와 심장이 터질 것 같다. 목구멍이 찢어질 것 같다.

하지만 달리는 걸 멈출 수 없다. 멈추면 끝이었다.

그렇게 얼마나 달렸을까.

"크허억!"

결국 마지막 숨까지 토해 낸 브로커가 쓰러지듯 주저앉

으며 뒤를 본다.

'이, 이 정도면 따돌렸…….'

"까꿍!"

"씨발!"

"어디 가, 새끼야."

뻐어억!

"커억!"

종혁의 발에 턱을 얻어맞고 피를 토하며 바닥을 구르는 브로커.

종혁이 그의 머리를 발로 짓밟는다.

"하, 새끼가 사람 귀찮게 하고 있어. 김선필 씨, 당신을 인신매매……."

"꼬, 꼼짝 마!"

"엥?"

고개를 돌린 종혁이 눈을 껌뻑인다.

그를 향해 총구를 겨누고 있는 일본 경찰들.

"아이고, 수고하십니다. 저는……."

"꼼짝 말라고, 야쿠자 새꺄!"

야쿠자. 종혁의 눈이 방금 전보다 더 느리게 끔뻑여진다.

"아, 씨발. 잠시만요. 통화 좀 합시다."

"다, 닥쳐!"

종혁은 어쩔 수 없이 양손을 들 수밖에 없었다.

그런 그의 모습에 두 경찰 중 이십대 경찰이 눈을 번뜩이며 종혁에게 다가간다.

"잘 걸렸다, 야쿠자 새끼. 감히 이 대낮에, 그것도 이 번화가에서 사람을 패? 내가 너 같은 놈 잡으려고 경찰 된 사람이야!"

"오. 대단하시네."

"손 내밀어."

"하아. 아프진 않을 겁니다. 내가 좀 바빠서."

"뭐라고……?"

부웅! 쿵!

순간 세상이 뒤집힌다 싶더니 바닥에 눕게 된 젊은 일본 경찰.

종혁은 정신을 차리지 못하는 그의 목을 잡아들어 올리며 경악하는 다른 일본 경찰을 봤다.

"에헤이. 움직이지 마요. 그쪽 동료 다칩니다."

"네 녀석! 다나카를 놔줘!"

"잠깐이면 된다니까요. 네, 쿄 형! 여기 좀 곤란한 상황이 벌어졌거든요?"

종혁은 재빨리 상황을 설명했다.

"아니, 이 새끼가 튀는데 저보고 어쩌라고요. 일단 잡고 봐야…… 아, 예. 우리 용감한 경찰 친구, 한번 받아 보세요."

"무, 무슨……."

-경시청의 무로이 코헤이 경시정이다. 귀관은 누구지?

"하, 하잇-!"

그제야 구속하고 있던 팔을 푼 종혁은 슬그머니 내빼려

는 브로커의 엉덩이를 걷어찼다.

"으악!"

"어딜 가냐고, 씨발아."

나눠야 할 이야기가 얼마나 많은 데 도망을 치려는 걸까.

종혁은 넘어진 놈의 머리채를 잡아 꺾으며 이를 드러냈다.

"네가 팔아넘긴 사람들 중 단 한 명이라도 속이면 넌 내 손에 죽는다."

빠드득!

파랗게 질린 브로커는 연신 고개를 끄덕였다.

* * *

"잔돈은 됐어라!"

타악!

돈을 던지다시피 기사에게 넘긴 장성준이 신안경찰서 안으로 달려 들어간다.

"취, 취조실! 취조실이 어디랑께요!"

지나는 경찰을 붙잡고 묻는 그.

다급하고 간절한 그의 표정에 경찰은 상세히 설명해 줬고, 장성준은 계단을 날다시피 올라가 취조실의 문을 열고 들어간다.

"아?"

누굴까. 이 사람은 누굴까.

분명 종혁이 여기 있으니 여기가 맞는데, 이 여자는 누굴까.
 종혁은 기겁하며 들어오는 경찰들에게 손을 저으며 오민영을 봤다.
 차마 고개를 돌리지 못한 채 떨기만 한 그녀.
 "장성준 씨가 도착했습니다, 오민영 씨."
 "아."
 그녀를 일으켜 세운 종혁이 장성준을 마주 보게 한다.
 "이분이 김규리 씨입니다, 장성준 씨."
 "……뭐, 뭐라고요?"
 털썩!
 오민영이 무릎을 꿇으며 머리를 숙인다.
 "죄송해요. 미안해요."
 "오메!"
 여자친구 김규리의 목소리다.
 다리에 힘이 풀린 장성준이 엉덩방아를 찧는다.
 오민영은 더 가까이 느껴지는 장성준의 숨결에 입술을 깨문다.
 감히 마주할 자신이 없는 성준 씨.
 이해를 바라지 않는다. 동정을 바라지 않는다.
 "제가 죽일 년이에요. 흑! 흐윽!"
 장성준이 종혁을 바라보자, 종혁은 정말 맞다며 고개를 끄덕인다.
 장성준이 다시 오민영을 본다.
 목소리가 참 아름다웠던 여자친구.

언제나 발랄하고, 예뻤던 여자친구.
얼굴이 다르다. 헤어스타일도 다르다.
같은 거라곤 오직 목소리뿐.
"……뭐가 어떻게 된 일인지 설명해 줄 수 있어라?"
대체 여자친구에게 무슨 사정이 있는 것일까.
여자친구가 검거됐다는 소식에 무작정 달려왔던 장성준은 애써 울음을 삼키며 따뜻하게 묻는다.
"흐어어엉!"

* * *

"규리…… 아니, 제 여자친구는 이제 어떻게 되는 거여라?"
"아직도 여자친구십니까?"
"글쎄라. 모르겠네요잉."
솔직히 잘 받아들여지지가 않는다.
방금 많은 이야기를 나눴는데도 현재 상황을 받아들일 수가 없다.
눈앞이 암담해진다. 여자친구와의 결혼만을 기다렸던 어머니.
어머니에게는 또 뭐라고 말을 해야 할까.
모르겠다. 머리가 혼란스러워서 아무것도 생각하기가 싫다.
"민영 씨는 식사하셨을까라?"

"……아직 안 했습니다."
"알았어라. 감사합니다."
알고 싶지 않았던 진실을 알게 해 줘서 원망스럽고, 진실을 알려 줘서 감사하다.
허리를 깊이 숙인 장성준은 그래도 아직은 여자친구인 오민영에게 먹일 식사를 사기 위해 경찰서를 빠져나갔고, 종혁은 그런 그를 보며 한숨을 내쉬었다.
'부디…….'
결코 아물 수 없는 상처다. 훗날이 되면 울컥울컥 생각나 서로의 가슴을 헤집어 놓을 거다.
부디 장성준이 현명한 선택을 하기만을 바랄 뿐이다.
"서장님."
"아, 지원과장님. 더 나온 게 있습니까?"
대호캐피탈과 브로커들의 사무실을 모두 털었다.
그럼에도 아직도 매 순간마다 새로운 피해자들이 늘어나고 있었다.
"그렇지 않아도 그것 때문에 드릴 말씀이 있습니다."
"무슨……."
"아무래도 저희 신안에도 피해자들이 팔려 온 것 같습니다."
쿵!
종혁은 이를 악물었다.

2장. 언제나 여기에 있었다

언제나 여기에 있었다

찰칵! 치이익!
불이 꺼진 거실, 담배가 타들어 가며 어둠에 붉은 점을 찍는다.
구해야 한다.
지금도 무저갱 같은 늪에서 허우적거리며 애타게 구원을 바라고 있을 피해자들.
하지만······.
"미치겠네."
아직 준비가 덜 됐다.
어둠 속에서 핸드폰 불빛이 터진다.

장애인들을 향해 드리운 덫!
꽃뱀 사기! 가해자는 장애인? 장애인도 피해자!

그 아래로 주르륵 자극적인 제목을 단 기사들이 있다.

이미 종혁이 해결한 일련의 사건들로 신안을 주목하고 있는 언론들.

지금까지야 꽃뱀 사기만 부각이 되기에 괜찮지만, 그렇게 기사를 쓰도록 필사적으로 컨트롤하고 있지만 아슬아슬하다.

사락!

종혁이 앞 테이블에 놓인 두 장의 서류를 본다.

브로커에 의해 신안으로 팔려 온 장애인 여성들. 이들의 현재 위치가 파악되지 않고 있다.

신안으로 온 것은 분명한데, 이후 행적이 전혀 파악되질 않고 있었다.

"빌어먹을……."

종혁은 술을 들이켜며 이를 악물었다. 거실 창문을 통해 비치는 희미한 가로등 불빛에 의지해 다른 서류를 응시했다.

혹여 피해자들과 관련이 있는 사건이 있을까 해서 자신에게 먼저 보고하라고 한 사건들.

신안 모든 파출소를 감찰한 결과들.

그리고 종배수와 이태흥 등이 노력해 준 결과들.

덕분에 염전 노예 사건의 피해자들에 대한 정보는 얼추 정리가 끝났다.

지금도 고통받고 있을 피해자들을 생각하면 한시라도 빨리 움직여야 했지만 그럴 수가 없었다.

"무조건 동시에 몰아쳐야 하는데…….."

염전 노예 사건의 피해자들을 구하기 위해 움직인다면 이들은 구할 수 있겠지만, 인신매매를 당한 여성 장애인들은 구하지 못할 수도 있었다.

그녀들을 감금하고 있는 놈들이 지레 겁을 먹고 입막음을 위해 무슨 짓을 저지를 수도 있었으니까.

그러니 단 한 명도 놓치지 않고 모두 구하기 위해선, 수많은 병력을 동원해 양쪽을 동시에 몰아쳐야 한다.

그것이 지금 종혁이 고민에 빠진 이유였다.

달칵!

종혁의 고개가 현관으로 들어간다.

열리는 문을 통해 안으로 들어오다 멈칫하는 최재수.

"들어와."

"아, 계셨습니까?"

"후우. 불이나 켜."

"옙!"

불을 켠 최재수가 수많은 서류가 널브러져 있는 테이블을 보며 낯빛을 굳힌다.

"무슨 일이야?"

"……힘드시죠?"

"까분다."

혀를 차는 종혁의 모습에 피식 웃은 최재수가 낯빛을 굳힌다.

"그래서 무슨 일인데?"

대체 무슨 일이기에 종혁 자신의 숙소를 찾아온 걸까.

서로 안면만 익힌 사이 정도로 꾸민 둘의 관계. 둘 사이의 친분이 깊다는 것이 밝혀지면 꽤 골치 아파진다.

물론 지금이야 신안서를 완전히 장악했기에 들통이 난다고 해도 약간의 배신감을 주는 정도에 그치겠지만, 그래도 신안을 떠날 때까지 들통나지 않는 게 좋았다.

그럼에도, 최재수 역시 이것을 알고 있음에도 일부러 찾아온 것이다.

종혁은 그 이유가 궁금했고, 최재수는 그 위험을 감수한 이유를 말한다.

"아무래도 관련 피해자를 찾은 것 같습니다."

쿵!

"……뭐?"

"정확히는 제가 아니라 승아 씨가 제보해 주셨습니다."

"최승아 씨?"

도초도에서 끔찍한 악몽을 겪을 뻔했던 도초초등학교의 신임교사 최승아.

"그게 어떻게 된 거냐면……."

종혁은 이어지는 말에 눈을 크게 떴다.

* * *

시간을 되돌려 이장 부인 등이 검거된 지 나흘 후.

"선배님!"

"승아야!"

목포의 평화광장. 광주교육대학교의 몇 년 선배였던 여성, 박지영을 발견한 최승아가 환하게 웃으며 다가갔고, 박지영은 다급히 승아의 어깨를 잡으며 이곳저곳을 살핀다.

"넌 괜찮아? 어디 다친 곳은 없어?"

"아……."

'들었구나.'

하긴 교육계가, 아니 대한민국 전체가 뒤집어졌으니 모를 리가 없었다.

"괜찮아요. 전 다행히 나쁜 일을 당하기 전에 경찰이 구해 줬거든요."

하지만 이미 피해를 입은 다른 선배 선생님들이 있다. 그들 때문에 최승아도 마음이 아팠다.

"이 개새끼들! 개씨발 새끼들! 어떻게! 어떻게 사람이-!"

박지영이 발을 구르며 분노를 터트리고, 최승아는 씁쓸히 웃었다.

"하아. 일단 안으로 들어가자."

술을 마셔야 뒤집어지고 있는 속이 진정될 것 같다.

둘은 근처의 술집 안으로 들어갔다.

챙! 꿀꺽꿀꺽!

"크아!"

술잔을 거칠게 내려놓는 박지영의 모습에 최승아는 의아해한다.

자신이 당할 뻔했던, 수항리에서 일어난 일은 같은 여

자들에게 공분을 일으킬 만한 일이긴 했다.

하지만 박지영의 분노는 조금 과한 측면이 있었다.

'물론 이렇게 화를 내 줘서 고맙기는 하지만······.'

박지영이 그런 최승아의 눈빛을 보곤 씁쓸히 웃는다.

"······나도 사람한테 데서 그래."

"선배님이요?"

"응."

지숙이. 가룡리의 악마들에게 시달렸던 지숙이.

지금이야 맨날 웃고 있지만, 매일같이 연락해 오지만, 그때만 생각하면 사람에게 환멸이 날 정도다.

그런 그녀의 말에 최승아가 깜짝 놀란다.

"그, 그 사건의 피해자가 선배님 제자였어요?!"

"응. 지금도 그렇고."

해가 바뀌며 한 학년 진급을 한 지숙이. 박지영은 다시 한번 지숙이의 담임이 될 수 있었다.

"정말 최종혁 서장님이 아니었으면······."

지숙이가, 자신의 제자가 그런 일을 당하는지도 모른 채 지나갔을 거다.

움찔!

"신안경찰서의 서장님이요?"

"어? 알아?"

"네. 절 구해 주신 경찰분께서······."

정중히 사과도 했지만, 최재수와 격의 없는 사이 같아서 특별히 기억하고 있다.

"아, 맞아. 신안경찰서에서 개입을 했겠구나. 다행이다……."
종혁이라면 믿을 수가 있었다.
"그럼 수항리? 거기 마을 사람들은 어떻게 되는 거야? 마을 전체가 한통속이었다며?"
"……일단 이장 아내를 비롯해 제게 나쁜 짓을 하려고 했던 분들은 모두 체포됐고, 마을 사람들도 체포가 되거나 신안경찰서와 도초파출소로 소환? 조사? 그런 걸 받는 것 같더라고요."
"괜찮아? 마을 사람들은 뭐라고 안 해?"
"합의를 해 달라고 찾아오는 사람들은 있는데……."
거의 상주하다시피 수시로 찾아오는 최재수 때문에 관사를 넘지 못하고 있었다.
"합의?! 와, 진짜 사람들 왜 그러냐!"
쿵!
테이블을 내려치며 다시 술을 들이켠 박지영의 표정이 돌연 조심스러워진다.
"도초초등학교랑 교육청은 뭐래?"
"……아무래도 다른 곳으로 갈 것 같아요."
도초초등학교도 꺼림칙해하고 있고, 교육부에서도 발령지를 다른 곳으로 옮기겠다는 연락을 해 왔다.
"역시 그렇게 되는구나……."
전교조, 전국교직원노동조합에서 떠도는 소문에 의하면 교육부에서 이번 사건으로 인해 여성 교직원들은 다리가 놓이지 않은 섬에 발령을 내지 않겠다는 논의가 이뤄지고 있다고 했다.

 물론 이게 아니라도 그런 피해를 입은 사람을 계속 그곳에 둘 수 없겠지만 말이다.

"그러면 어디로 가는데?"

"광주로 보내 준다고 하더라고요."

"뭐? 진짜? 그게 가능해?"

 임용고시는 두 가지가 있다.

 광주처럼 대도시나 도시에서 근무할 수 있는 임용고시와 그 외 지방에서 근무를 할 수 있는 임용고시.

 즉, 지방임용고시를 치르고 합격한다면, 다시 임용고시를 치지 않는 이상 도시로 갈 수 없다는 뜻이었다. 교육부는 그 원칙을 깨 버린 것이다.

"근데 이건 다행이라고 해야 돼, 아니면 아니라고 해야 돼?"

"그, 글쎄요?"

 최승아로선 그저 씁쓸하고, 얼른 잊어버리기만을 바랄 뿐이다.

"에휴. 마시자."

"네……."

 둘은 한숨을 내쉬며 잔을 부딪쳤다.

"지영 언니! 승아야!"

 잔을 입에 가져가던 박지영이 옆으로 고개를 돌렸다가 깜짝 놀라 일어선다. 그건 최승아도 마찬가지다.

"명지야!"

 같은 교대의 후배인 여성.

셋은 서로의 손을 잡은 채 방방 뛰었다.
"네가 여긴 웬일이야? 너 목포에서 교사 하고 있었어?"
"몰랐어요? 저 하의초등학교에 있잖아요."
"뭐? 언제부터?"
신안군 하의면. 도초도보다 훨씬 남쪽에 있는 큰 섬이다.
"한 2년 됐나?"
"그랬어? 몰라서 미안. 아, 앉아."
"그럴까요? 잠시만요?"
잠시 밖으로 나간 명지가 일행인 남성과 몇 마디를 나누더니 다시 가게 안으로 들어온다.
그런 명지를 황망하게 쳐다보다 이내 헛웃음을 터트리며 사라지는 사내.
박지영과 최승아의 눈이 궁금증으로 물든다.
"아, 오늘 소개팅 한 남자인데 매너가 꽝이라서요. 그래도 주선자의 얼굴을 봐서 밥은 먹으려고 했는데……."
이렇게 둘을 만나게 됐다.
"그렇게 아니었어?"
"몰라요. 거지 같아."
지금까지 소개팅으로 만난 사람들 중 최악이었다.
"그보다 승아 넌 괜찮아?"
"아……."
걱정과 눈물이 들어차는 명지의 모습에 최승아는 씁쓸히 웃었다.

터엉!
박지영의 이야기까지 들은 명지가 테이블을 내려친다.
"와, 진짜 사람들 왜 그러냐. 와, 진짜……."
꿀꺽꿀꺽! 타앙!
"진짜 이러다 인간 혐오 걸리겠네. 아니, 신안 사람들만 이러나?"
치를 떠는 그녀의 모습에 최승아와 박지영이 의아해한다. 뭔가 일이 있어 보이는 듯한 그녀의 말투.
"무슨 일 있어요?"
"하의도에도 무슨 일이 있는 거야?"
"있죠."
있다. 아주 좆같고, 거지 같은 일이 있다.
명지는 한숨을 내쉬며 입을 열었다.
"우리 하의도엔 유령인 아이가 한 명 있거든요."
"유령?"
"네. 출생 신고조차 안 된 10살짜리 아이가요."
마을 사람들 모두 쉬쉬하는 소녀가.
쿵!
최승아와 명지는 눈을 부릅떴다.

* * *

부스럭!
암막 커튼 사이로 햇빛이 내리쬐면 아이의 하루가 시작

된다.

눈을 떠 옆을 바라보는 소녀.

오늘도 술 냄새가 가득한 엄마의 주름지고 화장을 칠한 얼굴을 빤히 바라보던 소녀는 이내 자신의 배 위에 올려진 엄마의 손을 치우며 일어선다.

달칵!

문을 열고 나가니 빛 한 점 없는 적막한 복도가 소녀를 반긴다.

매일 소녀를 반기는 어둠.

소녀는 능숙히 걸어가 다른 문을 열고 나간다.

이번엔 햇빛이 소녀를 반긴다.

한쪽엔 수돗가가 있고, 그 옆엔 버너와 냄비가 있고, 반대쪽엔 화장실이 있다. 이 건물에서 소녀와 소녀의 엄마가 이용할 수 있는 곳은 오직 여기뿐.

쏴아아아!

"어푸어푸!"

일어나면 세수와 양치부터.

깔끔하게 씻은 소녀는 수돗가와 화장실 사이에 있는 철문을 열고 나간다. 그제야 탁 트인 세상이, 하의면 웅곡리가 소녀를 반긴다.

소녀의 입가에 미소가 번진다.

"와아!"

"꺄르르!"

골목에 쪼그려 앉은 소녀가 앞을 스쳐 지나가는 또래의 아이들을 멍하니 응시한다.

그런 소녀 앞에 그림자가 드리워진다.

"안녕? 넌 누구야?"

"야, 야. 안 돼. 엄마가 재랑은 말하지 말랬어."

"왜?"

"몰라. 아무튼 말 걸면 혼나. 가자."

"으응."

친구에게 끌려가는 아이를 바라보며 입술을 달싹이던 소녀는 이내 한숨을 내쉰다.

그런 소녀의 머리에 따뜻한 손길이 닿는다.

"……엄마!"

"아으."

잘 잤냐고 묻는 엄마.

말을 하지 못하지만, 말을 가르쳐 준 엄마.

얼굴에 가득한 주름이 포근하게 구겨지자 소녀의 얼굴에도 미소가 피어난다.

"아으으."

이리저리 움직이는 엄마의 손에 소녀가 고개를 끄덕인다.

"밥? 알았어! 반찬이 뭐야?"

"아아으."

"김치? 또 김치야? 계란은 없어? 있어?! 와아!"

소녀의 얼굴에 환한 꽃이 피자 소녀의 엄마도 활짝 웃

는다.

엄마는 소녀의 등을 다독이며 건물로 이끈다.

그 순간이었다.

"실례합니다."

"으?"

한 남성이 모녀의 앞을 가로막는다. 최재수다.

'처음 보는 아저씨……'

이 동네 아저씨가 아니다.

'이 아이가…….'

최재수는 자신을 멍하니 바라보는 소녀를, 최승아가 말한 소녀를 보며 눈빛을 가라앉힌다.

그리고 그녀의 모친을 본다.

"안녕하십니까. 신안경찰서 생활안전과의 최재수 경사입니다."

움찔!

순간 주위를 둘러보는 소녀의 모친. 이내 아무도 없는 걸 깨닫고, 가슴을 쓸어내린다.

하지만 그것도 잠시.

"……흥!"

재수를 흔들리는 눈으로 바라보며 입술을 달싹이던 소녀의 모친은 이내 콧방귀를 뀌며 돌아선다. 소녀의 팔을 잡아끈다.

"앗!"

"으으!"

얼른 오라는 듯 더 거칠게 잡아끄는 소녀의 모친.
"아, 아니……."
당황한 최재수가 손을 뻗다가 그대로 굳는다.
잘 가라며 손을 흔들다 이런저런 손짓을 하는 소녀의 행동 때문이다.
그것이 재수의 발길을 붙든다.
"엄마…… SOS."
엄마를 구해 주세요.
소녀의 손짓은, 수화는 분명 그것이었다.
'장애인. 출생 신고가 안 된 딸…….'
최승아가 말하길 소녀의 모친은 유흥주점에서 일했다고 했다.
순간 최재수의 머릿속에 현재 종혁이 구하려 애쓰는 사람들, 빚에 의해 팔려 간 장애인들이 스쳐 지나간다.
"……철아. 나 재수 형인데, 신원 조회 좀 해 줄 수 있을까? 몽타주는 금방 보내 줄게."
최재수의 시선이 소녀와 소녀의 모친이 사라진 방향을 응시했다.

* * *

"몸은 좀 고되겠지만, 최소한 잘 걱정 밥걱정은 안 해도 될 거야."
상관없었다.

1998년, 다니던 작은 공장이 망한 이후 하루 한 끼조차 해결하기 어려웠던 그녀에게 몸이 좀 고달픈 건 아무 문제도 아니었으니까.

　1997년 외환 위기 이후, 이름만 대면 알 법한 대기업도 망해 버리고, 누구나 아는 대학을 나온 사람도 퇴직을 당하던 세상.

　그런 세상에서, 심지어 장애가 있는 그녀로서는 어떤 일이든 주어지면 감사할 따름이었다.

　하지만 그래선 안 됐다.

　따라나서면 안 됐다.

　"애야?"

　"하하. 어떠십니까?"

　그녀는 눈매가 뾰족한 아주머니를, 앞으로 사장님이 될 아주머니를 향해 허리를 꾸벅 숙였다.

　"말도 못하고, 고아라서 찾을 사람도 없습니다."

　그녀는 의아해했다.

　왜 이런 말을 하는 걸까.

　"미색도 이만하면 괜찮고…… 좋네. 자, 여기."

　신문지에 말린 돈뭉치가 건네지자 그녀를 여기까지 끌고 왔던 브로커가 허리를 숙인다.

　"그럼 다음에도 또 이용해 주십시오. 아가씨, 열심히 살아. 한 몇 년 일하면 목돈을 쥘 수 있을 테니까 꾹 참고."

　그녀를 토닥인 브로커는 뒤도 돌아보지 않고 떠났고,

그녀는 브로커를 향해 허리를 숙인다.

자신이 말을 못한다는 것을 안 이후 참 이것저것 사 주며 다정하게 대해 줬던 브로커.

정말 감사했다.

"흥! 따라와."

그녀는 동네를 둘러보며 아주머니의 종종 뒤를 따랐다.

무슨 일을 하는 것일까.

섬이니까 물고기를 잡는 것일까.

'숙소에 곰팡이는 없겠지? 아니야. 밥만 먹을 수 있으면 됐지.'

그녀는 작은 불안과 기대를 품는다.

하지만 그것도 잠시.

멈칫!

'어?'

유흥주점의 문을 열고 안으로 들어가는 아주머니의 모습에 그녀의 머리가 굳는다.

"뭐해! 안 들어오고!"

그녀는 다급히 수첩을 꺼내어 글자를 적는다.

여기서 일을 하는 건가요? 주방 일을 하는 건가요?

아주머니가 얼굴을 구긴다.

"지랄 염병을 하네. 내가 고작 주방 찬모 구하려고 그런 큰돈을 쓴 줄 알아?!"

그녀가 하얗게 질린다.
주춤주춤!
"어쭈? 상택이 아빠!"
"왜?"
건장한 장년인이 어슬렁거리며 모습을 드러낸다.
"얘야?"
"어. 적당히 손 좀 봐 줘. 도망친다."
"알았어."
하품을 하며 다가오는 장년인에 그녀는 다급히 몸을 돌렸다.
덥썩!
"악!"
잡아채진 머리채.
퍼어억!
"커허억!"
옆구리에 주먹이 틀어박힌 그녀는 그대로 주저앉았고, 그녀의 전신으로 주먹과 발이 쏟아졌다.
"얼굴은 때리지 말고!"
그렇게 그녀에게 지옥이 찾아들었다.

* * *

스윽!
허벅지를 타고 들어와 안쪽으로 향하는 손에 그녀는 기

겁하며 쳐 냈다.

몸을 감싸며 물러섰다.

"악! 뭐야, 씨발! 박 사장! 박 사장-!"

"호호. 왜 그러세요? 무슨 일 있으세요?"

"아가씨 교육을 어떻게 시킨 거야! 아가씨가 손님을 거부해도 되는 거야?! 이거 봐! 빨갛게 달아올랐잖아!"

아주머니의 시선이 그녀에게로 향한다.

철렁.

그녀의 심장이 내려앉는다.

"……호호. 그래요? 에고, 서울에서 온 아가씨라 그런지 여기가 좀 낯선가 봐요. 잠시만요?"

나오라는 손짓에 그녀는 고개를 저었다.

나가기 싫었다. 나가면 무슨 꼴을 당할지 알기에 나갈 수 없었다.

"아이, 진짜 왜 이러지?"

"에이. 이거 이래서 술맛 나겠어?!"

"어머. 지영이 아빠! 지영이 아빠!"

손님은 자리를 박차고 나갔고, 아주머니의 얼굴에서 미소가 사라졌다.

"……상택이 아빠!"

"으?!"

"아, 또 왜?"

"쟤 교육 똑바로 안 해? 손님을 때렸다잖아!"

"아, 씨발년."

장년인은 얼굴을 구기며 룸 안으로 들어왔고, 파랗게 질린 그녀는 다급히 물러섰다.

그리고 문이 닫혔다.

* * *

달칵!
룸의 문을 닫고 나온 그녀가 흐트러진 옷을 추스른다.
"잘했어?"
그녀는 대답 대신 손에 쥔 돈을 내밀었다.
손님이 준 화대. 몸이 짓밟히고, 영혼이 짓밟힌 값, 5만 원.
돈을 받아 든 아주머니가 그녀의 위아래를 훑는다.
"흥. 이제야 좀 말귀를 알아먹네. 그래, 이러니까 얼마나 좋아? 따라와."
그녀가 아주머니의 뒤를 따른다.
악독한 기운을 가득 내뿜는 뒤통수를 보며 갈등에 휩싸인다.
그렇게 후문에서 씻은 후 방으로 들어간 그녀는 스스로 개목걸이를 목에 채운다. 자물쇠를 채운다.
찰그락.
안쪽에 쇠사슬이 고정된 개목걸이.
"쉬고 있어."
끼익!

문이 닫힌다. 바깥에서 잠기는 문.

그녀는 공허한 눈으로 문을 바라보다 몸을 뉘었다.

저녁 10시. 도시는 이제부터 시작이지만, 이곳은 거의 다 잠이 드는 시각. 그녀도 잠을 청했다.

"으."

잠에서 깬 그녀가 방 한쪽에 놓인 요강으로 비척비척 걸어간다.

찰그락! 찰그락!

쇠사슬이 흔들리는 소리가 그녀의 잠을 살짝 더 깨운다.

쏴아아아!

"흐우우. 흑!"

갑자기 눈물이 터져 나온다.

참고 참았던, 쌓이고 쌓였던 것이 터져 나온다.

언제까지 이렇게 살아야 할까.

영원히 도망칠 수 없는 것일까.

방금 전 스스로 개목걸이를 찬 자신의 모습에, 길들여진 자신의 모습에 환멸을 느낀다.

설움이 쏟아져 나온다.

"흐윽! 흑!"

그녀는 양손으로 입을 꽉 막은 채 소리 없이 울었다.

어제처럼.

그제처럼.

"후우우."

한참을 쪼그려 앉아 운 그녀는 오늘도 목을 옥죄는 개목걸이에 포기를 하며 몸을 일으킨다.

휘청!

'어?'

너무 쪼그려 앉아 있었던 탓일까.

그녀는 넘어지는 몸에 다급히 문을 향해 손을 뻗는다.

그런데…….

쿠당탕!

"케엑! 켁!"

쇠사슬이 당겨진 충격에 숨통이 틀어막혔던 그녀가 입술을 깨물며 일어선다. 다시 터져 나오려는 슬픔을 틀어막으며 일어선다.

그 순간이었다.

"으?"

열려 있는 문. 분명 바깥에서 잠기기에 결코 열릴 리가 없는 문이 열려 있다.

크게 떠진 그녀의 눈이 흔들린다.

그녀는 다급히 개목걸이를 위로 들어 올린다.

목이 죄면 너무 아프기에 언제나 느슨하게 차는 개목걸이. 낑낑거리다 보니 결국 개목걸이가 벗겨진다.

그렇게 자유를 찾은 그녀는 다급히 가게 문을 열고 도망쳐 나왔다. 사장 내외가 저녁엔 집에서 잔다는 것을 알기에 거침없이 가게를 빠져나온다.

어둠으로 물든 거리.

듬성듬성 세워진 가로등만이 불을 밝히는 거리.

그녀는 자신이 맨발이라는 것도 있고 그대로 달린다.

어디로 가야 할까. 선착장으로 가야 할까. 어디서, 언제까지 숨어 있어야 할까.

헐레벌떡 뛰는 그녀의 눈에 환한 불빛이 비친다.

파출소.

그녀는 본능적으로 그곳을 향해 뛰어들었다.

"뭐, 뭐야?!"

깜짝 놀라 몸을 일으키는 두 남성.

그녀는 경악한다.

'손님?'

유흥주점에 들렀던 손님이다.

자신을 짓밟았던 손님이다.

그 손님이 경찰이었다.

"어? 너는?!"

다행이다. 그녀는 다급히 주변을 두리번거리다 메모지와 볼펜을 찾아 글을 적는다.

살려 주세요. 감금당하고 있어요.

"뭐?"

딱딱하게 굳는 경찰 손님.

"……김 순경, 이 아가씨 안쪽으로 데려가서 달달한 것 좀 먹여."

"예? 아, 예! 저, 아가씨……?!"
휘청!
"어이쿠! 아가씨! 괜찮아요?! 오메. 이게 무슨 일이여."
살았다. 그녀는 다리에 힘이 풀려 주저앉았고, 깜짝 놀란 순경은 그녀를 추슬러 안쪽으로 데려갔다.
모포가 씌워진 그녀.
따뜻한 커피가 몸을 데운다. 삭막해지고 피폐해진 정신에 단비를 내린다.
스륵!
문이 열리며 경찰 손님이 들어온다.
"왔으니까 나와요."
이제 가는구나. 이제 정말 살았구나.
그녀는 억지로 힘을 내며 몸을 일으킨다.
하지만…….
"호호. 감사해요, 김 경사님!"
"에이, 뭘. 정신에 좀 문제가 있다고 했지? 다음부턴 간수 잘해. 아까 얼마나 놀랐는지 알아?"
쿵!
그렇게 그녀의 희망이 무너져 내렸다.

* * *

"어휴. 요새 매출이 왜 이래."
예전엔 하루 몇 십만 원도 벌었는데, 지금은 하루에 5

만 원 벌기도 힘들다.
 카운터에서 한숨을 푹푹 쉬는 아주머니를 힐끔 본 그녀가 정수기에서 물을 뜬다.
 "작작 마셔! 물값 네가 낼 거야!"
 탁!
 그녀가 성큼성큼 아주머니를 향해 다가간다.
 "뭐, 뭐!"
 움찔하며 물러서는 아주머니.
 재작년에 그 무섭던 아저씨가 사망하고, 더 부쩍 늙어버린 아주머니의 손에서 펜을 낚아챈 그녀가 장부에 글을 적는다.

 평생 물값, 밥값, 방값 다 냈잖아요.

 십여 년 동안 자신이 벌어다 준 돈이 얼마던가.
 브로커에게 준 몸값은 이미 옛적에 다 갚았다.
 "흥!"
 "저, 저……! 그래! 이제 나 따윈 안 무섭다는 거지! 썩을 년! 개 같은 년—!"
 등 뒤에서 터져 나오는 설움을 무시한 그녀는 방으로 들어갔다.
 "엄마!"
 연습장에 무언가를 그리다 환하게 웃는 딸.
 오늘도 짜증이 울컥하고 차오른다.

한참 또래 친구들과 뛰어놀아도 시원치 않을 텐데도 엄마를 잘못 만나 학교조차 못 가는 딸.

그녀는 딸의 머리를 쓰다듬으며 손을 움직인다.

"엄마 그리고 있었어!"

이 못난 엄마가 그렇게 좋을까.

그래도 잘했다. 잘 그렸다.

자신과 꼭 닮은 그림을 바라보던 그녀는 딸에게 물병을 넘기곤 누워서 TV를 틀었다.

오늘따라 유독 눈에 들어오는 벽의 구멍, 개목걸이가 고정되어 있던 구멍을 무시하며 TV를 쳐다봤다.

"손님 받아, 이년아-!"

스륵!

그림을 그리다 잠든 딸에게 이불을 덮어 준 그녀가 화장대 앞에 서서 얼굴을 점검한다.

살짝 눌린 머리카락을 뒤로 묶고, 옷을 갈아입는다.

팬티처럼 짧은 반바지에 딱 달라붙는 탱크톱 상의.

새빨간 립스틱을 덧칠한 그녀가 룸으로 들어간다.

흠칫!

깜짝 놀란 그녀.

오늘 오후의 그 경찰이다.

꾸벅 고개를 숙인 그녀를 향해 싱긋 웃어 준 최재수가 옆으로 오라며 손짓을 한다.

똑똑!

"호호! 우리 가게 에이스가 마음에 드세요? 어떻게 마음에 안 드시면 바꿔 드릴까?"

"아뇨. 괜찮습니다."

"다행이네요, 호호호! 그럼 재밌게 노세요!"

술과 안주를 내려놓은 아주머니는 룸을 빠져나갔고, 최재수는 노래방 기기의 리모컨을 집어 든다.

그리고 이내 곧 흘러나오는 잔잔한 발라드.

최재수는 무심해하다가 눈이 마주치자 활짝 웃는 그녀를 향해 입을 가져갔다.

"이선영 씨 맞으시죠?"

움찔!

다시는 들을 수 없을 거라 생각했던 자신의 이름. 경악한 그녀가 최재수를 본다.

최재수는 흔들리는 그녀를 보며 이를 악문다.

이선영. 1998년, 한 남성을 따라나선 것을 마지막으로 세상에서 사라져 버린 여성.

이후 무려 13년 동안 본인 명의의 핸드폰도, 통장도 아무것도 이용된 내역이 없던 여성.

"다시 한번 제 소개를 하겠습니다. 이선영 씨, 경찰입니다. 늦어서 죄송합니다."

주륵!

모든 것을 포기한 채 삭막한 사막 속에서 살던 그녀의 눈에서 눈물이 흘러내렸다.

희망이 다시 찾아들었다.

＊ ＊ ＊

"아이고! 잘 노셨어요?"
"예. 덕분에 잘 놀았습니다."
최재수의 서늘한 눈이 아주머니에게로 향한다.
능글맞게 웃는 얼굴을 박살 내 버리고 싶다.
하지만 아직은 아니다. 지금은 그러면 안 된다.
"너무 재밌게 놀아서 그런데…… 저 아가씨 얼맙니까?"
"예?"
"제 가게에 데려가서 좀 쓸까 하거든요."
최재수는 깜짝 놀라는 아주머니를 보며 싱긋 웃었다.

"썩을 년. 잘 살아. 도시로 간다고 또 도망치지 말고."
무슨 개소리를 하고 있는 것일까.
손에 천만 원짜리 수표 다섯 장을 꽉 쥐고 있는 아주머니를 빤히 바라보던 그녀가 딸의 손을 잡아끌며 가게를 나선다.
"할머니, 빠빠이!"
"……흥!"
딸랑! 탁!
유흥주점 바깥으로 발을 내딛는다.
"아."
순간 공기가 달라진다. 온통 회백색이었던 세상이 총천

연색으로 물든다.

언제나 나와서 살폈던 동네가 새삼 다르게 다가온다.

그러며 그녀를 단단히 옥죄던 모든 무형의 쇠사슬이 터져 나간다.

'이렇게 쉬운 거였어……?'

그랬구나. 자신은 언제든 도망칠 수 있었던 거구나.

"흐으윽! 흑!"

"엄마? 울어? 이이잉!"

"일단 이동하죠."

최재수는 그녀의 손을 잡은 채 어두워진 거리를 걸었고, 이내 선착장에 도착했다.

어둠에 물든 바다가 그녀의 가슴을 적신다.

13년 만에 느끼는 자유의 냄새.

그녀가 다시 울음을 터트린다.

부우우웅!

저 멀리서 불빛 하나가 다가왔다.

* * *

압해도에 도착해서야 겨우 울음을 멈춘 그녀.

최재수는 그녀를 M-모텔로 데려갔다.

"와아! 엄마, 엄마!"

넓고 깨끗하며 밝은 방과 욕실의 월풀에 팔짝팔짝 뛰는 딸.

얼떨떨해하는 그녀를 향해 최재수가 손짓을 한다.
그런 최재수를 보는 그녀의 눈이 흔들린다.
무시했다. 믿지 않았다.
또다시 희망을 품기엔 겪은 일이 너무 많았기에, 경찰은 다 똑같기에 이미 포기했었다.
그런데 아니었다. 이 경찰은 달랐다.
어떻게 감사를 표해야 할까.
대체 뭘 어떡해야 이 마음을 표현할 수 있을까.

감사합니다. 정말 감사합니다.

후두둑!
메모지에 눈물이 쏟아진다.
최재수가 손수건을 내밀어 그녀를 위로한다.
얼마나 힘들었을까. 얼마나 괴로웠을까.
얼마나 그 지옥 속에서 살았을까.
"제게…… 들려주시겠습니까?"
당신이 겪은 지옥을.
포기해야 했던 희망을.
최재수의 얼굴이 딱딱하게 굳었다.

* * *

빠드득!

이게 사람일까. 정녕 사람이란 말인가.

믿기지 않는다. 그동안 수많은 인간군상을 만나 온 최재수로서도 피가 거꾸로 솟는 그녀의 이야기.

두툼하게 쌓여 있던 메모지도 부족한 그녀가 겪은 지옥.

이젠 최재수의 눈에서 눈물이 쏟아진다.

"죄송합니다. 경찰이 죄송합니다."

경찰. 경찰. 경찰!

대체 왜 여기도! 왜 또!

이제야 종혁의 그 과했던 결단이 이해가 된다.

신안경찰서 산하 모든 파출소에 감찰을 진행했던 종혁의 결정을 이해할 수 있었다.

쿵!

무릎을 꿇은 최재수가 머리를 숙인다.

"같은 경찰로서 정말 드릴 말이 없습니다! 죄송합니다!"

진심이 가득한 그의 모습에 이선영의 눈이 흔들린다.

최재수가 준 형사수첩에 글자를 적는 그녀의 손이 흔들린다.

그러면 다른 애들도 구해 줄 수 있나요?

자신이 있던 유흥주점을 거쳐 신안의 다른 섬으로 팔려 간 여성들을.

자신이 낳은 딸의 아빠를.

쿵!

고개를 든 최재수가 앞으로 내밀어진 글귀에 하얗게 굳어 버렸다.

"아…… 빠?"

종혁의 미간이 좁혀진다.

최재수가 주먹을 쥔다.

"……염전에서 노예처럼 일하고 있는 피해자로 추정됩니다."

염전 사장을 뒤따라온 남자로, 그날 처음 만나게 되었다고 한다.

그리고 다신 만나지 못했고 말이다.

쿵!

"……뭐?"

종혁은 입을 떡 벌렸다.

* * *

그날은 유독 비가 많이 내리는 날이었다.

딸랑!

경찰도, 여객터미널의 매표소 직원도, 선착장의 어부들도 모두 한통속이라 도망가는 걸 포기한 이선영은 문을 열고 들어오는 두 남성을 보곤 고개를 숙였다.

"어서 오세요!"

손님을 반갑게 맞이하는 아주머니.

"어으으. 왜 이렇게 비가 많이 와? 내일은 나갈 수 있으려나."

들어올 때부터 휘청거리는 장년인. 익숙한 술 냄새가 코를 찌른다.

"기상청에서 내일은 날이 갠다고 하더라고요. 그런데 이 동네에선 처음 뵙는 분들 같은데……."

"아아, 암태면에서 왔수다. 아가씨 있죠?"

"당연히 있죠! 몇 명이나 필요하세요?"

"하나……."

장년인이 뒤따라온 깡마른 사내를 본다.

다 늘어난 티셔츠에 까맣게 탄 사내.

고개를 숙인 사내를 가만히 응시하던 장년인이 음흉하게 웃는다.

"크흐. 둘 주쇼!"

"어머! 마침 딱 둘이 있는데. 그런데 하나가 말을 못해요. 괜찮아요?"

"……푸흐흐! 딱 좋네, 딱 좋아! 이 새끼는 귀머거리거든! 그렇게 들여보내 주쇼! 어이, 따라와."

장년인이 손짓을 하며 룸으로 들어가자 깡마른 사내도 허둥지둥 뒤따라 들어갔고, 직후 아주머니는 후다닥 이선영에게 다가왔다.

"걔 얼른 깨워서 데리고 나와. 알았어?"

끄덕.

이선영은 물을 마시며 방으로 향한다.
흔들흔들.
"아, 왜……. 손님이야?"
이선영과 달리 빚에 팔려 온 그녀.
이선영이 고개를 끄덕이자, 그녀는 부스스 몸을 일으켜 세수를 하고 화장을 한다.
"머리는 어제 감았으니까…… 끄으으! 가자."
둘은 룸으로 들어갔다.
"둘 중 누가 아가리 병신이야?"
"……어머! 안녕하세요, 사장님! 처음 오셨다, 그쵸?"
냉큼 장년인에게 다가가 팔짱을 끼는 언니.
자연스럽게 이선영은 깡마른 사내 옆에 앉는다.
그리고 언제나 챙겨 다니는 메모지를 꺼내 글을 적는다.

안녕하세요.

움찔!
놀란 사내가 이선영을 본다.
이선영은 덤덤히 그 아래 글을 이어 적었다.

선천적으로 말을 못하니 이해해 주세요.

놀란 사내는 빤히 이선영을 바라보며 말문을 열었다.
"반갑습니다. 저도 귀가 잘 들리지가 않습니다."

이선영의 눈이 파르르 떨린다.
그건 사내도 마찬가지다.
"크흐흐. 병신들끼리 아주 쌍으로 지랄을 하네. 야! 노래나 불러!"
"……예, 사장님."
귀가 완전히 안 들리는 건 아닌지, 노래방 기기 리모콘을 들며 일어서는 사내.
그의 노래는 참 듣기 힘들었다.
이선영은 그런 그를 빤히 바라봤다.

"어으! 야…… 얘들과 하룻밤 자는 데 얼만지 모르지? 내가 그래도, 인마…… 오랜만에 기분 좋으니까…… 허락해 주는 거야……."
"아이참. 사장님, 안 갈 거예요?"
"가야지…… 가야지!"
언니와 장년인은 룸을 나갔고, 이선영은 사내를 가만히 바라봤다. 어깨를 움츠리고, 고개를 숙인 사내.
톡톡!
화들짝 놀란 사내가 이선영을 본다.
얼굴이 발갛게 달아오르고 눈이 풀린 이선영이 수화를 한다.

오빠도 팔려 왔죠?

사내의 눈이 파르르 떨린다.
그것으로 대답은 충분했다.
이선영의 눈가에 울컥 눈물이 차오른다.
'똑같구나.'
나랑 똑같이 처지구나.
죽지 못해 사는, 다시는 자유를 얻지 못할 처지.
그래서 그랬는지도 모른다.
그녀는 이곳에 와 처음으로 먼저 손님의 옷을 잡았다.
"허억! 왜, 왜 이러세요!"
괜찮아요.
"아, 아니……."
스으윽!
"아, 안 됩니다! 난 더러워요!"
괜찮아…….
발버둥 치는 사내의 옷을 모두 벗기던 이선영이 멈춘다.
온몸에서 울긋불긋 올라온 멍들.
자신의 몸에도 있는 멍들.
입술을 깨문 이선영이 물티슈로 지독한 소금 냄새가 나는 그의 몸을 닦아 준다.
바다의 비린내도 아닌 염전에서 일하는 사람들에게서만 맡을 수 있는 지독한 소금 냄새를 닦아 낸다.
"내, 내가 닦을게요!"
괜찮다. 해 주고 싶다.
사내의 손을 떼어 낸 이선영은 결국 땟물이 가득 흐르

는 그의 몸을 닦아 주었다. 화장실로 데려가 머리를 감겨 주었다.

그리고 옷을 벗으며 그를 향해 손을 뻗었다.

안아 주세요.

"나, 난……."

"쉬이. 쉬……."

괜찮아요. 안아 주세요.

사내의 손을 잡아끈 이선영은 뒤로 빼는 것과 달리 정직한 사내의 상징을 잡아 자신의 것으로 인도한다.

"흐읍?!"

그녀는 놀라 어쩔 줄 모르는 사내를 향해 싱긋 웃어 주었다.

"……크흐윽!"

눈물을 흘리며 본능으로 움직이는 사내.

그를 온전히 받아들이며 웃던 이선영이 깜짝 놀란다.

문틈 사이로 보이는 눈.

룸을 채우는 술 냄새에 이선영은 눈을 감으며 사내의 등을 꽉 끌어안았다.

그리고 그날, 딸을 가지게 됐다.

* * *

그날만 깜빡하고 피임을 안 했어요.

어쩌면 일부러 안 했는지도 모른다.
"……말씀을 해 주셔서 감사합니다."
목포의 큰 병원.
13년간의 감금 생활로 몸이 많이 망가진 그녀를 입원시킨 종혁이 이를 악문다. 눈시울이 뜨거워진다.
"암태면이라고 하셨습니까?"
끄덕!
"알겠습니다. 그럼 쉬고 계십시오."
고개를 숙인 종혁이 돌아서자 이선영이 다급히 종혁의 팔을 붙잡는다.
"아으…… 으으……!"
부디, 부디 그 악마들을 징벌해 주세요. 처벌해 주세요. 오빠를, 언니를, 동생을 구해 주세요.
"걱정 마십시오."
다시 허리를 숙이며 돌아선 종혁의 얼굴에서 감정이 사라진다.
"예, 청장님. 지금 시간 되십니까? 아무래도…… 시작해야 될 것 같습니다."
지난 몇 년간 준비해 왔던 일을.
통화를 종료한 종혁은 병원 밖으로 걸음을 내디뎠다.
"가자."
전남경찰청으로.
"예."
짧게 대답한 최재수가 눈을 살벌하게 빛내며 종혁의 뒤

를 따랐다.

　　　　　　＊　＊　＊

　사락!
　침묵이 내려앉은 전남경찰청장실에 종이가 넘겨지는 소리만이 울린다.
　탁!
　"……거지 같은데?"
　매일 싱글벙글 웃고 다니던 함경필의 얼굴이 일그러져 있다.
　그의 몸에서 뿜어져 나오는 지독한 살의와 분노.
　"그러니까 염전에 감금된 채 고생을 하고 있는 사람들뿐만 아니라, 돈에 팔려 온 여성들도 있다?"
　이선영처럼 일자리를 소개해 준다며 사기를 당해 왔다가 그대로 영영 감금당한 여성들, 사채 빚을 갚지 못해 그대로 그 빚을 탕감하기 위해 팔려 온 여성들.
　가지각색의 이유로 신안에 오게 된 여성들은 단란주점, 다방 등 신안의 음지에서 지금도 지옥을 겪고 있을 것이다.
　심지어 그중에는 이선영처럼 아이를 가진 사람도 있을지 모른다.
　이선영은 사랑으로 아이를 키우고 있었지만, 누군가는 원치 않은 아이를 가졌다며 아이까지 저주하고 있을 수도 있었다.

"……피해자 수는?"

"최소 200명 이상일 것으로 추정됩니다."

말 그대로 최소일 뿐, 얼마나 더 많은 피해자가 있을지는 가늠조차 할 수가 없었다.

또한 이에 얽힌 개새끼들 또한 몇이나 되는지, 어디까지 파고들어 숨어 있는지도 확신이 어려웠다.

그것이 종혁이 이곳에서 어떠한 지옥이 펼쳐지고 있는지 알고 있었음에도 그동안 쉽사리 움직이지 못한 채 수년이나 준비한 이유였다.

"하지만 그 개새끼들은 서로가 서로를 알고 있다는 거군."

"네. 덕분에 피해자들끼리도 안면을 익히게 된 거고요."

끼리끼리 논다는 게 이런 걸까.

사람을 돈으로 사고, 감금시킨 채 노예처럼 부리던 이들은 서로 알고 지내기도 일도 있는 듯했다.

실제로 이선영이 일하는 유흥주점에 종종 손님으로 찾아왔던 악마들. 같은 동네가 아니라 다른 면에서 찾아오기도 했다.

이것이 최재수가 가져온 연결 고리다.

수년에 걸쳐 조사한 끝에 파악해 둔 피해자들의 숫자가 적지 않은 상황.

피해자들끼리 서로 알고 지내기도 한다는 게 파악된 이

상, 지옥의 구렁텅이에 처박아도 시원치 않을 개새끼들을 모조리 잡아내는 것도 어렵지 않을 터였다.

"신안서만으로 감당할 수 있겠어?"

"일말의 가능성이라도 남기지 않으려면 확실한 게 좋겠죠."

신안서 산하의 경찰들만으로도 일망타진하는 게 가능할 수도 있다.

하지만 종혁으로서는 단 0.01%라도 작전의 성공률을 높일 수 있다면, 가능한 모든 수단을 동원할 생각이었다.

무엇보다 중요한 건 피해자들을 무사히 구해 내는 것이었으니까.

하지만 문제가 있다.

바로 사람들의 시선.

지나치다 싶을 정도로 많은 수의 경찰이 들이닥친다면 눈에 띄지 않을 수가 없었다.

신안의 모든 섬을 한꺼번에 들이쳐 단숨에 뒤엎을 생각이지만, 아무래도 가능한 늦게 눈에 띌수록 좋았다.

"그건 제가 해결할 수 있습니다."

"최 서장이?"

"맡겨만 주십시오."

수년을 준비했다. 빈틈은 없었다.

종혁을 빤히 바라보던 함경필은 전화기를 들었다.

"예, 청장님. 함경필입니다. 이제 때가 된 것 같습니다."

함경필은 10만 경찰의 정점, 장희락 경찰청장에게 전화를 걸었다.

* * *

웅성웅성.
이른 아침 신안군 압해면 학교리, 신안군민체육관이 떠들썩하다.
"와따메. 환장하겠네."
"그랑께 우리 서장님이 싹 다 경비를 대는 거라고?"
"예, 어르신! 서장님이 우리가 거시기 하다고 여행을 보내 주시는 거래요!"
"어이구! 대단하구만, 대단혀! 우리가 참말로 축복을 받은 겨!"
"흐미. 이게 다 얼마여."
"압해면 인구가 대략 6000명 정도 됭께 한 사람당 10만 원씩만 잡아도…… 히이익!"
"우리 압해면만 거시기 하간디? 지도읍이랑 임자도도 거시기 한다잖여!"
"오메-!"
군민체육관에 모인 수천 명이 몸을 가만두지 못한다.
신안 인구의 절반 가까이가 동남아 및 전국 각지로 여행을 떠난다. 그에 입이 쭉 찢어진 사람들은 종혁을 보며 어쩔 줄 몰라 했다.

"아이고! 이거 서장님께 미안해서 어쩐뎌!"

"하하. 아닙니다. 그럼 여행 잘 다녀오세요. 감기 걸리지 마시고요."

"암! 당연하지라! 누가 어뜨케 보내 주는 것인디 그런 몹쓸 것이 걸리면 쓴다요!"

"예. 그러니까 조심히 다녀오셔야 해요."

"그려라. 그려. 여행 다녀오믄 꼭 집에 찾아오쇼잉? 내가 아주 실한 놈으로다가 돼지를 잡아 블랑께!"

종혁의 손을 토닥이던 할머니를 마지막으로 압해면의 모든 주민이 버스를 타고 떠나자 종혁의 눈빛이 가라앉는다.

"모두 떠났지?"

"예. 여행은 관심 없다며 남은 사람들이 몇 명 있긴 한데……."

고개를 끄덕인 종혁은 주차장에 세워 둔 승합차에 오른다.

"충성."

기기들 앞에 앉아 경례를 하는 경찰들.

종혁이 무전기를 든다.

"본부장입니다."

신안 인신매매 사건 특별수사대책본부.

"현재 상황 어떻습니까."

-지도읍 모두 떠났습니다.

-임자도 클리어입니다.

-증도 클리어입니다.

육지와 다리가 연결된 모든 섬의 주민이 여행을 떠났다.

종혁의 눈빛이 서늘하게 가라앉았다.

"현 시간부로 전파 방해 시작합니다."

그 어디에도 전화를 걸 수 없도록.

인터넷 전화도, 일반 전화도 쓸 수 없도록.

-……수신!

전국 각지에서 비밀리에 끌고 온 부본부장들이 대답하자 종혁은 빈 의자에 엉덩이를 붙이며 다리를 꽜다.

"출발."

그들은 차를 타고 이동했다.

어느덧 해가 많이 솟은 송공리 여객터미널.

정박된 여객선을 응시하던 종혁이 피식 웃으며 담배에 불을 붙인다.

찰칵! 치이익!

"후우. 올 때가 됐는데……."

부르릉!

저 멀리서 들리는 버스 소리.

"큭큭. 양반은 아니네요."

이윽고 송공리 여객터미널의 주차장으로 버스와 승용차, 승합차들이 들어서다.

순식간에 꽉 차 버린 주차장.

버스에서 사복을 입은 경찰들이 우르르 내린다.

"흠. 오라고 해서 오긴 왔는데…… 여긴 어디야?"

"출발할 때부터 핸드폰도 다 뺏고, 목적지도 말 안 해 주고. 이게 뭔 일인지 모르겠네."

"설마 이 동네에 간첩이라도 숨어 있는 건가?"

"간첩이면 군부대가 출동했겠지."

"와, 이게 대체 몇 명이야? 열, 스물…… 히익! 못해도 3천 명은 되겠는데?"

"자자! 의경들이 이리로 모인다! 4열 종대로 헤쳐 모여!"

"헤쳐 모여!"

시끄러워지는 사람들 사이에서 함필성 목포서장이 종혁에게 다가오고, 종혁이 메가폰을 든다.

삐이이이이!

"반갑습니다. 특수본 본부장 최종혁 총경입니다!"

뾰족한 소리에 인상을 찌푸린 경찰들이 종혁을 응시한다.

"본부장?"

"뭐야. 무슨 사건이기에 특수본이 조직된 거야? 무슨 특수본인데?"

그저 사복을 입고 정해진 장소로 가라는 명령 외에는 아무것도 듣지 못했기에 웅성거리는 그들.

종혁은 그런 그들을 향해 말을 잇는다.

"각 인솔 경찰들께서는 사전에 배부받은 사건 서류의

봉인을 푸시기 바랍니다."

지이익! 스스슥!

"……뭐야, 씨발 이거!"

"뭔데? 뭐, 인신 매매?!"

"최, 최소 이백 명?"

경찰들의 표정이 싹 변한다.

종혁을 응시하며 해명을 바라는 그들.

"내용은 확인하셨습니까?!"

"……예!"

"단숨에 몰아쳐야 하는 사건이기에 잠시 실례를 범했습니다. 하지만 모두 피해자를 구하기 위해서 어쩔 수 없는 일임을 알아주시길 바랍니다."

"……."

"서류에 표시된 것 외에도 얼마나 많은 피해자가 저 섬들에 숨겨져 고통을 받고 있을지 모릅니다. 그러니 모두 뒤집으십시오."

쿵!

"일반 주택, 염전, 사업체, 배, 창고 등 의심 가는 장소는 모두 달라붙어 뒤집고 피해자를 구하십시오. 인간 이하의 개새끼들을 때려잡으십시오. 절대 단 한 명도 섬 밖으로 나가게 해선 안 됩니다."

어느새 이글이글 타오르는 눈으로 종혁을 보는 경찰들.

"모든 책임은 본부장인 제가 지겠습니다. 아시겠습니까!"

"전체- 차렷-! 경례!"

"충-성!"

"그럼…… 현 시간부로 작전을 시작하겠습니다. 가장 선두의 차량부터 저 배에 올라타!"

"버스에 올라타!"

"뭐해, 새끼들아! 움직여!"

우르르!

다시 차량에 올라타는 경찰들.

흐뭇이 웃으며 연설을 지켜보던 함경필과 함필성이 우려 섞인 눈으로 종혁을 본다.

"최 서장, 그런데 저게 전부야? 한 대 가지곤 모자라지 않아?"

"전혀요."

절대 모자라지 않다. 저것이 전부가 아니기 때문이다.

"응?"

부아아아앙!

"아, 저기도 시간 맞춰 도착했네요."

저 멀리 바다에서 들리는 엔진 소리. 아니, 엔진 소리들.

시선을 돌린 사람들의 망막에 바다를 날 듯 달려오는 수백 척의 어선과 요트가 비친다.

그뿐만이 아니다.

뿌우우웅!

저 멀리서 다가오는 여객선 세 척.

"저, 저…… 저것들을 어떻게?"

"뭘 어떻게예요. 그냥 샀지."

지도, 증도, 임자도로 향한 선박들은 물론이고, 지금 다가오는 여객선을 운용하는 해운 회사까지 모두.

이번 작전에 동원된 선박의 숫자만 총 4천여 척.

뿐만 아니다.

신안의 모든 섬을 누비며 뱃길을 외운 사람들, 신안을 개발하는 건설업체의 인부들을 길잡이로 태우고, 전국 어촌에서 손이 노는 어부들까지 전부 고용했다.

"그럼 시작합시다."

종혁의 눈이 살의로 번들거리기 시작했다.

수천 척의 배가 신안군 1025개의 섬으로 흩어졌다.

* * *

그그극! 극!

몸이 깡말라 뼈만 남은 것 같은 남성이 새하얀 소금을 민다.

새까맣게 타고, 얼굴에 주름이 많은 그.

"허억! 헉!"

아직 바람이 차가운데도 아래서 올라오는 지독한 증기가 남성의 숨통을 틀어막는다.

"후우."

소금에 절여진 흐리멍덩한 눈이 잠시 하늘을 본다.

뿌드득!

전신이 살려 달라 비명을 지른다.

퍼억! 뿌득!

"커헉!"

한곳으로 모아 놓은 소금 더미에 처박히자 남성은 몸을 웅크리며 머리를 보호한다.

"야, 병신! 내가 농땡이 치지 말랬지!"

어느새 다가와 험한 표정을 짓고 있는 청년. 노랗게 물들인 머리와 귓불에서 덜렁거리는 귀걸이가 햇빛을 받아 반짝인다.

"죄, 죄송합니다, 도련님."

바닥이 소금물임에도 남성은 아랑곳하지 않고 머리를 박는다.

"얼른 일해, 새꺄!"

"예. 예."

"아이, 씨. 가오 상하게."

가슴까지 올라온 장화옷이 마음에 안 드는지 계속 매만지며 멀어지는 청년을 바라보던 남성은 자신이 부딪쳐 흐트러진 소금 더미에 한숨을 내쉬며 발을 내딛는다.

시큰!

"아."

시선을 아래로 내린 남성의 눈빛이 흐려진다.

다 해진 낡은 바지 아래 발목이 부어 있다.

방금 전 넘어질 때 이상한 소리가 들리더니, 아무래도

접질린 듯했다.

"하아."

하지만 멈출 수 없다.

남성은 절뚝이며 드넓게 펼쳐진 암태면의 소금밭에서 소금을 밀었다.

언제나처럼.

내리쬐는 햇빛 속에서 쉴 새 없이 소금물을 밀고, 밀고, 계속 밀었던 남자는 해가 저물어 가자 그제야 도구들을 정리하곤 창고로 향했다.

기기긱!

기괴한 소리를 내며 열리는 녹슨 문.

남성은 도구들을 창고 한곳에 가지런히 쌓고선 더 안으로 들어갔다.

그리곤 한쪽 구석에 놓인 얇은 스티로폼에 이불만 깔아 놓은 침대에 그대로 몸을 뉘었다.

벌써 십여 년째 쓰는 거라서 다 해지고 까맣게 물든 이불. 찌든 냄새가 코를 찌르지만, 남성은 느끼지 못하는 건지 미소를 지으며 이불에 몸을 비빈다.

"……아, 아니지."

아까보다 더 부어 있는 발목.

해가 다 저물어 아무것도 안 보이기 전에 할 수 있는 조치를 해 둬야 했다.

뒤로 뻗은 남성의 손에 다 해진 천 쪼가리가 딸려 온다.

언제나 여기에 있었다 〈89〉

더 이상 입을 수 없을 만큼 해진 탓에 버려야 했던 옷을 뜯어 만든 붕대.

아무리 아파도 병원을 보내 주지 않는 사장 탓에 만들어 둔 붕대였다.

"으으윽! 하아."

뜨거운 숨이 목구멍을 통해 뱉어진다.

낡은 붕대로 발목을 모두 감은 남성은 앞으로 손을 뻗어 바닥에 널브러진 냄비를 가져온다.

달그락!

뚜껑이 열리며 코를 확 찌르는 묵은 냄새.

말라붙어 노랗게 변색됐건만 남성에겐 이것도 없어서 못 먹는 것이다. 남성은 손으로 밥을 한 움큼 퍼서 입안에 가져간다.

그리고 옆에 놓인 플라스틱통을 열어 곰팡이가 핀 된장을 퍼 입에 가져간다.

저녁은 이걸로 끝. 남은 것은 내일 아침과 저녁 식사다.

꿀꺽!

"후우."

어제 받아 놓은 수돗물로 밥을 넘긴 남성은 침대에 몸을 눕히며 한 곳을 바라봤다.

찬바람이 빨려 들어오는 창고 벽에 뚫린 작은 구멍들.

그 구멍들을 멍하니 쳐다보던 남성의 흐릿한 눈빛이 과거로 향한다.

얼마 전 저 틈 사이로 드리워졌던 눈동자.
'실종된 학생들을 찾는다고 했던가……'
"나도 찾아 주지……."
여기 있는데…….
주륵!
그날 이후 다시 흐르기 시작한 눈물이 오늘도 한 방울 흘러내린다.
구멍 틈 사이로 들어오는 차가운 바람이 몸을 휘감자 남성은 이불을 머리까지 끌어 올린다.
그는 오늘도 그곳에서 그렇게 잠을 청했다.

* * *

"정말 괜찮겠어?"
"에이. 괜찮아, 괜찮아. 이런 것도 해 봐야 남자지!"
"……휴. 알았어. 매일 연락하고."
"걱정 마세요. 다녀올게요."
엄마를 꼭 끌어안은 청년이 몸을 돌린다.
그의 도전을 축복하듯 강렬하게 내리쬐는 햇빛.
청년은 환하게 웃으며 발을 내디뎠다.

"으아!"
어두워진 밤, 목적지에 다다른 청년이 땅바닥에 주저앉는다.

처음 출발할 때만 해도 말끔하기 그지없었던 청년. 그러나 지금은 거지 몰골과 다를 게 없다.

겨울이라 옷을 제대로 말리지 못해 쉰 냄새와 땀 냄새가 풀풀 나는 옷에, 며칠 동안 제대로 씻지 못해 떡이 진 머리와 흙먼지와 땀으로 범벅된 얼굴.

그러나 눈은 참 맑은 청년이 맑게 웃는다.

"드디어…… 목포인가?"

서울에서부터 시작해 강원도 고성, 부산, 그리고 얼마 전 해남까지 찍었다.

이제 다시 서울로 오르기만 하면, 바다를 끼고 한국을 빙 두르는 대장정도 끝이었다.

"목포도 크게 다를 건 없네."

물론 서울처럼 도로가 확 트여 있지도 않고, 높다란 빌딩들이 빼곡하지도 않았다. 서울 외곽과는 큰 차이가 없을지도 모르겠지만, 도심끼리 비교하자면 아무래도 차이가 있었다.

하지만 결국 똑같은 사람이 사는 곳이라고 해야 할까.

대장정을 시작하기 전까지는 다른 지방 도시들이 마치 딴 나라처럼 다를 거라고 생각했는데, 생각보다 별다른 느낌이 없었다.

이런 사소한 깨달음이 청년의 좁았던 시야를 넓혀 준다.

"오늘은 어디서 잘까나…… 아, 저기가 괜찮겠다."

찜질방을 발견한 청년은 겨우 몸을 일으켜 후들거리는

다리로 걸음을 옮겼다.

"아우, 아무도 없으니 전세 낸 거 같아서 좋았네."
사우나에서 개운하게 씻은 뒤 뜨끈한 수면실에서 한숨 자고 일어난 청년은 기지개를 켰다.
주중이라서 그런지 아무도 없었던 수면실.
덕분에 그 넓은 곳에서 편안히 숙면할 수 있었다.
"라면 정식 하나 주세요!"
찜질복을 입은 채 찜질방 매점에 들른 청년이 구운 계란 세 개도 구매한다.
남해를 지날 때 돈을 얼마 쓰지 않았기에 예산에 여유가 있어서 오늘은 과소비를 해야겠다고 생각한 그.
탁탁탁!
"으으음!"
짭짤한 계란과 차가운 사이다가 지친 몸에 활력을 불어넣는다.
"어이구. 복스럽게도 먹는다."
"하하. 감사합니다. 이것 좀 드실래요?"
청년이 말을 건 할머니를 향해 계란을 내민다.
"고마워요. 잘 먹을게요. 이것 좀 들어요."
막걸리와 파전이 내밀어지자 청년의 얼굴이 활짝 핀다.
"감사합니다! 잘 먹겠습니다!"
꿀꺽꿀꺽!

"크으으!"

빼지도 않고 잘 먹는 청년의 모습에 할머니의 눈이 호선을 그린다.

"말투를 보니까 서울에서 왔어?"

"헤헤. 네, 맞아요."

"혼자? 이 먼 곳까진 왜?"

"아, 대학 들어가면 이제 이렇게 돌아다녀 볼 시간도 없을 거 같아서요."

학교, 집, 학교, 집만 반복하고 서울은커녕 사는 동네 밖으로도 거의 나가 본 적이 없었다.

"자자, 한 잔 더 마셔요."

"앗! 괜찮아요. 할머니도 드셔야죠."

"괜찮아. 어른이 주는 건 먹어도 되는 거예요."

"그럼……."

냉큼 손을 뻗어 잔을 받는 청년의 모습에 할머니는 못 말리겠다며 고개를 저었다.

둘은 그렇게 술잔을 기울이며 두런두런 이야기를 나눴다.

하지만 잔뜩 지친 몸으로 술을 마셔서일까.

청년은 곧 꾸벅꾸벅 졸기 시작한다.

"많이 피곤해?"

"습! 아, 아니요. 괜찮습니다."

"아니야. 얼른 올라가서 자. 나도 이제 자야 할 것 같으니까."

"그럼…… 안녕히 주무세요."

매점을 나선 청년은 찜질방을 둘러보다 고개를 저었다.

"찜질은 내일 해도 되니까."

찜질보단 아까 수면실에서 봤던 따뜻한 모포를 덮고 자고 싶다.

"오늘 과소비 많이 하네……."

그래도 정해 놓은 예산 안쪽이다.

청년은 히죽 웃으며 수면실이 있는 사우나로 향했다.

　　　　　　＊　＊　＊

"으아아!"

다음 날, 해도 뜨지 않은 새벽에 일어나 찜질로 노폐물도 빼고, 뜨끈한 육개장으로 배도 든든히 채운 청년이 찜질방을 나선다.

"이제 가는 거야?"

"앗! 네! 할머니도 이제 집에 들어가세요? 앗! 좀 들어드릴까요?"

청년이 보따리를 쥐자 할머니의 눈이 빛난다. 마치 넝쿨째 굴러 들어온 호박을 보는 듯한 눈빛.

그러나 짐을 드는 청년은 보지 못했다.

"어이구, 무거울 텐데. 그럼 저기 골목까지만 들어다 줘."

"하하. 아니요. 전혀 무겁지 않은데요, 뭘. 그럼 가시죠!"

청년은 할머니와 나란히 걸으며 골목 안으로 들어갔다.

'응? 막힌 길인데?'

"할머니 여기가 맞……."

뻐어억!

'어?'

"야, 이……! 그렇게 세게 때리면 어뜨카냐!"

"지롤. 이 짓거리 한두 번 하냐잉. 얼른 싣기나 혀야."

"알았어."

"할매, 여기. 세 보쇼. 백만 원 맞지라?"

"그려. 맞네. 또 저런 거 있으믄 연락할게."

"들어가쇼잉."

'어? 할머니?'

승합차에 실리는 청년은 멀어지는 할머니를 멍하니 바라봤다.

1994년, 그렇게 청년은 세상에서 사라지게 됐다.

* * *

눈을 번쩍 뜬 남성이 천장을 멍하니 바라본다.

'왜 또 그때 꿈을…….'

지옥의 시작을 알렸던 그날.

여행을 떠나지 말걸, 그 할머니를 무시할걸.

얼마나 후회하고 또 후회했는지 모른다.

"후우."

지금 와 또 후회하면 뭐 할까.

남성은 침대를 짚으며 몸을 일으킨다.

"어?"

풀썩!

팔에 힘이 풀린 남성이 다시 누워 버린다.

어리둥절해하던 그가 그제야 뜨거워진 몸을 느낀다.

마치 잠에서 덜 깬 듯 무겁고 몽롱한 몸.

아무래도 조금만 더 누워 있어야 할 것 같다. 아직은 해가 뜨지 않았으니 괜찮았다.

'그때부터 귀가 들리지 않았지.'

그래서 당시 자신을 납치한 남성이 지금의 사장님이 무슨 대화를 나누는지도 전혀 알아들을 수가 없었다.

하지만 사장님은 자신의 귀가 들리건 말건 신경 쓰지 않았고, 자신은 어떻게든 눈치껏 상황을 파악해 행동해야만 했다.

그러지 못하면 매질이 돌아올 뿐이었으니까.

이후 이제는 어지간한 말은 들리지 않아도 어림짐작으로 이해할 수 있게 되었다.

고등학교를 막 졸업한 청년에겐 견디기 힘든 지옥이었다.

그에 언젠가는 도망쳐 보려고도 했다.

'그러다 걸려서 족쇄가 채워졌지.'

처음엔 양 발목에 족쇄가 채워졌다.

경찰 수갑을 개조해 만든 족쇄. 발은 세 뼘도 채 내딛지 못했고, 수없이 넘어지며 맨발로 염전을 굴렀다.

따갑고, 아팠다.

찢긴 상처 사이로 스며드는 소금물은 눈앞이 아득해질 정도로 아팠고, 기관지와 폐는 소금에 절여지다 못해 숨만 내쉬어도 칼로 난도질한 듯 아팠다.

가장 고통스러운 건 하루에 물을 한 컵만 마실 수 있다는 것이었다.

지독한 갈증과 누군가 배 속을 뜯어내는 듯했던 허기.

죽고 싶었다.

하지만 죽을 수 없었다.

아직도 자신을 기다리고 있을 엄마 때문에.

먼저 죽은 이곳에 함께 갇혀 있던 형들 때문에.

어느 날 갑자기 쓰러진 이후 영영 깨어나지 못했던 형들. 고통에 일그러진 얼굴로 혀를 깨물며 죽은 형들.

그들의 얼굴이 머릿속에서 지워지지 않았다.

죽고 싶다는 생각이 들 때마다 떠오르는 그 얼굴들에, 무섭고 두려워 죽을 수가 없었다.

남성의 눈이 왼손으로 향한다.

새끼손가락이 없는 왼손.

―아악! 아저씨! 경찰 아저씨! 사, 살려 주세요! 살려 주

세요!
―다신 못 도망치게 해 주지.
퍼억!
―아아아아악! 끄아아아악!

달조차 구름에 가려진 밤, 도망치려 했을 때 한 마디가 잘렸다.
찾아온 경찰에게 말하려 했을 때 또 한 마디가 잘렸다.
겨우 도망쳐 여객터미널로 갔을 때 나머지 한 마디마저 잘렸다.
그리고 그 이후 남성은 도망을 관둬 버렸다.
가끔 찾아와 사장님과 인사를 나누는 경찰을 보고도, 자신을 발견하고도 못 본 척하는 경찰을 그냥 지나쳤다.
가끔 구경 오는 사장님과 도련님의 친구들을 보고도 못 본 척했다.
그렇게 그는 노예이자 동물원의 동물이 됐다.
퍼억!
몸에 부딪치는 무언가에 깜짝 놀라 고개를 돌린 남성이 파랗게 질린다.
어느새 드리우는 햇빛을 등지며 창고 문에 서 있는 사장님. 일그러진 얼굴이 화를 내고 있다.
남성은 다급히 몸을 일으키려 했지만 다시 넘어지고 말았다. 몇 번이고 넘어졌다.
"뭐야, 왜 이래?"

다가와 남성을 이리저리 만진 노인이 혀를 찬다.

그의 눈이 시꺼멓게 죽어 버린, 더러운 천 쪼가리가 감긴 남성의 발목을 본다.

"결국 망가진 건가……. 그래도 오래 버텼네, 쯧."

일그러진 눈 속에 피어나는 짜증과 포기란 감정에 남성의 심장이 내려앉는다.

저 눈이다. 먼저 죽어 간 형들의 시신을 볼 때 짓던 그 눈빛.

"아, 아닙니다! 일어날 수…….."

토닥토닥!

"흡?!"

"그래, 오늘은 쉬어."

다시 남성을 토닥인 노인은 창고를 빠져나갔고, 남성은 그런 주인을 보며 얼떨떨해했다.

분명 따뜻했다.

너무 따뜻해 적응이 되지 않는 미소. 이곳에 사로잡힌 이후 처음 본 미소. 자신을 향해 처음으로 지어 준 비웃음 아닌 미소.

남성의 시선이 다시 왼손으로 향한다.

'왜?'

남성은 얼떨떨해하면서도 몸에 힘을 주었다. 어떻게든 일어나려 애썼다.

이것 또한 함정일 수 있기에.

　　　　　　　＊　＊　＊

"뭐예요. 왜 벌써 들어와요?"
"맛 갔어."
"……완전히?"
"어. 아무래도 새로 구해야 할 것 같아."

아무래도 이번엔 벙어리에다 다리 하나 정도 병신인 놈을 골라야 할 것 같다.

"어휴. 구할 수 있겠어요? 요새 핸드폰이다 뭐다 해서 바로 연락 올 텐데?"
"그러니까 고아인 놈으로 골라 달라고 해야지."
"그럼 그동안은 어쩌려고요."
"어쩌긴. 알바 잠깐 써야지. 어제 먹다 남은 삼계탕 있지? 그것 좀 끓여 놔."
"노랭이 저녁밥이요?"
"그래. 그거."

그렇게 말한 노인이 집 옆 창고로 향한다.

부우우우웅!

"쯧. 근처에 말벌집이 생겼나."

하늘을 둘러보다 창고 안으로 들어가 플라스틱병을 꺼내 다시 집으로 들어가는 노인. 그의 부인이 미지근한 국그릇을 내민다.

"대충 전자레인지에 돌렸어요."
"이리 줘."

언제나 여기에 있었다 〈101〉

노인이 넘겨받은 국그릇에 플라스틱병에 담긴 가루를 타서 섞는다. 마치 싱거운 국에 소금을 타듯 무심한 얼굴로 가루를 탄 그.

"지호는?"

"아직 자죠. 시간이 몇 신데."

"깨워서 마대 자루 가져오라고 해. 이젠 영 힘을 못 쓰겠어."

"언제는 제대로 썼나? 알았어요."

노인은 다시 염전에 있는 창고로 향한다.

기구와 영 못 써 먹을 소금 약간을 보관하며 노예의 숙소이기도 한 창고로.

* * *

얼마나 노력했을까.

겨우 상체를 일으킨 남성이 뜨거운 숨을 거칠게 뱉어낸다.

남성은 고개를 푹 숙인 채 부어오른 발목에서부터 올라오는 통증을 간신히 견뎌 냈다.

그래서 보지 못했다. 다시 창고 문 앞에 서서 서늘한 눈으로 바라보는 노인을.

노인은 성큼성큼 다가와 남성에게 삼계탕 찌꺼기가 담긴 국그릇을 내민다.

"자, 이거 먹어."

"사, 사장님?"
"몸보신하라고 주는 거야."
"가, 감사합니다."
"쭉 들이켜고 한숨 자."
"네, 네."
남성은 어서 먹으라며 지켜보는 노인의 모습에 국물을 쭈욱 들이켰다.
'큽!'
맛있다. 묘하게 역하지만, 고소하기도 했다.
십여 년 만에 처음 먹는 고깃국이 온몸에 스며든다.
남성은 혹여 뺏어 갈까 허겁지겁 들이켰다.
"다, 다 먹었습니다. 설거지할게요."
"됐어. 그냥 누워."
"제, 제가 뭘 잘못했는지 알려 주십시오! 모, 모두 고치겠습니다. 지, 지금 일하러 가겠습니다!"
"어허. 그런 거 아니라니까. 누워, 누워."
억지로 눕혀진 남성이 두려움에 찬 눈으로 노인을 보고, 노인은 그런 남성을 보며 한숨을 내쉰다.
"내가 그동안 참 너무했지?"
"……큽?!"
기침을 한 남성이 눈을 부릅뜬다.
아프다. 갑자기 오장육부가 모두 찢어지는 것 같다.
의문이 떠오른 남성은 호기심 어린 노인의 눈을 보곤 모든 걸 깨달았다.

'아, 그렇구나.'

오늘이 죽는 날이었다.

'하하. 드디어 죽는구나.'

이제야 죽는 거다. 이제야 해방이 되는 것이다.

이 정도 아픈 거였으면 그냥 예전에 죽을걸.

예전에 죽어 버릴걸.

'엄마, 나 먼저 갈게. 미안해요.'

아들이 사라져 많이 힘들어했을 어머니. 천국에 먼저 가 있을 테니까 꼭 다시 만나요.

남성은 배를 움켜쥐며 몸을 말았다.

그때였다.

뻐어억!

모든 소리가 희미하게 들리는데도 귀를 뚫고 들어오는 무언가 부러지는 소리.

힘들게 뜬 남성의 눈에 사장님 대신 낯선 사내가 보인다.

"괜찮으십니까!"

'누구……?'

누구든 상관없다.

'도망쳐요.'

여기서. 얼른.

남성은 마지막 힘을 쥐어짜 손을 저었다.

툭!

남성의 손이 떨어진다.

간절함을 담은 눈이 감긴다.

그와 동시에 종혁의 심장도 아득한 저 아래로 떨어져 내린다.

"응급 헬기 불러요, 얼른!"

"예!"

다급히 달려들어 남성의 목구멍 안으로 손을 집어넣는 종혁.

"피해자분! 정신 차리세요! 정신 차리셔야 합니다!"

일단 뱉어 내게 해야 한다. 속을 비우게 해야 한다.

"……웨에에엑!"

남성이 몸을 웅크리며 먹은 걸 토해 내기 시작한다.

수그러들던 삶의 불꽃을 태운다.

남성을 경찰들에게 맡긴 종혁은 몸을 일으켜 한쪽에 구겨져 있는 노인에게 다가간다.

"끄어어억!"

탈골이 된 어깨를 붙잡고 벌레처럼 바닥을 기는 노인.

빠드드득!

흉악하게 일그러진 종혁의 얼굴.

종혁이 그의 머리채를 잡아챘다.

"뭘 먹였어."

"무, 무슨 말인……. 너, 너희들 누구……."

종혁이 그의 탈골된 어깨를 움켜쥔다.

꽈득!

"끄이이아악! 으아아아아악!"

"뭘 처먹인 거냐고, 씨발 새끼야."

콰드득!

"아아아악! 제, 제초제! 제초제-!"

콰드득!

"아아아악! 말했잖아! 다 말했잖아-!"

"다른 사람들은?"

"무, 무슨 사람들……!"

"네가 노예처럼 부린 사람들. 그리고 이 암태도에서 노예처럼 부려지는 사람들."

쿵!

노인이 눈을 부릅뜬다.

'겨, 경찰!'

말하면 안 된다. 말할 수 없다.

종혁은 슬그머니 시선을 돌리는 노인의 모습에 주먹을 들어 노인의 어깨를 후려쳤다.

"끄아아아악! 컥! 커러럭!"

난생처음 느끼는 아득한 고통에 쇼크 상태에 접어드는 노인.

종혁이 노인의 어금니를 잡아 꺾는다.

"으그으윽! 그으으으윽!"

"불어. 안 그러면 남은 생 죽만 먹고 산다."

이번 작전에 동원된 병력만 무려 1만 2천여 명이다.

불지 않아도 다 알아낼 수 있다.

종혁의 두 눈에서 살의가 터져 나왔다.

* * *

투두두두두두두!

이미 근처에서 대기하고 있던 헬기가 내려와 남성을 싣고 떠난다.

"꺼흑! 꺼흐윽!"

눈물, 콧물 다 쏟아 내다 못해 거품까지 무는 노인. 아니, 개새끼.

종혁이 그의 뒷덜미를 잡아 집어 던진다.

"이 개새끼 수갑 채우고······."

이곳에 감금되어 있던 피해자는 한 명이 아니었다.

죽고, 죽은 끝에 한 명만 간신히 살아남은 것이었다.

죽은 이들의 시신은 인근 승봉산에 묻거나, 화장을 해서 바다에 뿌렸다고 한다.

"부인하고 자식 새끼도 수갑 채우세요. 그리고 장례업체도 싹 체포하고요."

노인이 저지른 만행을 모두 알고 있음에도 눈감아 준 채 화장을 해 준 암태도의 장례업체.

피해자들의 사체를 은닉하는 데 도움을 준 그들도 공범이다.

"예!"

"뭐합니까! 빨리 전파하지 않고!"

"사랑염전, 사랑염전에도 피해자가 있다! 근처 병력들은 빠르게 출동하길 바란다!"

―행복염전에 피해자 둘! 빠른 지원 바란다!
―단고리 천일노래방! 인신매매 피해자를 발견했다!
쉴 새 없이 이어지는 무전.
몸을 일으킨 종혁은 천천히 창고 안을 둘러봤다.
그제야 썩은 소금의 냄새가 코를 찌르고, 후덥지근한 공기가 목을 짓누른다.
구멍이 숭숭 뚫려 바람이 통하는 창고와 해지다 못해 검게 썩은 이불.
여기가 정녕 사람이 살 수 있는 곳일까.
―도주 선박 발생! 도주 선박 발생!
움찔!
종혁의 시선이 무전기로 향한다.
이런 짓을 저지르고도 죗값을 치르기 싫어 도주를 하는 걸까.
콰득!
악물어진 이가 부러지며 피가 입술 밖으로 삐져나온다.
"정말…… 개새끼들만 있구나."
모두가 개새끼다. 벌레 못한 새끼들이 너무 많다.
얼굴에서 감정이 사라진 종혁이 무전기를 든다.
"본부장이 전 병력에게 고합니다. 현 시간부로 용의자 반항 및 도주 시 발포를 허가합니다."
쿵!
―……충성!

-충-성-!
 다시 시끄러워지는 무전기를 내린 종혁이 몸을 돌린다.
 다른 피해자들을 구하러 가야 했다.
 "현장 보존하고, 감식반을 제외한 그 누구도 들여보내지 마세요."
 척!
 경찰들은 말없이 경례를 했다.
 그들의 눈이 불타오르고 있었다.

* * *

 딸랑!
 한 남성이 미용실 안으로 들어선다.
 앞머리가 코끝까지 내려올 만큼 머리가 덥수룩하고, 여성처럼 키가 작고 왜소한 남성.
 "아, 안녕하세요."
 손님이 오자 일어서던 미용실의 원장이 어눌한 남성의 말투에 누군지를 깨닫는다.
 "왔어? 왜 혼자 왔어?"
 "오, 오늘부터 혼자 가라고 했어요."
 원장의 안내를 받아 빈자리에 앉는 남성.
 원장과 수다를 떨던 아주머니들이 남성을 보며 수군거린다.

"저 삼촌은 누구야?"
"아, 왜 그 있잖아. 저기 재호 엄마네 염전에서……."
"아아."
고개를 끄덕인 아주머니들이 신경을 끈다.
"그보다 아까 여객터미널 봤어? 외지 차량들이 많이 들어오던데?"
"그랬어? 얼마나?"
다시금 수다를 떨기 시작한 아주머니들.
거울을 통해 그런 아주머니들을 힐끔 보는 남성의 어깨가 움츠러든다. 그런 남성의 머리에 물이 뿌려진다.
"어떻게 잘라 줄까?"
"다, 다정하게요. 짜, 짧게……."
"알았어."
어차피 노예니 그냥 짧게 자르기만 하면 될 거다.
원장은 가위가 아닌 바리캉을 들었다.
그 순간이었다.
따라랑!
문이 격하게 열리며 장년인이 안으로 들어온다.
아직 날이 더운 계절이 아님에도 땀을 비 오듯 흘리는 장년인.
"헉! 헉! 여기에……."
"어머! 재호 아빠!"
반갑게 맞이하는 원장과 아주머니들 사이에서 남성을 발견한 장년인이 다급히 외친다.

"야!"
"네, 네!"
"나와!"
"네?"
"빨리 나오라고, 새끼야!"
후다닥!
남성이 다급히 장년인에게 달려간다.
"브, 브르셨어요?"
"따라와!"
남성의 팔뚝을 낚아채 미용실을 나온 장년인이 남성을 미용실 앞에 세워 둔 차에 욱여넣는다.
부아앙!
이미 시동을 켜 둔 상태라 곧바로 도로를 달리기 시작한 차.
"빌어먹을! 빌어먹을!"
운전대를 잡은 남성이 방금 전 상황을 떠올린다.

아침에 일이 있어서 잠시 염전을 나선 장년인.
일을 마치고 다시 염전으로 향하던 그가 고개를 모로 기울인다.
"못 보던 차가 많이 보이네. 뭔 일 있나?"
아직 3월이다.
가끔 사람들이 겨울 바다를 느끼기 위해 이 안좌도에 들어오기는 하지만, 3월에는 외지인의 발길을 뚝 끊긴다고 봐야 했다.

그렇게 의아해하며 염전으로 향하던 장년인이 차의 속도를 줄인다.

"뭐, 뭐야?"

줄지어 움직이던 외지 차량 중 한 대가 갑자기 방향을 꺾어 염전으로 들어간다. 또 다른 차량이 다른 염전으로 들어간다.

두 대의 차량이 중앙 마을의 노래방과 유흥주점에 멈춘다.

오싹!

뭔가 잘못됐다.

눈을 굴리면서도 차량들의 뒤를 쫓던 장년인은 결국 자신의 염전에도 차가 들어서자 머리가 쭈뼛 서는 공포를 느꼈다.

'서, 설마?'

작년에 안좌도와 팔금도를 발칵 뒤집었던 사건이 떠오른다.

실종된 안좌고등학교의 학생들.

그때 자신의 염전도 조사를 받지 않았던가. 그때 경찰들이 노예 놈을 숨겨 둔 창고로 접근하기에 얼마나 마음을 졸였던가.

"씨부릴!"

아무래도 그때 들킨 것 같다.

장년인은 다급히 차를 돌려 노예 놈을 내려 줬던 미용

실로 향했고, 그를 끌고 나와 차로 향했다.

"타!"

"예?"

"타라고, 새끼야!"

이놈을 숨겨야 한다. 인근 섬에 숨긴 후 오리발을 내밀어야 한다.

'아니면…… 죽여 없애든지.'

눈빛이 가라앉은 장년인은 다급히 선착장으로 향했다가 깜짝 놀랐다.

'여, 여기도 외지인이?!'

선착장에도 외지 사람들이, 험한 인상의 사람들이 서 있다. 숨어 있다.

"고개 숙여!"

장년인은 얼른 남성의 머리를 잡아 내리눌렀고, 모른 척 선착장 앞 도로를 지나쳤다.

"어떡해야 할까. 어디로 도망쳐야 할까.

안좌고등학교 뒤편에 있는 산에 올라가 숨어 있어야 할까.

"아! 그게 있었지!"

안좌도를 빠져나갈 구멍이 있다.

그는 다급히 섬의 한쪽으로 차를 몰았다.

이윽고 해안가에 도착한 그는 차에서 내려 한구석에 처박혀 있는 허름한 배에 다가섰다.

버려진 폐선을 손재주 있는 학생들이 집 창고에서 부품

들을 조금씩 훔쳐서 그럴싸하게 수리한 배.

어른들 몰래 일탈하기 위한 아지트로 쓰이는 배로, 움직일지 어떨지는 알 수 없지만 그로서는 이제 믿을 게 이것밖에 없었다.

"새끼야! 저거 밀어!"

남성은 어리둥절해하면서도 일단 시키는 대로 배를 바다를 향해 민다.

"끄으으으!"

그으으으!

"됐어! 올라타!"

그르릉! 그르릉! 그으으으으응!

다행히 시동이 걸리는 모터. 배가 바다에 올라타며 미끄러지듯 나아간다.

"……하!"

됐다. 드디어 안좌도를 빠져나왔다.

그렇게 안도하는 순간이었다.

삐이이이이!

-아! 아! 마주 오는 선주분! 배를 멈춰 주세요! 검문을 하겠습니다!

"……씨발!"

저 앞에서 다가오는 배 한 척.

해경 선박이 아니라 일반 어선이지만, 장년인은 다급히 배를 틀어 속도를 높였다.

잡히면 안 된다. 잡혀선 안 된다.

장년인의 머릿속에 이 생각으로 꽉 들어찬다.
-멈추세요! 멈춰! 멈추라고!
"좆까, 새끼들아! 꺼져-!"
'어?'
손에 집히는 걸 잡아 던지려던 장년인의 눈이 동그랗게 떠진다.
품 안에서 뭔가를 꺼내 드는 사람들.
'초, 총?'
-지금부터 3회 경고 후 발포합니다. 멈추세요.
차갑게 가라앉는 눈빛들이 거짓이 아님을 말해 준다.
"미, 미친!"
-멈추세요.
"……쏴, 쏴 봐! 쏴 보라고, 새끼들아!"
어차피 못 쏜다. 자신이 아직 뭘 저질렀다고 드러난 것도 아닌데 무슨 총을 쏜단 말인가.
-마지막으로 경고합니다. 멈추세요.
"……."
-전원 발포.
타아앙! 타다다다당!
"흐아아아악!"
쐈다. 진짜 쐈다.
장년인이 모터 손잡이를 놓으며 뒤로 자빠진다.
그에 속도가 줄어들기 시작한 그의 배.
경찰들을 태운 배 역시 속도를 줄이더니 옆으로 다가온다.

곧 두 대의 배가 완전히 멈춰 서자 경찰들이 장년인의 배로 넘어온다.

"아, 안 돼! 안 돼! 오지 마-! 오지 말라고, 새끼들아!"

막대기를 들고 휘두르는 장년인.

타이밍을 보던 경찰이 달려가 그대로 배를 후려친다.

퍼어억!

"꺼억?!"

쿵!

배를 움켜쥔 채 쓰러지는 장년인.

"하, 씨발. 괜히 땀 빼게 하고 있어."

본부장의 발포 명령이 있었지만, 혹여 사람을 죽일까 긴장을 했던 경찰들이 갑판에 머리를 박은 채 벌벌 떠는 남성에게 다가간다.

"흐이익!"

툭!

발끝이 닿자 기겁하며 싹싹 비는 남성.

"사려 주세요! 사려 주세요! 자못해써여!"

"안 죽이니까 걱정…… 어?"

눈물, 콧물을 쏟아 내는 남성의 얼굴을 본 경찰들의 낯빛이 굳는다. 경찰들 중 한 명이 다급히 두툼한 서류들을 넘기다 한 곳에 멈춘다.

"저…… 심준식 씨?"

"그, 그에 누우…… 어? 시주식? 나, 난데?"

까득!

피해자를 찾았다는 기쁨보다 심장이 내려앉는다. 이가 악물어진다.

경찰들이 허리를 숙인다.

오랫동안 지독한 고통 속에서 경찰의 구원만 바랐을 이에게 허리를 숙인다.

"늦어서 죄송합니다. 경찰입니다. 심준식 씨를 구하기 위해 왔습니다."

"어…… 어어…… 지짜요? 저 이제 지베 가요?"

뿌드득!

"예. 저희와 집에 가시죠."

"흑! 흐으윽!"

2003년, 여자친구와 이별한 충격에 마음을 정리하기 위해 홀로 전라남도 완도의 명사십리를 찾았다가 세상에서 자취를 감췄던 심준식은 허리를 펴지 못하는 경찰들을 보며 엉엉 울었다.

* * *

-당신은 나의 동반자!

"얼씨구!"

"좋구나!"

인천공항으로 향하는 버스 안.

마이크를 잡은 사람들과 좌석에서 일어난 사람들이 몸을 흔들며 여행의 기분을 만끽한다.

-자자! 다들 재밌게 놀고 있습니까잉?!

"예-!"

-어르신은 어떻습니까? 괜찮습니까?

"끝장나 브러!"

"으하하하하하!"

"호호호호호!"

-아따 거시기 하당께 다행이구마이라.

하지만 이장 아들은 사람들의 얼굴에 서린 작은 불만을 읽어 낸다.

술. 여행하면 빠질 수 없는 술.

그놈의 술이 문제다.

-흐미. 뭔 술귀신이 씌었소. 비항기 타려믄 맨정신으로 타야 한당께. 우리 비행기 타야 항께 술은 자제합시다잉!

"알았어-!"

"예!"

-그럼 이 분위기를 이어 가서…… 그려, 춘식이 딸내미. 너 나와 봐라.

"저, 저요?!"

-그려. 나와서 노래 한 곡 혀! 그럼 이건 니 거여!

이장 아들의 손에서 살랑살랑 흔들어지는 5만 원에 중학생 소녀의 눈이 번뜩인다. 도저히 빠져나올 수 없는 덫에 슬그머니 몸을 일으킨 소녀에게 박수가 쏟아진다.

마이크를 잡은 채 수줍게 얼굴을 붉히는 소녀.

-나, 낭만 고양이 할 게라.

"고, 고냥이? 그것이 뭔지 모르겄지만······."

이장의 아들은 노래번호를 누르고, 이내 곧 스피커에서 일렉트릭 기타의 강렬한 사운드가 흘러나온다.

-징! 징징징징!

"와아!"

"아따, 좋구나!"

버스를 가득 채우는 빠르고 강렬한 비트에 사람들의 몸이 다시 들썩이고, 춘식은 범상치 않은 딸의 모습에 깜짝 놀란다.

'쟤, 쟤가?'

난생처음 보는 딸의 모습에 놀란 것도 잠시다. 춘식은 이내 꾀꼬리 울음을 쏟아 내는, 눈에 넣어도 아프지 않은 딸을 흐뭇하게 바라봤다.

그때였다.

지이잉! 지이잉!

그의 주머니에서 맹렬하게 우는 핸드폰 진동.

"잉? 이놈이 왜?"

자신의 염전에서 일하는 직원이다.

여행을 다녀오는 동안 연락하지 말라고 했기에 춘식은 의아해하며 전화를 받는다.

-사, 사장님! 겨, 경찰이······!

-저 새끼 잡아!

눈을 부릅뜬 춘식이 벌떡 몸을 일으켰다.

"차 돌려—!"

끼이익! 치이이익!
어느 도시의 터미널 앞에 멈춰 선 버스의 문이 열리자 춘식이 튀어나온다. 뒤이어 도착한 버스들에서도 사람들이 내린다.
"뭐여! 무신 일이여!"
걱정 가득한 얼굴로 쳐다보는 사람들.
그중 가족들의 얼굴을 본 춘식이 입술을 깨물며 애써 웃는다.
그건 다른 사람들도 마찬가지다.
"여, 염전에 급하게 일이 새, 생겼당께 난 이만 돌아가 보겠습니다! 고, 곧 따라갈 텡께 먼저 가쇼잉!"
"아따 그래도……."
"우린 괜찮여라! 곧 따라갈께라!"
가라고 손짓하는 그들에 사람들은 어쩔 수 없다는 듯 다시 버스에 오른다.
부르릉!
"……이 개씨부럴 놈의 최 서장!"
자신들이 좋아서 여행을 보내 준 게 아니었다. 이러기 위해서 자리를 비우게 만든 거다.
"이, 이제 어떡혀요!"
"어떡하긴 뭘 어떡혀! 우리가 잘못한 거 있간디?!"
자신들에게 죄가 있다면, 세상에 하등 쓸모없는 병신들

을 데려다 입히고 재워 주며 일자리를 제공한 죄밖에 없다.

그렇게 우겨야 했다. 그래야 산다.

"그게 먹힌다요! 오매 어째야 쓸까잉!"

"이거 이대로 도망쳐야 하지 않겠습니까? 일단 몸부터 피하고……."

끼기기기기긱!

그들은 갑자기 앞에 멈춰 서는 차량들에 화들짝 놀랐다.

그리고 그 차에서 내린 사람들, 아니 형사들이 그들을 둘러싼다.

"다, 당신들 뭐여!"

"염춘식 씨?"

"그, 그런디요?"

"당신을 인신매매 및 감금, 폭행, 살인, 살인 교사, 시체 은닉 등의 혐의로 체포합니다."

쿵!

압해도와 증도, 임자도, 지도읍에서 염전을 일구는 춘식을 비롯한 염전 사장들의 얼굴이 파랗게 질렸다.

* * *

뚜벅뚜벅!

전남경찰청의 복도를 종혁과 함경필 전남청장, 함필성

목포서장이 걷는다.

낯빛이 딱딱하게 굳은 그들.

'신안 인신매매 사건 특별수사대책본부'라는 글귀가 붙은 문 앞에 선 종혁이 함필성을 본다.

"협조해 주셔서 감사합니다, 서장님."

수많은 경찰과 형사들뿐만 아니라 의경들까지 모두 보내 준 함필성 목포서장.

"경찰로서 당연히 해야 될 일을 했을 뿐이야."

아니다.

제아무리 함경필 전남청장의 명령이 있었다지만, 그들을 신안으로 보냄으로써 목포의 치안에 일순간 공백이 발생했다.

자칫 대형 사고라도 터졌다면, 함필성의 자리마저 위태로웠을 협조. 그로서는 큰 손해를 볼 각오를 했던 것이다.

"곧 자리를 만들겠습니다. 청장님도요."

"으하핫! 필성아, 기대해! 우리 최 서장, 통 진짜 크다!"

"아이고. 형님은 아랫사람들 피 좀 그만 빨아 드셔."

"내가 뭘! 나처럼 좋은 상사 있으면 나와 보라고 해!"

"예, 예. 그러시겠죠."

피식 웃은 종혁이 특별수사대책본부의 문을 열고 들어간다.

그러자 벌떡 일어나는 기자들.

"왔다!"

촤라라라락!

쏟아지는 플래시 세례를 견디며 단상으로 올라서는 종혁을 향해 생방송 카메라가 드리워진다.

"충성. 반갑습니다. 이번 신안 인신매매 특수본 본부장이자 신안경찰서장 최종혁 총경입니다."

촤라라라락!

"이번 사건은 인신매매 및 직업 알선 브로커에 의해 신안으로 팔려 간 한 가련한 여성으로 인해 드러난 사건으로……."

이어지는 종혁의 브리핑에 기자들이 주먹을 쥐고, 이를 악문다.

기자 생활을 하며 단맛, 쓴맛, 똥맛까지 산전수전을 다 겪어 온 그들로서도 피가 거꾸로 솟는 사건.

"이번 작전으로 인해 염전에서 구출한 피해자가 총 127명."

쿵!

"다방과 유흥주점 등에서 구출한 여성들의 숫자가 186명."

쿠웅!

"현재 생존한 피해자는 모두 구출한 상태이고, 사망 및 피살자의 정확한 숫자는 집계되지 않고 있으며, 국과수와 감식반, 1만여 명의 경찰 병력이 가해자의 진술을 받아 신안의 모든 섬을 샅샅이 수색하고 있는 중입니다."

뚜벅뚜벅!

다음 말을 이어 가려는 종혁에게 최재수가 다가와 귓속말을 한다.

움찔!

낯빛이 굳은 종혁.

한숨을 내쉰 종혁이 다시 기자들을 본다.

"사망한 피해자들의 유골이 발견됐다고 합니다. 암태도에서 4구, 안좌도에서 6구……."

입을 떡 벌린 기자들은 그대로 얼어붙었다.

"이상 신안 인신매매 사건에 대한 최종결과 브리핑을 마치겠습니다. 그럼 질문 받겠습니다."

그 말이 끝나자마자 기자들 전체가 손을 든다.

종혁이 그중 인연이 깊은 기자를 지목한다.

"예, 거기 기자님."

'종혁아.'

박영일 부장기자가 몸을 일으키며 떨리는 눈으로 종혁을 본다.

'정말 너는…….'

종혁이 아니었다면 이런 대규모 체포 작전을 실행할 수 있었을까. 이렇게 잡음 없이, 더 큰 피해 없이 피해자들을 구출할 수 있었을까.

정말 존경할 수밖에 없는 놈이다.

"이번 체포 작전에 1만 명이라는 대규모 병력이 동원됐는데, 왜 이렇게 많은 수의 병력이 동원된 것인지 설명해 주실 수 있겠습니까?"

지금 이 때문에 경찰의 과도한 진압, 군부 독재로의 회귀라는 말이 슬금슬금 나오고 있는 중이다.

"그러지 않았다면 분명 또 다른 피해를 입는 피해자가 생겼을 것이고, 이에 저희 경찰은 그 상황을 막고자 어쩔 수 없이 동원한 가능한 모든 병력을 동원할 수밖에 없었습니다. 답이 됐습니까?"

"감사합니다."

"네. 거기 기자분."

"조중일보의 김덕성 기자입니다. 이번 체포 작전에서 무분별한 총기 사용이 지적되고 있습니다. 이에 대해 하실 말씀 없으십니까?"

"가해자들은 가해자들끼리 서로 알고 있었는데, 이 가해자가 도주 시 피해자들이 다칠 수 있는 상황이었습니다. 피해자들에게 어떤 참변이 일어날지 모르는 상황에 저희 경찰은 강력한 진압 수단이 필요했고……."

이후로도 기자들과의 질문이 이어졌다.

그리고…….

악마들의 섬, 신안!

21세기 노예들! 성노예도 있었다!

경찰의 대규모 체포 작전!

1만여 명이 동원된 구출 작전. 천사의 섬, 신안을 뒤집다!

염전에서 구출한 피해자 숫자만 무려 127명!
유골 12구 발견! 또 발견!
다방과 유흥주점 등에서 구출한 여성들의 숫자 186명!
최소 오백여 명의 피해자가 확인돼!
사람들이 아니다! 악마들이다!

쿵!
대한민국에서 거대한 폭탄이 터졌다.

　　　　　　　＊　＊　＊　＊

"난 아니랑께라! 이번이 처음이랑께요!"
"세상 하등 쓸모없는 병신 놈들을 입혀 주고 먹여 준 게 죄다요!"
"우리 큰형이 누군지 알아?! 목포 법원 부장판사여!"
시끌벅적한 신안경찰서. 모든 수사부서가 꽉 들어차 있다.
그것도 모자라 아동청소년계, 생활안전계 등에도 꽉 찬 사람들.
"다른 지방으로 팔려 간 여성들부터 추적해!"
"아따! 왜 이렇게 굼뜨다요! 일단 손이 남는 감식반들은 모두 보내 달랑께라!"
"뭣들 해! 움직이랑께!"
"예!"

정신없이 바쁜 경찰들을 바라보던, 자신의 배경이 대단하다 외치는 개새끼들을 바라보던 종혁은 이를 악물며 몸을 돌렸다.
 이곳에서 자신이 할 일은 더 이상 없었다.

* * *

 부우웅! 빠앙! 빵!
수많은 차들이 시끄럽게 울어 대는 도시의 거리.
 한 경찰서 앞에 선 할머니가 지나는 사람을 향해 전단지를 내민다.

 아들을 찾습니다.
 이름 김도형
 나이 36살
 1994년 목포 보석사우나 앞에서
 행방불명됐습니다.

 이런 피켓을 목에 건 채 전단지를 나눠 주는 할머니.
 "제 아들입니다. 얼굴만 봐 주세요."
 사람들은 내밀어지는 무시하고, 경찰서 입구에 선 경찰들이 혀를 찬다.
 17년째 아들을 찾기 위해 전단지를 돌리는 할머니.
 "남편분은 돌아가셨다며?"

"아들이 실종된 목포에서 전단지를 돌리다 차에 치여 돌아가셨데. 그래서 주말엔 목포로 가시잖아."

"에휴. 하늘도 무심하시지……."

벌써 17년이다. 실종된 아들은 이미 죽었다고 봐야 하지만, 그걸 인정하지 않는 할머니의 모습이 그들의 가슴을 답답하게 만든다.

그런 그들의 심정을 아는지 모르는지, 할머니는 전단을 나눠 주기에 여념이 없다.

그러나 매정히 지나치는 사람들.

"제 아들이에요. 얼굴만 좀 봐 주세요. 부탁드립니다."

스윽!

그녀의 손에서 전단지가 빠져나가자 그녀는 활짝 웃는다.

"가, 감사합니다!"

"김여옥 씨."

"네?"

고개를 든 그녀는 자신의 앞에 선 덩치 큰 사내에 눈을 동그랗게 떴다.

* * *

삐이! 삐이!

목포의 큰 병원 중환자실.

암태도에서 구해진 남성이 멍하니 주변을 둘러본다.

"으으윽!"
"아아악!"
고통에 몸부림치는 사람들과 그런 그들을 들여다보며 처치하는 의사와 간호사들.
'꿈이 아니야…….'
꿈이 아니다. 자신은 정말 구해진 거다.
다신 그 지옥으로 돌아가지 않아도 되는 것이다.
살았다. 이제 사람답게 살 수 있는 것이다.
"크흐흑! 흐으윽!"
그는 또 울음을 터트렸다.
스윽!
"너무 울면 안 좋습니다."
"서, 선생님!"
눈가에 닿는 손수건에 깜짝 놀라 고개를 돌린 그가 종혁을 발견하곤 몸을 일으켰고, 종혁은 그런 그의 가슴을 누른다.
"좀 어떻습니까?"
종혁이 말을 하며 수화를 한다.
그에 깜짝 놀랐던 김도형이 이내 배시시 웃는다.
괜찮다. 아직도 내장이 아프지만, 이제 살았으니까 괜찮다.
"감사합니다. 정말 감사……으으읍!"
그가 다시 터지려는 울음을 억지로 참아 낸다.
"어이구. 소개해 줄 사람이 있는데 이렇게 우시면 어떡합니까."
"소, 소개요?"
푸근히 웃은 종혁이 옆으로 비켜서자 이내 중환자실 안으로 이선영이 들어온다.
"어?!"
서로 눈이 마주치자 잠시 둘의 시간이 멈춘다.
울컥 눈물이 차오르는 이선영의 눈.
'살았구나. 이름 모를 저 사람도 살았구나.'
다행이다. 정말 다행이었다.
그녀는 힘이 풀리려는 다리를 애써 추스르며 그에게 다가갔다.

안녕하세요.

오랜만에 보는 이선영의 아기자기한 글씨.
여전한 그녀의 글씨.
그는 주먹을 꽉 쥔다.
"……당신도 살아 있어서 다행입니다."
"아으으!"
이선영이 자신의 손을 꽉 잡는 거칠고 주름진 손에 이를 악물며 고개를 끄덕인다.
그의 온기에 그와 자신이 다시 구해졌음을 깨닫는다.
"에취!"
놀란 이선영이 딸이 괜찮나 살피고, 그제야 딸을 본 그가 묘한 표정을 짓는다.
"그 아이는?"

딸이에요.

'자식을 낳았나…….'
묘하게 섭섭하다.
하지만 그것도 잠시.
"응?"
갑자기 안절부절못하는 이선영. 그녀는 이내 곧 딸과 그를 번갈아 보다 눈을 질끈 감으며 메모지에 다른 글씨를 쓴다.

당신 딸이에요. 우리 딸이에요.

쿵!
"예?"
당황한 그를 두드린 종혁이 고개를 끄덕인다.
유전자 대조 결과 정말 두 사람의 딸이 맞았다.
"어…… 아…….'
당황한 그의 시선이 딸에게로 향한다.
'내, 내 딸이라고? 내 딸?'
그러고 보니 자신의 어릴 적 모습과 닮았다. 기울을 본지 너무 오래되어 희미한 자신의 어릴 적 모습과.

뜨거운 무언가가 치솟아 그의 몸을 뒤흔든다.
'내, 내가 산 건……'
아마도 이 아이 때문인 것 같았다.

지독하고도 끔찍한 지옥 속에서 피어난 이 작은 꽃을 지키라며 하늘이 살려 준 것 같다.
"아빠? 이 아저씨가 내 아빠야? 정말 아…… 빠야?"
"아아! 아아아!"
이선영의 수화에 자신도 아빠가 있음을 깨닫고 울상이 되는 소녀를 향해, 딸을 향해 그가 손을 뻗는다.
그 순간이었다.
지이잉!
시야 한구석에서 열리는 중환자실 문에, 안으로 들어오는 낯익은 할머니 한 분에 다시 그의 시간이 멈춘다.
알 수 있다. 알아차릴 수밖에 없다.
숨통이 틀어막히고, 자신도 모르게 침상을 벗어난다.
쿠당탕!
너무 급하게 내려서다 보니 넘어진 그.
깜짝 놀라 이쪽을 본 할머니도 얼어붙는다.
너무 늙고, 주름졌지만 단숨에 깨닫는다.
아들이다. 저 아저씨가 내 아들, 도형이었다.
"어, 엄마……"
"도형아-! 도형아! 흐어어어엉!"
"엄마-!"
"어딜 갔던 거야! 어딜 갔었던 거야!"

"죄송합니다. 정말 죄송합니다!"

17년, 그 긴 시간 만에 다시 만나게 된 모자는 서로를 끌어안고 펑펑 울었다.

* * *

후다닥!

택시에서 내린 장년인이 헐레벌떡 병원의 로비로 뛰어들어간다.

넋이 나간 듯, 혼이 나간 듯 두 눈에 초점이 없는 그가 원무과로 달려가 간절히 외친다.

"기, 김서인! 김서인 여기 있습니까! 몇 호입니까!"

20년 전, 어느 날 갑자기 사라진 동생.

아직까지도 대한민국 어디서도 발견됐다는 연락이 없는 동생.

이번엔. 부디 이번엔.

남성의 뒤로 다른 사람들이 달려 들어와 똑같은 걸 묻는다. 다른 건 이름뿐.

그걸 빤히 바라보던 종혁이 한숨을 내쉬며 병원을 나선다.

찰칵! 치이익!

"후우우."

하늘은 맑건만 종혁의 가슴은 흐릿하고 무겁다.

"이제부터 시작이지."

아직 찾지 못한 시신과 찾을 길이 없는 시신들, 그리고 다른 곳으로 팔려 간 여성과 남성들.

그들 모두를 찾으려면 아마 몇 년은 더 매달려야 할 것이다.

그렇기에 곧 전남경찰청에 이번 사건에 대한 전담반이 창설된다. 소속 경찰의 숫자만 무려 60명인 대규모 전담반.

이 정도면 종혁도 어느 정도 안심이었다.

"그럼 나도 움직여 볼까."

회귀 전과 달리 가해자들을 완벽하게 징치하기 위한 단계로 넘어가야 했다.

* * *

회귀 전, 신안의 염전 노예를 전 국민에게 각인시킨 사건이 있었다.

2014년, 겨우 도주를 한 피해자가 고소를 하며 전 국민에게 알려진 사건.

이때 가해자가 받은 형량은 겨우 3년 6개월. 가해자들 중 최고로 받은 형량이 겨우 3년 6개월이었다.

'이번에도 그렇게 놔둘 순 없지.'

한 일식집의 복도를 걸어 안내된 방에 도착한 종혁이 종업원을 본다.

"곧 손님께서 도착하시니까 바로 음식을 내와 주세요.

돗돔은 구하셨죠?"

무게가 무려 100kg을 넘는, 전설의 물고기라 불리는 돗돔.

"어제 주방장님께서 고흥까지 가셔서 뱃살을 구해 오셔서 숙성 중에 있습니다."

어디 돗돔뿐일까. 일본에서 첫해 처음으로 잡은 참치의 대뱃살에 다금바리 등 수없이 많은 물고기와 해산물을 확보해 놨다.

"부탁드리겠습니다. 정말 중요한 자리입니다."

고개를 숙인 종업원이 물러나자 종혁은 자리에 앉아 눈을 가늘게 떴다.

째각째각.

한쪽에 걸린 시곗바늘 소리가 종혁의 가슴을 두드린다.

똑똑!

몸을 일으킨 종혁이 열리는 문을 향해, 안으로 들어오는 장년인을 향해 허리를 숙인다.

"처음 뵙겠습니다, 지청장님. 신안경찰서 서장 최종혁 총경입니다."

광주지방검찰청 목포지청의 지청장.

"이야기는 많이 들었습니다. 김후락입니다. 앉읍시다."

자리에 앉은 종혁이 술이 담긴 도자기 술병을 든다.

쪼르르!

빨갛고 상큼한 냄새가 코를 자극하자 엷게 웃은 목포지

언제나 여기에 있었다 〈135〉

청장이 종혁에게 술을 따른다.

"사건이 터지고 나서 참 많이 연락을 받았습니다. 권&박의 권 이사부터 현몽준 대표님, 홍정필 대표님, 대통령님, 그리고…… 철선이까지."

움찔!

강철선의 이름이 튀어나오자 종혁이 미소를 짓는다.

일명 한국대 라인이라 불리는 검찰의 성골 귀족 라인.

"귀찮게 해 드려서 죄송합니다. 그리고 영장을 처리해 주셔서 감사합니다."

종혁이 조사했던 이들에 대한 압수수색 영장과 체포 영장. 목포지청이 이를 허락해 주지 않았다면 꽤 골치 아파질 뻔했다.

"무슨. 오히려 제가 더 감사하죠."

현재 피해자만 300명이 넘는다.

여기에 사망한 피해자까지 합하면 천 명을 훌쩍 넘길지 몰랐다.

군부 독재 이후 단일 사건으로 최대 사상자가 발생한 사건이다.

"그런 개새끼들을 때려잡게 해 줘서……."

까드득!

"정말 감사합니다."

술을 삼킨 그가 치솟는 뜨거움을 내리누른다. 아직은 터트릴 때가 아니었다.

"철선이가 그렇게 목포로 가 달라고 하더니…… 허허허."

"강 검사님께서 꽤 괴롭히셨나 봅니다."
"말도 못 합니다."
거의 매일같이 전화를 해 오고, 또 수시로 찾아와 옆구리를 찔렀다.
"죄송합니다. 원래는 강 검사님께서 오시기로 했지만……."
목포지청장이 고개를 젓는다.
"아닙니다. 미래가 밝은 후배는 더 귀한 자리를 돌아야지요. 뭐, 덕분에 광주지검장을 맡게 될 것 같지만 말입니다. 허허허."
솔직히 대검 차장검사, 대검찰청의 이인자 자리나 고검장까지 다이렉트로 갈 수 있는 사건이다. 잘만 하면 서울중앙지검의 검사장이 되는 것도 무리가 아니다.
강철선은 자신에게 그런 조커 패를 안겨 준 거다.
"축하드립니다."
"최 서장도 미리 축하드립니다. 경무관이 된 것을."
"하하. 여기 회도 드시죠. 빈속에 드시면 속 버리십니다."
"허? 이건?"
"돗돔입니다. 이건 일본에서 새해 첫날 첫 번째로 잡힌 참치의 대뱃살입니다."
"오오. 이거 금배지 다신 분들도 함부로 못 드시는 것 아닙니까."
둘은 온화하게 웃으며 술을 마셨다.
하지만 그것도 잠시. 종혁의 표정이 가라앉는다.

"그럼 이제 문제는 법원이군요."

인맥을 총동원하고 있기에 별반 문제는 없을 테지만, 만약 반골인 판사가, 염전 사장들과 연결된 판사가 사건을 맡게 되면 골치 아파진다.

항소에 대법원까지 가야 할지 모른다.

회귀 전에도 그렇지 않았던가.

'목포지원도 목포지청처럼 물갈이를 했어야 했는데…….'

법원 쪽에 라인이 없다는 게 아쉬울 뿐이다.

그래도 목포지청장이 있으니 어떤 수라도 나올 것이다. 그렇기에 강철선 부장검사가 그를 목포지청의 지청장 자리에 앉힌 것일 터.

종혁은 어디서부터 이야기를 꺼내야 할까 하며 말을 아꼈다.

그걸 본 목포지청장이 너털웃음을 터트린다.

"허허. 철선이가 말을 하지 않았나 보군요. 아니면 사건이 너무 고약해서 최 서장의 눈이 살짝 가려졌을지도 모르고요."

흠칫!

"예?"

목포지청장이 흐뭇이 웃으며 핸드폰을 든다.

"예, 법원장님. 저 후락입니다."

핸드폰을 내려놓은 목포지청장이 스피커 모드로 바꾼다.

"지금 최 서장과 함께 있습니다."

-아, 반갑습니다. 광주지법원장 오만식입니다. 내가

처리한 영장은 잘 받았습니까?

움찔!

"……푸핫!"

맞았다. 아무래도 너무 초조해서 간단한 걸 간과했던 것 같다.

법원의 허락이 없었더라면 그런 대규모 영장이 발부될 수 있었을까.

'어쩐지 강 검사님이 법원 쪽에 대해 말을 안 하시더라니.'

이런 선물을 숨겨 뒀던 것 같다.

종혁의 입가에 만족의 미소가 떠오른다.

"주신 선물 감사히 잘 받았습니다. 나중에 자리를 마련할 테니 부디 물리지 말아 주십시오."

"그냥 지금 넘어오시죠. 여기 진귀한 해산물들이 많습니다."

-허허. 그럴까요? 그럼 먹으러 가기 전에 일 이야기부터 마무리 지읍시다. 최 서장, 며칠 안까지 처리해 드리면 되겠습니까.

쿵!

재판까지 걸리는 시간을 말하고 있다.

종혁의 입이 사납게 찢어진다.

"첫 피의자 재판까지 사흘. 가능하시겠습니까?"

-……VIP도 주목하고 계시니 그래 봅시다. 그럼 잠시 후에 봅시다.

통화가 종료되자 종혁은 다시 술병을 들었다.

이게 어떻게 된 일인지는 강철선에게 들으면 될 터.

"검찰도 잘 부탁드리겠습니다."

사흘 안에 재판까지 가려면 검찰의 협조가 필수다.

"허허. 그래 봅시다. 아, 그런데 왜 하필 사흘입니까?"

"최대한 빨리 끝내고 싶어서 말입니다."

"고작?"

종혁은 의아해하는 그를 보며 의미심장한 미소를 지었다.

벌써 3월. 이제 곧 일본에서 일이 터질 시간이었다.

* * *

"몇 년이나 나올 것 같아요?"

"난 뭐 한 5년?"

광주지방법원 목포지원의 대기실.

미결수복을 입은 피의자들 사이에 앉은 노인이 느긋이 꼰 다리를 흔든다.

미결수들은 그런 그를 보며 속닥인다.

"저 영감이 그 염전 사장이라면서?"

"몇 년이나 받을 것 같아?"

"못해도 20년이지."

노인의 파멸을 기대하며 눈을 빛내는 미결수들.

노인은 코웃음을 친다.

'20년은 무슨.'

이번 재판을 맡는 판사가 자신의 사촌 형님이다. 이미 적당한 선에서 마무리해 주기로 이야기까지 매듭지어 놓은 상태였다.

또한 변호를 맡은 변호사가 유명 로펌에서 일하고 있는 6촌 동생이다.

재판을 질질 끌어 피해자들을 지치게 만든 후 적당한 타이밍에 합의를 시도하면 징역을 피할 수도 있을 거라고 했다.

자신이 20년 형을 받을 가능성은 0%였다.

'개돼지 새끼들. 지들이 나한테 해 준 게 뭐가 있다고!'

이리 욕을 하는지 모르겠다.

자신에게 대체 무슨 죄가 있다고 말이다.

"흥!"

'그보다……'

이런 사건은 첫 재판이 중요하다고 했다.

자신이 형량을 어떻게 선고받느냐에 따라 이어질 다른 염전 사장들의 처분도 정해진다고 했다.

즉, 자신의 형량이 적게 구형되면, 다른 사람들도 적게 구형될 수 있다는 것.

'그걸 가지고 둘러쳐 버리면…… 이거 콩고물 좀 떨어지겠는데?'

잘하면 염전 일부를 뺏어 올 수도 있을 듯하다.

"푸흐흐. 흐흐흐."

노인은 웃음을 흘리다 아찔한 고통이 올라오는 어깨를 움켜잡으며 이를 악물었다.

'최 서장, 이 개자식!'

"이무형 씨, 나오세요."

"어흠!"

슬그머니 엉덩이를 뗀 노인이 법정으로 향한다.

덜컹.

문이 열리며 재판장의 모습이, 사람들이 빼곡하게 자리한 재판장의 모습이 그의 망막을 헤집듯 찔러 온다.

'그래, 계속 그렇게 쳐다봐라. 어차피 니들이 원하는 모습은 나오지 않을 테니까!'

찢어 죽일 듯 노려보는 사람들의 모습에 노인의 입술이 꿈틀거린다.

그러다 종혁을 발견하곤 이를 악문다.

'넌 내가 절대 가만 안 둔다!'

법조계에 친척들, 친구들이 얼마나 많던가. 심지어 경찰 쪽에도 인맥이 있다.

그걸 모두 동원해서라도 짓뭉개고, 박살 내 버릴 것이다.

그는 무릎 꿇고 오열할 종혁을 상상하며 피고석에 섰다.

"오, 오셨어요?"

"응?"

노인은 똥이 마려운 듯 안절부절못하는 6촌 동생 변호

사를 보며 의아해했다.
"그래. 잘 부탁해."
"예, 뭐……."
고개를 돌리는 6촌 동생 변호사.
의아해한 노인의 눈에 의기양양한 검사의 모습이 들어온다.
노인은 고개를 모로 기울였다.
"모두 기립해 주십시오."
얼떨떨해하며 몸을 일으키는 노인.
'어?!'
사촌 형님이 아니다. 이번 재판은 무조건 사촌 형님이 맡을 거라고 했는데, 다른 사람이 들어온다.
안으로 들어오는 세 명의 판사도 노인을 보며 비릿하게 웃는다.
'뭐, 뭐지?'
갑자기 공기가 차갑고 날카로워진다.
뭔가 이상하게 돌아가고 있었다.
"이에 본 검사는 피고 이무형에게 사형을 구형합니다."
쿵!
'사, 사형?!'
말도 안 된다. 노인이 다급히 6촌 동생 변호사를 본다.
첫 공판이기에 검찰이 세게 구형을 할 텐데, 그래 봤자 12년이라고 말한 6촌 동생 변호사.
"변호인 이의 있습니까?"

"이의…… 없습니다."

쿠웅!

노인은 입을 떡 벌렸다.

"자, 잠깐. 지, 지금 뭐라고 하는 거야? 이의가 왜 없어!"

"미안해요, 형님. 나도 먹고살아야지."

"……뭐?"

"그럼 본 재판의 판결은 2주 후에 정하는 걸로 하겠습니다."

땅땅땅!

노인이 눈을 껌뻑인다.

방금 판사가 판결이라고 했다.

분명 1차 공판, 2차 공판, 잘하면 3차 공판까지 가고 다시 형을 확정 짓는 결심 공판 후에 판결이 내려진다고 했는데, 그 중간이 사라져 버렸다.

뭔가 이상하다. 뭔가가 무척이나 이상하게 돌아가고 있다.

"와아아아아!"

검찰이 정의를 세움에 이번 재판에 참석한 시민들은 환호성을 질렀고, 노인은 다급히 몸을 일으키는 6촌 동생 변호사를 잡았다.

"지금 뭐하는 거야! 왜! 이의 제기를 안 해!"

퍼억!

"아, 좀 놔요! 내가 씨발 형님 때문에 이 나이에!"

"뭐라는 거야, 새끼야-!"
"아무튼 결심 때 봅시다."
"야! 야-!"
"그럼 다시 갑시다."
노인의 양팔을 잡는 법원 경비들.
"놔! 놓으라고! 야, 이 새끼야! 거기서! 으아아아! 으아아아아아!"
노인의 정신이 아득한 저 아래로, 지옥으로 떨어졌다.

* * *

비틀비틀 걷던 남성, 김도형이 벤치에 주저앉는다.
"도형아!"
"아으!"
낯빛이 하얗게 탈색된 김도형.
종혁이 그를 향해 입을 연다.
"아마 이무혁은 검사가 구형한 대로 사형을 선고받게 될 겁니다."
"저, 정말입니까? 사, 사장님이, 아니 그 악마가 사형을 받는 겁니까?"
"변호사가 항변을 하지 않으면 그렇게 되겠죠."
"아니, 대체 왜……."
변호사가 6촌 동생이라고 들었다. 그래서 희망의 끈을 살짝 놓았었다.

'당연히 로펌이 망하기 싫으면 그렇게 해야지.'

속으로 흉흉하게 웃은 종혁은 김도형의 손을 꼭 잡았다.

"아쉽게도 사형 집행은 이뤄지지 않겠지만, 그래도 죽을 때까지 교도소를 나올 수 없을 겁니다."

그건 노인의 아내도, 하나뿐인 아들도 마찬가지다.

최소 40년이 구형될 그들.

이제 고작 삼십대인 아들은 죽을 때쯤에야 겨우 바깥공기를 맡게 될 거다.

"아……."

"그리고 다른 피의자들, 당신들을 괴롭힌 악마들도 마찬가지가 될 겁니다."

첫 판결이 사형이다. 줄줄이 다 사형이라고 봐야 했다.

"그건 이선영 씨를 괴롭혔던 그 노친네도 마찬가집니다."

최소 20년이다.

"으아아?"

"예. 그 노친네도 바깥 공기를 맡을 수 없을 겁니다."

"아으…… 아으으으!"

감사합니다. 정말 감사합니다.

김도형과 이선영은 종혁을 손을 붙잡은 채 펑펑 울었고, 김도형의 모친은 그런 둘을 다독였다.

"잘됐다. 정말 잘됐어."

"이잉! 이이잉!"

가족들이 울자 눈물을 흘리려는 딸, 김도희.

언제나 우리 딸, 야, 너라고 불렸던 김도희.

고개를 숙인 종혁은 몸을 돌렸고, 등 뒤에서 달래지는 설움의 통곡이 터져 나왔다.

"충성. 최종혁입니다."

-으하하핫! 최 서장!

장희락 경찰청장이다.

전국 조직폭력배 일망타진과 이번 신안 인신매매 사건으로 인해 여의도에서 콜이 쏟아지는 그.

본청 지인들의 말에 따르면 매일 웃음을 흘리고 다닌다고 했다.

-으흠흠. 그래. 1차 공판 결과 봤어. 수고했어.

"감사합니다."

-그럼 앞으로 어떻게 되는 거지?

"당연히…… 싹 다 잡아 처넣어야죠."

염전 사장이나 윤락업소 사장들을 말하는 게 아니다.

이번 사건을 묵인한 동네 사람들, 동조해 함께 괴롭힌 마을 사람들 모두 영장을 받아 체포에 들어갈 예정이다.

"아마 이번 사건으로 인해 신안 군민의 숫자가 30퍼센트 정도 감소하지 않을까 합니다."

단 한 명도 예외를 두지 않을 생각이다. 그로 인해 어떤 원망을 받는다고 해도 종혁은 상관없었다.

-……감당되겠어?

한 행정 구역의 인구가 30퍼센트나 감소하는 일이다.

훗날 종혁을 향한 공격거리가 될 수 있었다.

"안 돼도 되게 해야죠."

그게 경찰이 존재하는 이유일 테니 말이다.

-음. 그래, 그건 최 서장에게 맡기지. 그리고 피해자들 단속도 좀 하고. 거기서도 말이 나오고 있다더군.

가해자들이 고용한 변호사들이 피해자들에게 접촉해 합의를 종용하고 있었다.

"아, 그 부분은 걱정하지 않으셔도 됩니다."

이것 역시도 회귀 전에도 있었던 일이다.

실제로 일명 염전 노예 사건을 전국에 알린 피의자가 고작 3년 6개월 형을 선고받은 이후 피해자들은 염전 사장들과 합의를 해 버리고 만다.

전국적으로 떠들썩해진 사건임에도 돈과 인맥을 가진 사람을 이길 수 없다는 걸 깨달았기 때문이다.

그런데 그것도 모자라 그들은 다시 지옥 같았던 염전으로 돌아가고 만다.

최소 몇 년, 길면 몇 십 년을 염전에서 노예처럼 일하느라 몸이 다치고, 염전 일 외에는 할 줄 아는 게 아무것도 없게 되었기 때문이다.

"감사하게도 국내 3대 로펌에서 발 벗고 나서 주셨습니다. 민사 소송을 통해 그동안 피해자들이 받지 못했던 임금에 정신적, 육체적 피해 보상까지 받게 만들어 줄 거라고 합니다."

그 보상 액수는 한 사람당 최소 15억.

지옥 속에서 몸부림치다 비명에 사망한 피해자의 가족들에겐 20억이 배상될 수 있도록 청구할 예정이다.

즉, 염전 사장들과 그들의 작태를 묵인하고 동조한 사람들 모두 파산이란 소리였다.

이래서 인구가 30퍼센트 정도 줄어들 거라고 말한 거다. 마을들이 아예 사라질 테니 말이다.

-그 돈귀신들이 무슨 일이지?

물론 이는 종혁이 수임료를 대신 지불하여 의뢰한 것이었다.

"또한 신안에서 생산되는 소금과 천일염을 판매하는 식품 기업들도 피해자들을 위한 자구책을 마련해 주기로 했습니다."

경매로 나올 염전들을 매입해, 그중 일부는 피해자들에게 기부하겠다고 했다.

"그리고 염전을 기부받아 계속 그곳에서 일하실 생각이 있는 피해자들에게선, 당분간 생산되는 소금을 전량 매입해 주기로 했습니다."

이후 각 섬에 소금을 이용한 각기 다른 종류의 관광 상품까지 개발하여 홍보를 해 주고, 자립할 수 있도록 도움을 줄 계획이었다.

실제로 이미 소금박물관을 비롯한 몇몇 테마 상품을 개발 중인 삼전그룹과의 연계도 이야기를 끝마쳐 놓은 상황이었다.

-이번 일을 이용하여 기업 이미지를 홍보해 볼 생각인

거군.

"맞습니다."

꿍꿍이속이 있는 행동이라지만, 서로에게 나쁠 거 없는 이야기였기에 마다할 이유는 없었다.

-그리고 VIP께서도 적극적으로 지원할 수밖에 없을 테고.

일련의 사태로 행정 구역 하나가 우범 지역으로 낙인찍 혔다. 정부로선 어떻게든 대책을 강구해야 했다.

-흠. 우리 경찰이 할 일은 없을까?

판의 규모가 너무 크다. 한 발 걸쳐야 할 것 같다.

"산하 파출소 직원들 전원을 교체해야 할 것 같습니다."

이번 사건으로 산하 파출소 전 직원에게 대기 발령이 떨어졌다. 내사와 취조를 통해 공범과 억울한 피해자를 가려낼 예정이다.

그러니 그 김에 아예 물갈이를 해 버리는 거다.

"그리고 경찰대와 중경의 커리큘럼에 신안에 대한 현장 실습을 추가하면 어떻겠습니까?"

-음. 소 잃고 외양간 고치기지만, 그 정도면 이미지 쇄신을 꾀할 수는 있겠군. 아니, 아예 경찰수련원을 신안에 짓는 건 어떻게 생각하나?

"그것까진 생각 못했습니다. 대단하십니다."

-CCTV를 지금보다 두 배, 아니 세 배 이상 늘리는 건?

"아예 정부를 규탄하시는 게 어떻습니까?"

그러며 신안뿐만 아니라 치안력과 행정력이 부족한 대한민국의 모든 섬과 소외를 받는 지역을 대상으로 CCTV를 늘리자고 하는 거다.

그러며 모든 섬에 감찰을 진행할 테니 허락해 달라고 하는 것이다. 이 정도는 되어야 이미지 쇄신이라고 할 수 있을 터.

"그러면 여의도에 입성하시는 데 더 큰 도움이 되실 겁니다. 아마 당대표님들께서 버선발로 마중을 나오실지도······."

-으허헛! 알았어. 고위 간부 회의 안건에 올려 보도록 하지.

"충성."

-촬영 잘하고.

"정말 그거 해야 됩니까?"

-쓥!

"충성······."

-아, 그리고 올 7월엔 경무관으로 특별 진급을 하게 될 거야. 국민들이 지켜보고 있으니 거부는 없어.

"······알겠습니다."

'경무관이라······.'

고작 31살에 경무관이다.

10만 경찰 조직의 진정한 중추, 진정한 고위 간부가 되는 것이다.

언제나 여기에 있었다 〈151〉

정말 말도 안 되는 진급 속도다.

그런데 너무 말이 안 돼서 그럴까. 아직은 실감이 나질 않는다.

"솔직히 총경도 실감이 안 났는데, 뭘……."

통화가 종료된 핸드폰을 멍하니 바라보던 종혁은 한숨을 내쉬며 주차장으로 향했다.

"앗! 저기 있다! 최 서장님!"

"검찰의 구형을 어떻게 생각하십니까, 서장님!"

대체 자신의 차는 어떻게 안 것인지 주차장에 숨어 있다가 하이에나처럼 눈을 붉히며 달려드는 기자들의 모습에 종혁은 혀를 찼다.

* * *

"어흐, 좋다. 어흐으."

새하얀 대리석으로 꾸며진 고급스런 마사지룸.

은은한 주황빛 조명 아래 마사지 침대에 누운 배불뚝이 노인이 옷을 짧게 입은 태국 미녀의 마사지를 받으며 행복한 미소를 짓는다.

"그래. 거기, 거기."

엉덩이 안쪽을 부드럽고도 끈적하게 휘몰아치는 미녀의 손길에 노인의 전신이 움찔거린다.

결국 참지 못한 노인의 손이 미녀의 엉덩이로 향하고, 미녀는 배시시 웃으며 손을 더 적극적으로 움직였다.

"수고하셨습니다."

"……그래. 수고했어."

오늘도 극락이었다.

흐트러진 옷과 팁을 추스르며 룸을 빠져나가는 미녀의 씰룩이는 엉덩이를 바라보며 입맛을 다시던 노인도 이내 기지개를 켜며 룸을 빠져나간다.

그러자 밖에서 대기하다 그의 팔짱을 낀 미녀.

히죽 웃은 노인이 미녀의 엉덩이를 토닥이며 SPA&마사지숍을 나선다.

"또 오세요!"

"그래, 또 봐."

손을 흔든 노인이 흐뭇하게 웃으며 돌아서자 밖에서 대기하고 있던 운전기사가 얼른 차문을 연다.

"기다리느라 수고했어."

"아닙니다, 사장님!"

"자, 이건 팁."

"헛! 감사합니다, 사장님!"

90도로 굽혀지다 못해 마치 땅에 닿을 듯 숙여진 머리.

마치 자신이 신이 된 것 같은 충만함에 노인은 다시 흐뭇하게 웃으며 차에 올랐다.

그 순간이었다.

스윽!

그의 앞뒤를 가로막는 사람들.

"뭐, 뭐야?"

"김덕성 씨?"

움찔!

"……사람 잘못 본 것 같소만?"

"한국에서 장애인 복지관을 운영하시다 사채업자와 짝짜꿍해서 복지관 장애인들을 보증 세운 후 총 6억의 사례금을 받고 방콕으로 날아와서 3개의 사업체 세운 개새끼 맞으시죠? 그 돈으로 이렇게 재벌처럼 사는 씹새끼 맞지?"

"무, 무슨……! 사람 잘못 봤다니까! 비키시오!"

"야."

오싹!

목을 계란 쥐듯 움켜쥐는 손길에 노인의 전신의 털이 곤두선다.

두 눈에서 쏟아지는 끔찍한 살의에 정신이 아득한 저 아래로 떨어져 내린다.

"김덕성 씨, 당신을 사기 및 인신매매 관여, 살인 및 자살 관여 혐의로 체포합니다."

철컥!

노인의 손목에 수갑을 채우는 종혁의 모습을 카메라가, 대한민국 경찰청 홍보부와 지상파 방송국 다큐멘터리의 카메라가 찍고 있었다.

다큐멘터리의 제목은 '영웅 경찰 최종혁'이었다.

3장. 일본으로

일본으로

짹짹짹짹!

창문을 통해 포근한 햇살과 이름 모를 새의 노랫소리가 스며들자, 후쿠시마현에 거주하는 삼십대 사내 미야기 히데이로가 눈을 번쩍 뜬다.

"으악! 늦었다!"

다급히 일어나 옷을 갈아입다 넘어진 미야기.

그러나 아프지 않은지 벌떡 일어나 집을 뛰쳐나간다.

그런 그가 도착한 곳은 시내 상점가의 한 청과상이었다.

십대부터 정말 죽어라 노력하며 돈을 모아서 어제야 겨우 차린 가게.

문이 열린 청과상 안으로 미야기가 뛰어 들어간다.

향긋한 과일 냄새와 샴푸 냄새가 그를 반긴다.

"일어났어?"

불룩하게 부어오른 배 때문인지 허리를 손으로 짚은 긴 생머리의 여인이 맑게 웃으며 그를 반긴다.

"왜 안 깨운 거야, 미야코!"

그의 아내, 그의 반려 미야코.

"어제 축하주 많이 마셨잖아."

"그래도……."

"자자, 불평은 그만!"

"너무 미안해서 그렇지."

미야코를 꼭 안아 준 미야기가 이내 곧 그녀의 부푼 배에 귀를 가져간다.

"잘 잤니, 스미레? 아빠가 늦게 일어나서 미안해용?"

"못 말려. 됐으니까 얼른 매출이나 확인해!"

"넵!"

카운터로 달려가 장부를 펼친 미야기의 눈이 동그래진다.

"이렇게나 많이 팔았어?"

"새로 오픈했으니까 당연한 거야. 이 매출을 정착시키는 게 너랑 내가 해야 될 일이고."

"……나 진짜 결혼 잘한 것 같아."

소학교 시절 옆집에 이사를 왔던 왈가닥 소녀 미야코.

동네 또래 아이들을 비롯해 두 살, 세 살 많은 형들을 쥐 잡듯 패고 다녔던 골목대장이었던 그녀.

미야기와 미야코, 마치 남매처럼 비슷한 이름에 처음엔

서로를 참 싫어했었다.

"어, 언제 적 이야기를 하는 거야!"

"내가 당신에 대해 잘 모를 때 이야기?"

그녀는 결코 왈가닥이 아니었다. 성격이 조금 드셀 뿐, 이렇게 현명한 여자였다.

"시끄러워!"

삐진 듯 미야코가 가게 안으로 들어가자 미야기는 먼지털이와 깨끗한 천을 들고 가게 이곳저곳을 정리한다.

아내 때문에 정리할 구석이 하나도 없지만 손을 멈출 수가 없다.

그리고 마지막으로 환기를 위해 문을 활짝 열은 그.

"끄으!"

"살아 있네?"

"앗! 안녕하세요!"

"아무리 기쁘다지만 적당히 마셔."

"하하. 예! 앗! 안녕하세요, 할머니!"

"그래, 미야기도 잘 잤어?"

그를 반기는 상점가의 사람들.

미야기는 겨울이 다 지나가서 그런지 부쩍 따뜻해진 햇살에 포근히 웃으며 출입구 옆에 놔둔 의자에 앉는다.

가끔 이렇게 시간이 여유로울 때 앉아서 휴식을 즐기자는 의미로 가져다 놓은 의자들.

"하아."

그가 다시 가게를 돌아본다.

"아직도 믿기지 않아?"

"응. 땡큐."

미야코가 넘겨준 커피를 받아 든 미야기가 다시 자신의 가게를 본다.

"넌 믿겨?"

"……솔직히 나도 안 믿겨."

그래도 남편이 얼마나 노력했는지 안다.

학교를 다니는 와중에도 야간에 아르바이트를 하며 돈을 모은 남편. 이 가게는 그런 노력의 결실이었다.

"앞으로 우리 더 열심히 살자. 그래야 우리 스미레에게 자랑스러운 아빠, 엄마가 되지."

"하하하!"

엄마, 아빠.

왜 이렇게 웃음이 나오는지 모르겠다. 온 세상이 축복을 하는 것 같다.

"아직 춥다. 안으로 들어가자."

"응."

손을 꼭 잡은 둘이 서로의 온기를 느끼며 일어서는 순간이었다.

쿠구궁!

세상이 뒤집히는 충격이 그들을 강타한다.

"미야코!"

미야기는 다급히 넘어지는 아내를 끌어안으며 가게 안으로 들어갔다.

그리고…….
쿠구구구구구궁!
"으악! 꺄악!"
카운터 아래에 몸을 숨긴 둘은 눈을 꼭 감았다.
이 순간이 얼른 지나가기를 간절히 기도했다.
콰과광!
그들의 머리 위로 과일과 온갖 것들이 쏟아졌다.

"으으윽!"
온몸이 부서지는 것 같다. 눈앞이 흐리다.
그러나 미야기는 다급히 아내부터 살핀다.
"미야코! 괜찮아?! 미야코!"
"나, 난 괜찮은 것 같아……. 우, 우리 스미레도……."
다행이다.
미야기는 이를 악물며 부서진 잔해를 빠져나왔다.
"아."
난리가 난 가게.
심장이 내려앉고, 정신이 아득해진다.
"나, 난 일단 병원부터 다녀올게."
"그래. 얼른 가자."
어렵사리 차린 가게지만, 건물은 멀쩡한 것 같으니 나중에 치워도 된다.
하지만 아내의 배 속에서 자라는 스미레가 잘못되는 건 두고 볼 수 없다.

"차키 챙겨서 나갈게."

"으응."

미야기는 밖으로 나가는 아내를 바라보며 한숨을 내쉬었다.

바깥도 난리다.

'여진은 없어야 할 텐데……'

지금까지 느껴 본 지진 중 최고로 강했던 지진.

마치 하늘이 무너지는 것 같았던 충격.

무너진 가게보다는 차에 있는 것이 더 안전할 것이기에 그는 빠르게 차키를 찾는다.

"미, 미야기……미야기-!"

갑작스런 아내의 부름.

"왜 그래?"

"저, 저기…… 저기!"

의아해하며 밖으로 나간 미야기가 그대로 얼어붙는다.

저 멀리서 이상한 광경이 펼쳐지고 있다. 매일 보던 풍경이 달라져 있다.

해수면이 원래 저렇게 높았던가.

또 왜 점점 커지는가.

꺄아아악! 으아아악!

저 멀리서 들리는 희미한 비명 소리.

미야기의 낯빛이 하얗게 질린다.

"도, 도망쳐-!"

미야기는 아내의 손을 잡으며 몸을 돌렸다.

높이 10미터의 파도가 그들이 있던 장소를 향해 밀려들었다.

* * *

다각다각!

"끄으!"

업무를 처리하던 종혁이 기지개를 켜다 앞을 보곤 피식 웃는다.

"이불 깔아 드려요?"

"습! 아, 아닙니다!"

깜짝 놀라 입을 훔치는 방송국 사람들과 본청 홍보부 경찰들.

"전 괜찮으니까 그냥 고정해 두고 볼일 보세요."

"아닙니다! 괜찮습니다!"

고작 1년도 안 된 사이에 신안에서 터진 굵직한 사건만 무려 4건이다.

한우 투자 사기부터 이번 인신매매 사건까지. 그 모두 종혁이 깊이 개입해 있었다.

언제 어떤 사건이 터질지 모르기에 그들로선 쉽게 자리를 비울 수 없었다.

'또 사건만 하나 터진다면!'

그때 정말 대박이다.

여기에 밖으로 나갈 수 없다는 점도 자리를 비울 수 없는 이유 중 하나다. 압해도에서도 인신매매 사건이 터지면서 경찰을 보는 군민들의 시선에 어려움이 서렸기 때문이다.

미안함과 죄책감, 더러는 적개심을 보이는 이들도 있었다.

그 눈치 어린 시선이 그들로 하여금 쉽사리 밖으로 나갈 수 없게 만들었다.

종혁은 어색하게 웃는 그들을 보며 씁쓸히 웃었다.

'하지만 어쩔 수 없지.'

이건 신안 군민들이 평생토록 가져가야 할 업보다. 그동안 알고도 못 본 척한 죄에 대한 업보.

종혁은 이 부분에서 타협할 생각이 없었다.

"저도 잠시 쉬려고 하는데, 커피?"

"아이구. 감사합니다."

종혁은 사람 숫자대로 커피를 가져와 나눠 줬다.

짙은 블루마운틴의 향기에 그들의 표정이 느슨해진다.

"햐. 진짜 경찰 복지가 좋은 것 같습니다."

"그러니까요. 공무원 하면 거의 믹스커피지 않아요?"

은근히 물어 오는 그들의 모습에 종혁은 이쪽을 향한 카메라를 발견하곤 피식 웃었다.

"솔직히 이곳 신안경찰서가 전라남도에서 마지막으로 세워진 경찰서다 보니 많은 예산이 내려진 건 사실이죠."

물론 이 서장실, 아니 신안서 전체에 있는 물건 중 컴퓨터를 제외한 모든 물품을 사비로 구매했다. 인테리어까지 말이다.

하지만, 종혁은 경찰 지원율 증가를 위해 선의의 거짓말을 하기로 했다.

"또 제가 서장이다 보니 품위 유지를 위한 예산이 별도로 내려진 것도 있습니다. 거기에 관사도 있겠다, 유류비도 지원이 되겠다, 미혼이다 보니 딱히 돈 들어갈 곳이 없는 부분도 있고요."

-오! 오오오! 오빠를 사랑해!

"아, 잠시만요. 예, 최종혁입니다."

순간 종혁의 표정이 가라앉는다.

"알겠습니다. 확인하고 연락드리겠습니다."

'어? 이거 설마?'

종혁의 표정이 진지해지자 방송국 사람들의 표정이 밝아진다.

그런 그들을 무시한 종혁은 리모컨을 들어 TV를 켰다.

그러자······.

"어? 어어어?!"

종혁을 제외한 모두가 일어서 TV를 보며 경악한다.

저 멀리서 다가온 거대한 무언가가 도로를 집어삼킨다. 차를 집어삼킨다. 집을 집어삼킨다.

'시작됐군.'

일본의 잃어버린 20년을 잃어버린 30년, 40년으로 만들 재앙이.

얼어붙어 버린 사람들을 일견하며 핸드폰을 들고 일어

서 서장실을 나선 종혁이 권아영에게 다시 전화를 걸었다.
"시작합시다."
바이 재팬 프로젝트를.
-예, 보스.
수화기 너머의 사람들이 주먹을 불끈 쥐었다.

"후우."
신안경찰서 옥상에서 담배 연기가 퍼진다.
무슨 생각인지 무심한 종혁의 표정.
자세히 보면 그 눈동자가 미세하게 흔들린다.
"쯧."
무언가 결정을 내리는 순간이었다.
지이잉! 지이잉!
"충성. 최종혁 총경입니다."
장희락 경찰청장이다.
-뉴스 봤나?
"동일본 대지진을 말씀하시는 겁니까? 예. 방금 확인했습니다."
-외교부에서 회의를 소집했어. 올라와.
"외교부…… 말입니까?"
-그곳에도 우리나라 국민이 있으니까.
"아."
무슨 말인지 알 것 같다.

"알겠습니다. 지금 바로 출발하겠습니다."
담배를 비벼 끈 종혁은 곧바로 옥상을 빠져나갔다.
그의 눈이 걱정으로 물들기 시작했다.

* * *

"왜 안 된다는 겁니까!"
외교부 청사의 회의실.
얼굴을 붉게 달아오른 외교부 장관이 스피커 모드로 돌려진 전화기에 대고 항의를 한다.
-……여진이 일어날 수도 있고, 또 다칠 위험이 있어서 그렇습니다.
"그러니까 저희가 구조대를 파견하겠다는 것 아닙니까! 우리나라 국민들을 구하면서 일본 국민들도 돕기 위해서요!"
-허허. 괜찮습니다. 저희 구조대원들로도 충분합니다.
"그럼 대사관 직원들이라도 들어가게 해 주십시오! 가서 우리나라 국민들이 얼마나 피해를 입었는지, 실종된 사람은 없는지, 사망한 사람은 없는지 확인 정도는 해야 지 않겠습니까!"
-그렇게 오셔서 다치면 저희가 무슨 망신입니까.
"다쳐도 그쪽에 항의를 하지 않겠다고 몇 번을 말합니까!"
-좋은 뜻으로 오시려는 분들께서 다치면 국제사회가

저희를 지탄할 겁니다.

'지랄 났네.'

계속 도돌이표인 대화를 들으며 종혁은 담배를 물었다.

"최 서장."

장희락 경찰청장이 옆구리를 찌르자 종혁은 입맛을 다시며 입을 열었다.

"그런데 전 왜 부르신 겁니까?"

자신이 본청에서 근무하고 있다면 이 회의에 참석하는 것도 말이 된다.

하지만 자신의 근무지는 멀고 먼 신안이다. 굳이 이 자리에 참석할 이유가 없었다.

그 말에 장희락이 앞에 놓인 커피를 홀짝인다.

"알잖아."

"……크흠."

그랬다. 이미 눈치챘다.

종혁은 머쓱하게 웃으며 입을 열었다.

"그럼 경무관 진급자는 몇 명이나 가는 겁니까?"

"최 서장까지 셋."

곧 경무관으로 진급할 이들에게 그럴듯한 감투를 씌워 주려고 하는 것이다.

재해 현장에서 우리나라 국민을 무사히 구출했다는, 구출하려 노력했다는 타이틀 하나만으로도 경찰 조직 내에서의 정치적 입지가 커질 거다.

그리고 국민들의 시선도 좋아질 테니 일석이조의 효과였다.

이번에 신안에서 터진 사건 때문에라도 이런 모습을 보여 줘야 했다.

"그 정도는 가 줘야 면이 서겠지. 그런데 상황이 이래서야……."

대한민국 국민들을 구출하기는커녕 출발도 못할 것 같다.

"그러게 말입니다. 거 진짜 무쟈게 보여 주기 싫은가 보네."

"음?"

회의실 테이블에 앉은 사람들이 종혁을 본다.

외교부 장관도 잠시 말을 멈추고 종혁을 응시한다. 그게 무슨 말이냐는 듯 눈으로 묻는 그.

"기자들을 대동하지 않겠다고 말해 보십쇼."

"……설마?"

입을 떡 벌린 외교부 장관이 전화기를 향해 입을 연다.

"좋습니다. 아무래도 재해 현장의 위험성을 잘 모르는 일반인들, 이를테면 사무 요원이나 기자들이 다칠까 걱정이 되어서 걱정을 하시는 것 같은데, 그러면 경찰과 소방청의 정예들만 추려서 파견하겠습니다."

-…….

'진짜냐?!'

-크흠. 다시 연락드리겠습니다.

전화가 끊기자 사람들은 어이없다는 듯 웃으며 종혁을 봤다. 대체 어떻게 알아차렸냐는 듯한 눈빛들.

종혁은 어깨를 으쓱였다.

당연히 알 수밖에 없다.

'회귀 전에도 저 지랄을 떨었지.'

세계 각국 외신기자들의 출입을 금지했던 일본 정부.

정말 사건 현장이 위험해서가 아니다. 후에 밝혀지길 자신들의 땅에서 발생한 재해 현장의 참상을 보여 주기 싫어서, 그로 인해 일본이란 나라의 이미지가 망가질까 무서워서 출입을 막았다고 했다.

'또 자국민들에게 피해 사실을 축소시키기 위해서.'

그래서 그 참상도 축소시켜 방송했었고, 그에 후쿠시마 등이 얼마나 피해를 입었는지 정확하게 모르는 일본국민들이 정말 많았다.

종혁은 멍청한 그들의 결정을 떠올리며 혀를 찼다.

그렇게 그들은 몇 가지 제약을 가지고 일본으로 향하게 됐다.

* * *

2011년 3월 12일. 일본 후쿠시마현의 작은 해안 도시, 미나미소마시 동쪽.

지대가 높은 곳에 위치한 체육관에 사람들이 모여 있다.

웅성웅성!

"아이고! 아이고!"

제대로 씻지 못해 더러운 그들.

하지만 씻는 게 문제가 아니다.

삶의 터전과 재산을 모두 잃은 상실감과 마치 괴물처럼 밀어닥치던 지진해일의 충격에 정신을 차리지 못한다.

주부가 돌아올 아이들과 남편을 기다리며 청소를 하던 집이 집어삼켜지고 부서져 내렸다.

영업을 뛰던 회사원의 차가, 저 멀리서 다가오는 거대한 괴물에 도망을 치던 자동차가 삼켜졌다.

지진해일은 모든 걸 집어삼켰다.

그리고 그 모습을 눈앞에서 지켜봐야 했다.

일본 역사상 최대 규모의 지진해일.

난생처음 겪는 재앙에 그들은 넋을 잃을 수밖에 없었다.

딸랑딸랑딸랑!

해가 저물어 가는 오후, 체육관 밖에서 종이 흔들리자 사람들이 일어서 체육관을 빠져나간다.

"한 사람당 하나씩입니다! 줄 서세요, 줄!"

기다란 테이블을 펼쳐 놓고 도시락과 물을 나눠 주는 사람들.

사람들은 운전면허증이나 보험증을 내민다.

"이렇게 3명입니다."

"네, 확인됐습니다. 다음."

가족들의 손을 꼭 잡은 채 도시락과 물을 받아 든 그들은 곧바로 어두워지는 체육관 안으로 들어간다.

혹여 누가 자신들의 자리를 차지할까 봐.

혹시나 누가 자신들의 물건을 훔쳐 갈까 봐.

걸음을 재촉해 안으로 들어온 그들은 안도를 하고, 또 누군가는 호통을 치며 육탄전을 벌인다.

그러면 공무원이 호루라기를 불며 그들을 떼어 놓는다.

법이 사라지는 공간.

꾀죄죄한 두 여성이 녹색 여권을 내민다.

"아……."

이름조차 제대로 읽기 힘든 타국의 여권에 난처해하며 상급자를 바라보는 남성.

상급자가 고개를 젓자 남성은 녹색 여권을 다시 원래 주인에게 내민다.

"あなたたちは サポート對象では ありません(당신들은 지원 대상이 아닙니다)."

"뭐? Do you speak English?"

"No! No Korean!"

"Why!"

여성 중 한 명이 답답해 가슴을 친다.

"왜 안 되는지 당신이 설명할 수 없으면 상급자라도 불러 달라고!"

"No! No! 退け(물러서)!"

"아, 진짜아!"

눈앞에 떡하니 구호 물품들이 쌓여 있는데, 왜 줄 수 없다는 말인가.

"거기! 뭐하는 거야!"

"신분증이 없으면 나오라고!"

"우리 먹을 것도 부족하다고, 한국-!"

뒤에서 터져 나오는 짜증들.

때리기라도 할 듯 험악한 그들의 모습에 여성의 일행이 그녀의 팔을 잡아끈다.

"소, 소라야. 그냥 가자."

"그냥 가면 또 굶어야 하잖아!"

"그래도 맞는 것보다는 낫잖아……."

"씨발!"

그녀들은 하는 수 없이 줄에서 빠져나와 체육관 쪽으로 향한다.

하지만 체육관 안에 들어가지 못하고 외부에 쪼그려 앉는 그들.

음식 냄새가 흘러나오는 체육관을, 행복한 얼굴로 음식을 먹는 사람들의 모습에 그들은 아예 체육관 옆으로 돌아간다.

퍼억!

핸드백을 집어 던진 여성, 김소라가 씩씩거린다.

"누가 씨발 일본이 착한 사람들의 나라라고 했어! 누가-!"

많은 것을 바라지도 않았다.

그저 재난 구호품으로 나눠 주는 빵 한 쪼가리, 물 한 모금. 비품 창고 귀퉁이라도 좋으니 바람을 피해 잘 수 있는 공간만을 바랐을 뿐이다.

그런데 잠시 쪽잠을 자던 도중 주민들 잘 곳이 없다며 끌려 나왔다. 음식을 저렇게 쌓아 두고는 음식이 없다며 거부하고 있다.

외국인이라서 차별하는 게 아니다.

한국인이어서 차별하는 거다.

일본인들은 자신들이 한국인이라는 이유로 거부하고 있었다.

보라. 지금도 저 금발 외국인은 도시락을 든 채 희희낙락거리며 체육관 안으로 들어가지 않는가.

일본은 친절한 나라가 아니었다.

먹고살 만하니 그렇게 거짓된 호의를 보이고 있었던 것이다.

"화내지 마. 배 꺼져."

꼬르르륵!

"씨이! 미안해."

눈물이 차오른다.

"뭐가 미안한데."

"내가 일본 오자고 했잖아. 그냥 제주도나 가는 건데……."

"됐어. 누가 알았나……."

말 그대로 재앙이다. 인간은 어떻게 할 수 없는 재난일 뿐이었다.

"저기 아가씨들……."

고개를 돌린 둘이 머리에 피에 젖은 붕대를 감은 한 남성과 배가 남산처럼 부푼 여성을 발견하더니 벌떡 일어난다.

"미, 미야기 씨! 미야코 씨!"

"여기 이것 좀 먹어요."

"아, 아뇨! 아니에요! 괜찮아요!"

내밀어지는 도시락 하나에 자연스럽게 눈이 갔지만, 그들은 고개를 저었다.

이곳에 처음 왔을 때, 음식 배급을 받지 못해 씩씩거리는 그들에게 음식을 나눠 준 미야기 히데이로.

너무 감사해 양념 한 점도 남기지 않고 다 먹었을 때 알게 됐다.

미야기에겐 미야코라는 임신한 아내가 있음을. 자신들에게 나눠 준 음식이 두 사람, 아니 세 사람이 먹어야 할 음식임을.

미야기는 아내와 아내의 배 속에 있는 아이가 먹어도 모자랄 음식을 나눠 줬던 것이다.

이후 그들은 미야기가 주는 음식을 받을 수가 없었다.

"정말 괜찮아요. 저흰 아까 과자 먹었어요."

"우리도 괜찮아요. 챙겨 온 거 많아요."

"아니, 정말 괜찮다니까요. 아! 머리는 좀 어떠세요? 이후에 치료는 더 받으셨어요?"

일본으로 〈175〉

미야기는 쓸쓸히 웃으며 고개를 저었다.
"아니, 왜요! 그러면 덧나는데!"
머리를 열 바늘이나 꿰맨 미야기. 그것도 병원에서 꿰맨 게 아니라 이곳에서, 그것도 이 체육관에 격리된 간호사 한 명이 꿰매 준 거다. 그런데 이후 붕대를 갈아 주기는커녕 소독조차 못하고 있다.
분명 오늘 아침 의료인들이 와서 건강 체크까지 했는데 말이다.
"괜찮아요."
"뭐가 괜찮아요! 뭐가!"
"괜찮아요. 이런 취급은 익숙하니까……."
자이니치, 재일 한국인인 그에겐 너무도 익숙한 상황이다.
아버지와 어머니 두 분 모두 한국인이기에 일본에서 태어났지만 한국 국적을 가진 미야기.
모든 이들이 그런 건 아니지만, 자이니치라며 차별하는 이들은 현대에 이르러서도 남아 있었다.
그건 아내인 미야코도 마찬가지다.
같은 처지라서 서로에게 더 끌렸던 둘.
"씨…… 내가 다신 일본 안 온다."
"나도! 아, 물론 미야기 씨랑 미야코 씨, 스미레를 보러 올 거긴 해요! 스미레 태어나면 꼭 연락 주셔야 해요?"
"하하! 그래요! 꼭 세 번째로 연락드리겠습니다!"
첫 번째는 미야기 자신의 부모와 미야코의 부모에게.

두 번째는 친구들에게.

미야기는 자신들보다 더 험한 취급을 받고 있음에도 발랄함을 잃지 않는 둘의 모습에 웃음을 터트렸다.

그건 미야코도 마찬가지다.

"그래서 미야코 언니, 둘이 어떻게 사귀게 됐는데요? 역시 미야기 씨가 확 덮쳐서?"

"설마. 미야기가? 저 순둥이가?"

"자, 잠깐. 미야코!"

"크으! 쥐 냄새."

그들의 심장을 짓누르는 폭언에 김소라와 그녀의 친구가 하얗게 질리고, 미야기가 벌떡 일어난다.

이쪽으로 다가온 세 명의 남자들을 막아선다.

"그만둬, 하네다!"

"내가 뭘 그만둬? 어이, 한국인 여자들!"

"그만두라니까!"

"밥 먹고 싶지 않아? 아, 우린 배가 부른데, 음식이 남네?"

"우리 걸 나눠 주면 되니까 꺼지라고! 지금이라도 키요 할머니 불러올까!"

움찔!

"누가 조선인 아니랄까 봐……."

미야기를 죽일 듯 노려본 금발의 일본인이 김소라들을 보며 비릿하게 웃는다.

"언제든 밥 먹고 싶으면 찾아와! 난 돈 따위 없어도 되니까!"

"그렇지 다른 걸로 지불하면 되지! 하하하하하!"

미야기는 떠나는 그들을 노려보다 다급히 몸을 돌려 김소라들에게 다가간다.

그보다 한발 앞서 미야코가 둘을 달랜다.

"괜찮아? 신경 쓰지 마. 저놈이 유별난 놈이니까 그냥 무시하면 돼."

그러니 일본에 저런 사람들만 있는 거라고 오해하지 않았으면 좋겠다.

그러니 일본을 싫어하지 않았으면 좋겠다.

하지만 이미 궁지에 몰린 그녀들에겐 들리지 않았다.

"여, 영화도 이런 클리셰는 쓰지 않아."

너무 삼류 같아서. 이딴 걸 쓰면 보러 갈 의미가 없어서.

까드득!

"어? 소라야! 어디 가게!"

몸을 일으킨 김소라가 체육관의 운동장을 가로질러 정문으로 달려간다.

"정지! 정지!"

도로로 나가는 정문 앞에 서서, 닫아 버린 정문 앞에 서서 달려오는 김소라와 그 뒤를 쫓는 친구를 막아서는 삼십대 사내.

김소라가 주먹을 꽉 쥔다.

"나갈래. 한국으로 갈래."

더 이상은 참을 수가 없다.

핸드폰도 잃어버리고, 지갑도 잃어버렸지만 여권은 있다.

엄마 전화번호를 기억하고 있다.

"退いてください(물러나)! 近づかないで(접근하지 마)!"

"나갈 거야! 나갈 거라고! 왜! 왜 못 나가는데-!"

참고 참았던 그녀의 설움이 끝내 터져 나와 버렸다.

"도, 돌아가라고!"

남성이 당황해 손을 치켜드는 순간이었다.

"그 손 내려, 새끼야."

순간 그들이 있는 공간을 휩쓰는 끔찍한 살의.

딱딱하게 얼어붙는 남성의 고개를 뒤로 돌린다.

"허어억!"

머리 두 개는 더 큰 덩치 큰 사내가 방독면과 새하얀 방진복을 입은 채 이쪽을 잡아먹을 듯 노려보고 있다.

"문 열어."

"아, 아니 여, 열 수……."

"사지를 찢어 버리기 전에 열라고, 개새끼야."

"히익!"

남성은 다급히 닫힌 정문을 열었고, 덩치 큰 사내는 남성의 얼굴을 옆으로 밀어 버리며 두 여성의 앞에 선다.

"김소라 씨? 이원영 씨?"

쿵!

"······하, 한국어! 한국에서 오셨어요?!"
"예. 한국에서 왔습니다. 저희가 많이 늦었습니다."
"······흐윽! 흐윽! 흐아아아앙!"
"늦어서 죄송합니다."
 종혁과 경찰들은 지독한 차별 속에 지쳐 버린 그들을 향해 고개를 숙였다.

* * *

"일단 이것부터 쓰십시오."
"네? 예? 우읍?!"
 김소라와 이원영에게 방독면과 방진복이 강제로 입혀진다.
 후쿠시마 원전에서 반경 50킬로미터 내에 있는 미나미소마시.
"이분들 얼른 버스에 태워요."
 불과 몇 시간 전 발생한 후쿠시마 제1원자력 발전소 폭발 사고.
 당장 무언가 증상이 없더라도 곧바로 한국으로 이송해 검사를 받게 해야 된다.
"자, 잠시만요!"
"왜 그러십니까?"
"저, 저희만 가는 건가요?"
"예. 두 분이 마지막입니다."

미나미소마시에서 한국인 관광객 이십여 명을 구출했다.

"다, 다른 분들도 함께 갈 수 없을까요?"

종혁과 경찰들의 눈이 빛난다.

"관광객들이 더 있습니까!"

현금 결제가 대부분이라 카드 결제가 어려운 일본. 그러다 보니 일본을 찾은 한국인들의 이동 경로를 쫓는 것에 애로사항이 많았다.

다행히 고속버스나 전철을 이용할 땐 카드 결제를 하기에, 또 미니룸 같은 SNS나 S-톡 같은 메신저 프로그램을 통해 자신들의 현 위치를 지인들에게 알리고 있기에 그나마 쉽게 찾고 있는 중이다.

그러나 그런 것들을 모르는 중장년층, 노년층은 추적이 쉽지 않았다.

'그런 사람들이야 대부분 패키지라 대표 관광지만 가지만……'

자신이 대한민국 경찰인 이상, 대한민국 국민이 있는 곳이라면 어디든 가야 할 소명이 있었다.

"아, 아뇨. 관광객은 아닌데…… 자이니치, 아니 재일 한국인이세요."

"아."

'빌어먹을!'

이마를 친 종혁이 다급히 무전기를 든다.

"제3부본부장입니다. 현 시간부로 재일 한국인들까지

구출합니다! 죄송하지만 대피 시설들을 다시 돌아 주세요!"

-수신!

-알겠습니다!

무전기를 내린 종혁은 김소라를 바라봤다.

"그분들은 지금 어디 계십니까."

일본 속 한국인. 그러나 한국에선 일본인.

그 어디에도 속하지 못한 불쌍한 사람들.

"저, 저기 계세요!"

종혁은 약간 떨어진 곳에서 이쪽을 보며 안도하는 히데이로 부부를 발견하곤 이를 악물었다.

"제3부본부장입니다. 이쪽에 임산부와 부상자가 있습니다. 의료 버스 급파해 주세요! 뭐합니까! 저분들에게도 마스크 씌워 줘야죠!"

"예, 예!"

"감사합니다. 감사합니다!"

남겨진 사람들 때문에 발이 잘 떨어지지 않는 미야기와 미야코가 의료 버스에 오르자, 종혁이 이쪽을 멍하니 쳐다보는 일본인들을 향해 허리를 숙이며 돌아선다.

'개새끼들!'

저들도 구하고 싶다.

저들도 구해야 한다.

하지만 일본 정부에서 막고 있다.

만약 일본인의 털끝 하나라도 건드린다면 한국에서 파견된 구조본부를 모두 철수시키겠다고 엄포를 놓은 일본 정부.

'미안합니다.'

까드득!

'정말 미안합니다.'

허리를 깊이 숙인 종혁은 떨어지지 않는 발걸음을 억지로 옮겨 버스에 올랐다.

"후우."

차오르는 눈물을 억지로 누른 종혁이 핸드폰을 든다.

"제3부본부장입니다. 본부장님, 후쿠시마 원전 쪽으로 향한 구조대원들은 모두 철수했습니까?"

현재 미야기현의 센다이시에 설치된 구조본부.

-방금 전 마지막 팀이 철수했습니다.

"하아아……."

다행이다.

가장 피해가 짙은 원전 근처 해안 도시들부터 달려가려고 했던 구급대원들.

기겁한 종혁은 당연히 말렸지만, 생명을 구하기 위해선 본인의 목숨 따윈 초개처럼 던져 버리는 소방구급대원들들을 말릴 수 없었다.

그래서 어쩔 수 없이 방진복, 방독면, 피폭을 조금이나마 막아 줄 수 있는 약품 등을 들려 보낼 수밖에 없었다.

-최 총경, 그런데 이런 일이 있을 거라 어떻게 예상하

신 겁니까?

원자력 발전소가 폭발한 건 불과 몇 시간 전이다.

그런데 종혁은 처음부터, 한국의 구조본부가 일본에 도착한 순간부터 이미 피폭을 염두에 둔 채 움직이도록 했다.

모든 물품까지 미리 구비해 놓은 채 말이다.

"제가 유능한 친구들이 많아서 말입니다."

-······고맙습니다. 덕분에 소중한 대원들이 무사할 수 있었습니다.

방사능 오염 지역에 맨몸으로 들어갔다면 어떻게 됐을지 생각만 해도 끔찍하다.

"아닙니다. 아직 안심해선 안 됩니다."

-그렇죠.

단단히 준비했다지만, 원전 근처로 향한 구조대원들은 이미 피폭을 당했을 수 있었다.

삐리릭!

-미나미소마시 재일 교포 전원 구출 완료! 다시 전파합니다. 현 시간부로 전원 구출 완료!

종혁이 대피소로 향한 경찰들과 구조대원들이 시끄럽게 떠드는 무전기를 본다.

"······저희 미나미소마시 팀이 임무를 완수했다는군요."

-수고하셨습니다.

"그럼 저흰 한 번 더 대피소와 호텔 등 숙박업소를 돌아본 이후 00시를 기점으로 해서 소마시와 신치마치 등 해안 도시들을 훑으며 미야기현으로 북상하겠습니다."

혹시나 남은 재일 한국인이나 미처 파악하지 못한 한국인 관광객이 있을지도 모른다. 그러니 자정까지 수색한다.

하지만 이 이후엔 무조건 피폭 중심지에서 멀어져야 한다. 남겨진 이들에겐 잔인한 결정이라도 그래야 한다.

그래야 다른 이들을 구할 수 있기에.

지금도 구원을 바라고 있을 한국인들을 구할 수 있기에.

가슴이 찢어져도, 영혼이 찢겨도 이동해야 됐다.

-잠은 주무셔야죠.

"잠은 죽어서 자면 됩니다."

-……그래요. 센다이시에서 봅시다.

"수신 완료."

통화를 종료한 종혁은 불편한 방독면에 손을 가져가다가 멈췄다.

후쿠시마를 벗어날 때까진 벗을 수 없다. 벗어서도 안 된다.

"쯧. 제3부본부장이 전파합니다. 현 시간부로 재수색에 돌입합니다. 미나미소마시 수색 종료 시점은 00시. 저녁 12시까지입니다. 우리…… 힘냅시다."

-……수신.

"출발합시다."

일본으로 〈185〉

"가까운 호텔로 가겠습니다."
고개를 끄덕인 종혁은 이를 악물었다.

* * *

재앙 앞에서 인간은 너무도 무력했다.
"으아아앙!"
"효고! 효고, 어디 있니!"
"어, 얼른 건물로!"
"배고파."
물에 잠긴 갈라진 도로. 금이 간 건물. 쓰러진 나무와 전신주.
한 치 앞도 보이지 않는 검은 흙탕물을 사람들이 망연히 바라본다.
모든 걸 휩쓸어 가 버린 괴물.
박살 난 나무 지붕을, 담벼락의 벽을, 찌그러진 차를 품은 괴물.
집 안에 갇힌 사람들은 서로를 끌어안은 채 얼른 저 괴물이 물러나기만을 메말라 갈라진 목으로 기원할 뿐이다.
그리고 부디 물 한 모금을.
물에 젖지 않은 담요 한 장을.
간절히 바랄 뿐이다.
"빌어먹을! 정부는 뭘 하고 있는 거야!"

"왜 구조대가 안 오는 거야!"
"어, 엄마. 나 추워."
"괜찮아. 쉬이. 괜찮아. 엄마가 곁에 있잖니."
빛 한 점 들어오지 않은 어둠 속에서 간절히 바랄 뿐이다.
부르릉!
"어? 어?"
저 멀리서 비치는 희미한 불빛.
침묵하는 밤을 흔들어 깨우는 소리와 불빛에 살아남은 사람들이 다급히 창가로 달라붙는다.
지진이 일어났을 때 가장 위험한 곳이 창가와 같은 유리가 있는 곳임에도 사람들이 달라붙는다.
"구, 구명보트다!"
"구조대예요, 구조대! 여기요, 여기!"
희망을 얻은 사람이 어떻게든 불을 피우고, 목소리를 높이며 이곳에도 사람이 살아 있음을 외친다.
-한국 구조대입니다! 모두 창가에서 물러나십시오!
사람들은 눈을 동그랗게 떴다.

과르릉!
새벽녘, 지쳐 잠든 사람들을 깨우는 굉음.
안개를 헤치며 거대한 괴물이 도로를 향해 진입한다.
재앙이 휩쓸고 지나가고 남은 잔해들로 어지러운 도로를 거대한 불도저들이 거침없이 밀고 들어오고, 그 뒤를 각양각색의 차량들이 따른다.

남에서 북으로 향하는 차량들.

-3부본부장님! 저흰 이쪽에서부터 시작하겠습니다!

"괜찮겠습니까?"

-잠은 오면서 잤습니다!

'겨우 두 시간 잤잖습니까.'

무라타마치라는 작은 마을을 거쳐 지나온 그들.

일본 시민들에겐 손대지 말라는 일본 정부의 입장이 바뀌지 않은 탓에, 마을 주민들을 고지대로 이끈 후 구호품과 의료품만 주고 지나쳤던 그들.

도움이 필요한 이들을 그냥 보고 지나칠 수밖에 없음에 그들은 분통과 눈물을 삼켰었다.

"……건투를 빌겠습니다."

-한국 가면 찐하게 한잔하시죠. 하하!

소방구급대원들의 차량들이 떨어져 나가자 종혁은 피로에 젖은 눈을 누르며 핸드폰을 들었다.

습관처럼 입을 열었다.

"8팀, 이와누마시 진입 가능합니까?"

-지금은 가능할 것 같습니다!

번쩍!

종혁과 이동본부에 탄 경찰들의 눈이, 밤사이 계속된 구조에 감기던 눈이 부릅떠진다.

미야기현 남부 해안에 인접한 도시, 이와누마시.

지금까지 침수되어 있던 탓에 구조 활동에 나서지 못했

는데, 드디어 물이 빠져 진입이 가능해진 것이다.

그리고 그곳에 진입이 가능하다면, 즉 다른 해안 도시들도 이제는 진입이 가능하다는 이야기였다.

할 일이 더 많아졌다.

"알겠습니다."

관광지로 유명한 것도 아니고, 인구수가 4만여 명에 불과한 도시이기에 한국인 관광객이나 재일 한국인이 없을 가능성이 더 높았다.

하지만 그래도 가야 한다.

가능성이 0%가 아니라면 찾아야 한다.

그렇게 각 팀이 담당 구역으로 향하자, 종혁은 갑자기 풀리는 긴장에 어깨를 늘어트리며 담배를 물었다.

그렇게 불을 붙이려 할 때였다.

"부본부장님! 센다이시입니다!"

앞을 보는 종혁과 사람들. 저 멀리 어스름히 보이는 무너진 도시를 보며 눈빛을 가라앉힌다.

"천천히 진입합시다. 그리고……"

종혁이 무전기를 든다.

"지금부터 모든 차량은 속도를 줄이고, 주변을 살피세요."

지금부터는 두 눈을 부릅뜨고 무엇 하나도 그냥 지나쳐서 안 됐다.

어떤 위험물이 널브러진 잔해 속에 있을지 모른다.

그리고 무엇보다…… 혹여 물에 떠밀려 온 시체가 있을

수 있었다.

"몇 번 해 봤으니 잘 해내리라 믿습니다."

그들은 굼벵이가 기어가는 것처럼 속도를 줄이기 시작했다.

* * *

미야기현 센다이시의 센다이 스타디움.

해조차 뜨지 않은 새벽, 그 꼭대기에 오른 남성이 눈을 가늘게 뜨며 바다 쪽을 바라본다.

주황색 소방복을 입은 사내.

"물이…… 많이 빠졌네요."

이젠 가시권 내에 물이 잘 보이지 않는다.

센다이시를 휩쓴 해일도 물러나는 것이다.

들이칠 때는 폭풍 같더니, 빠져나갈 때는 거북이가 따로 없는 괴물. 모두 센다이시의 지대가 낮기 때문이다.

"좀 있으면 구조 활동을 할 수 있을 것 같습니다."

빠드득!

해일 들이친 이후 발만 동동 굴러야 했던 재난 현장.

보유한 구명보트들을 모두 움직여 어떻게든 구조 활동을 벌였지만, 아직도 수많은 사람이 저곳에서 구조를 바라고 있다.

그런 그들을, 센다이시의 시민들을 이젠 구할 수 있는 것이다.

하지만 그의 동료는 냉소를 터트린다.

흙먼지와 땀, 피로에 절어 있는 그의 동료.

"저길?"

물은 빠졌지만, 일대의 건물들이 무너져 내려 사방을 틀어막은 탓에 차량 진입이 불가능했다.

만약 섣불리 구조 차량을 진입시켰다가 뾰족한 것에 바퀴가 터지기라도 하면, 구조가 더욱 지연될지도 몰랐다.

구조 차량을 동원하기 위해서는 우선 잔해들을 치울 중장비가 필요했다.

"그러면 일단 우리들만 먼저 들어가면 되지 않습니까! 뭐라도 해 봐야죠!"

"알아! 뭐라도 해야지! 하지만……!"

그러다 자신들이 다치면 어떻게 된단 말인가.

시민을 구조해야 할 자신들이 도리어 다치면, 저 지옥 속에서 도움을 기다리고 있을 수많은 이들은 누가 구한단 말인가.

"대체 정부는 뭐한답니까! 현에선 왜 움직이지 않는 건데요!"

항거할 수 없는 재앙이 미야기현의 절반을 휩쓸었다.

미야기현 지자체가 나설 수 없다면 정부라도, 정부가 너무 혼란스럽다면 옆 야마가타, 아키타, 오모테현에서라도 인력과 물자를 보내 줘야 하는 거 아닌가.

"저기 한국은 재앙이 터지자마자 날아와서 저렇게 사람들을 구하고 있는데요-!"

수많은 물자를 가지고 야마가타현을 거쳐 진입하여, 구명보트들을 이용해 한국인들과 재일 한국인들을 구한 한국의 구조본부.
　일본 정부의 방침 때문에 일본 시민들을 구할 수 없다고 눈물 흘리며 사과한 그들.
　그때 얼마나 허탈했던가.
　이런 상황에서도 한국과 척을 지려는 일본 정부에 얼마나 분노를 터트렸던가.
　"중장비와 물자들이 저렇게 있잖아요! 저것들을 빌리면 되잖습니까!"
　사내가 옆의 주차장을 가리키며 분노를 토해 낸다.
　한국 구조본부가 저것들을 끌고 왔을 때, 도움을 요청하자고 상부에 건의를 해 보지 않은 게 아니다.
　그러나 상부는 아직 물이 빠지지 않았으니 지켜보자는 입장을 내놓았다.
　물론 이해는 한다. 어제까지만 해도 물이 가득 차 있었기에 중장비가 있다 한들 운용하기 힘들었으니까.
　하지만 물이 거의 다 빠진 지금은 아니다.
　"빌어먹을! 제 목이라도 걸겠습니다! 제가 빌리고 옷 벗는다고요! 교도소 가라면 간다고요!"
　"……조금만 참아 보자. 그렇지 않아도 오늘 8시까지 전국 각지에서 모은 구조대원들과 물자가 오기로 했잖아."
　"그거 다 후쿠시마로 향했잖아요! 온다고 해도 저희 쪽에 뭐 얼마나 온다고요!"

원전에 이상이 생긴 후쿠시마. 정확한 사정은 모르지만, 원전을 폐쇄해야 된다는 말이 나오고 있다.

인력이 투입된다고 해도 그쪽에 먼저 투입이 돼야 한다.

이쪽도 시급하지만, 그쪽은 정말 1분 1초가 소중했다. 그래서 정부에서 긁어모은 구급대원들도 죄다 그쪽으로 향했다.

"아아아아악!"

쿠르릉!

"어?"

어둠을 흔들어 깨우는 굉음.

"저, 저기!"

어둠을 헤치며 불빛들이 다가온다.

'정부에서 보낸 구조대인가!'

그렇다면 왜 진입하기 쉬운 서쪽이 아니라 후쿠시마현이 있는 남쪽에서 올라오는가.

-아, 아사기!

"……왜 그러십니까?"

-어, 얼른 내려와! 한국 구조본부에서 중장비들을 팔아 주기로 했어! 대당 100엔에!

"예?"

-얼른 내려오라고! 빨리-!

"예, 예! 가, 가자!"

"예!"

해가 어스름히 떠오르며 희망이란 빛을 비추기 시작했다.

* * *

"와아아아아아!"
"최 총경!"

후쿠시마현을 훑고 올라와 남쪽으로 진입한 제3부본부를 오십대 초반의 사내들이 다급히 다가와 맞이한다.

"충성. 제3부본부장 외 324명 중 127명 구조본부에 도착했음을 신고합니다."

나머지는 물이 빠져 어느 정도 진입이 가능해진 후쿠시마현 북쪽의 해안 도시들을 훑으며 올라올 예정이다.

그리고 현재까지 구해 도쿄의 공항으로 보낸 한국인이 총 938명. 구해 내 이쪽으로 데려오거나 다른 대도시들로 보낸 재일 한국인의 숫자가 총 5800여 명이었다.

한국인 최선봉에서 자국민들을 대피시키고 있다는 소식에 지리적으로 먼 곳에 위치한 타국에서 도움을 요청하여 구조한 외국인들까지 합하면 제3부본부에서 어젯밤 구해 낸 이들의 숫자는 무려 1만 5천여 명에 달했다.

그 압도적인 성과에 소방청에서 구조대원을 이끌고 파견된 소방감이 차량에서 내린 종혁을 와락 끌어안았다.

"수고했네! 수고했어-!"

금방이라도 눈물을 흘릴 듯한 소방감의 모습에 종혁은 쓸쓸히 웃었다.

아직도 수많은 사람들이 재난 속에서 구조만을 바라고 있을 후쿠시마.

수고했다는 말을 듣기엔 아직 일렀다.

"아, 아니 피폭은! 몸은 괜찮아?!"

"방사능 측정 장비로 계속 살피고 다녔기에 피폭이 됐을 확률은 거의 없습니다. 그보다 제4부본부는 어떻습니까?"

후쿠시마 원전이 있는 후쿠시마현의 남쪽으로 향한 제4부본부.

"일단 검사 중이긴 한데……."

노출된 시간이 짧다고 한들 방사능이다. 현재는 아무런 이상이 없어 보일지 몰라도 어떤 후유증이 생길지 모른다.

"대원들은 상부와 정부에서 케어해 줄 테니 너무 걱정 마."

다치거나 사망한다고 해도 유공자가 될 그들.

대한민국 정부는 위험한 곳으로 향한 자신들에게 그런 약속을 해 주었다.

"여야 양당 대표들께서 VIP의 멱살을 잡았다는 말이 있어! 으하핫!"

"그거 다행이네요."

현몽준과 홍정필이 제때 움직여 준 것 같다.

일본으로 〈195〉

'이러면 더 힘내서 구조 활동을 할 수 있겠지.'

혹여 피해를 입은 구조대원들에게도 충분한 보상이 갈 수 있을 거다.

"음?"

척척척척!

주황색 소방복을 입은 십여 명의 일본 소방구급대원들이 다가온다. 그들의 앞에 서자 거수경례를 하는 그들.

그들의 눈에 눈물이 그렁그렁하다.

"일본 정부와 국민들을 대표해 감사하다는 말을 올리고 싶습니다."

"……위험한 발언은 그만하시고, 가서 구하십시오."

"……정부가 한국의 도움을 외면하더라도 저흰 결코 잊지 않을 겁니다. 전체 차렷!"

척!

"경례!"

척!

"……오늘 8시까지 일본 정부와 협의가 이뤄질 거라고 합니다. 승인이 떨어지면 저희도 곧 합류하도록 하겠습니다. 충성."

그 말에 입술을 꽉 깨문 일본 소방구급대원들은 몸을 돌렸다.

신이시여,

제가 부름을 받을 때에는

아무리 뜨거운 화염 속에서도
한 생명을 구할 수 있는 힘을 주소서.
너무 늦기 전에
어린아이를 감싸안을 수 있게 하시고
공포에 떠는
노인을 구하게 하소서.
언제나 집중하여
가냘픈 외침까지도 들을 수 있게 하시고,
빠르고 효율적으로
화재를 진압하게 하소서.

1958년 A.W. Smokey Linn이라는 미국의 소방관이 구할 수 있었으나 구하지 못한 생명에 대한 자책감에 기록한 시.
 이젠 전 세계 모든 소방관들의 복무신조가 된 구절.
 드디어 장비를 쓸 수 있음에, 어떤 위험이 있지 모르는 현장으로 목숨을 걸고 나아가는 그들을 보며 한국 측은 한숨을 내쉬었다.
 이런 재앙과 재난에선 나라의 관계를 따지기 싫은데, 안전한 곳에 있는 놈들이 따지고 있으니 가슴만 답답할 뿐이다.
 '부디 이번엔 구하시길.'
 회귀 전, 중장비의 부족으로 인해 구할 수 있었을 생명을 구하지 못했단 말을 들었다.

부디 이번엔 그러지 않기만을 바랄 뿐이었다.
"최 총경, 잘했어."
중장비를 더 쥐고 있었다면 사람을 구하러 왔다가 욕만 먹을 뻔했다.
"그런데 괜찮겠어?"
구조본부와 함께 이곳 센다이시에 투입됐던 중장비들의 가격만 해도 천억은 훌쩍 넘을 거다. 그걸 대당 100엔에 판매한 것이다.
한국의 도움을 못마땅해하는 일본 정부. 센다이시 관계자들이 그런 정부에게 미움을 받지 않게 하고자 공짜로 넘겨도 되는 걸 굳이 100엔을 받고 판매한 거다.
"이런 재난에서 돈을 따질 수 있나요."
이렇게라도 하지 않으면, 일본 국민들에게 미안해서 견딜 수가 없다.
"그리고 싹 다 청구할 거고요."
아니다. 말만 이렇게 하는 거다.
현재 수재민들에게 나눠 주는 구호품들은 종혁이 일본 국민들에게 주는 사죄의 선물이기도 했다. 바이 재팬 프로젝트를 발동시킨 것에 대한 사죄의 선물.
그럼에도 이렇게 말하는 건 이곳 어딘가에서 호시탐탐 자신을 지켜보고 있을 놈들 회사의 귀에 들어가라고 하는 소리였다.
'내가 돈이 부족하단 소리가 퍼지면 무슨 짓을 할지 모르지.'

아직 자신은 건재하고, 쓴 돈도 회수될 테니까 덤빌 생각은 하지 말라는 경고였다.

"……그래. 잠 못 잤지? 일단 가서 쉬자. 저쪽에 침낭 깔아 놨어."

"자자! 일단 눈이라도 붙입시다!"

본부장들이 사지에서 돌아온 대원들을 다독이자 종혁은 주위를 둘러보며 눈을 가늘게 뜬다.

"숙소는 저것뿐입니까?"

주차장의 3분의 1을 채운 24인용 군용 천막들.

두꺼운 부직포로 겨우 찬바람만 막는 막사들.

"뭐, 어쩔 수 없지. 사람이 잘 만한 곳들은 죄다 수재민들에게 나눠졌으니까."

호텔과 모텔, 학교, 체육관 등 역시 이 재난에 징발되어 수재민들을 수용하고 있다.

그럼에도 모자란 잠자리. 구조하러 와서 구조 대상이 누울 곳을 뺏을 순 없었다.

"그런 곳들에서도 수용하지 못한 인원들은 저 스타디움 안에 모여 있으니까 조금만 참자고."

이번 재난에 피해를 별로 입지 않은 큰 건물들에 수재민들을 모두 수용했지만, 그래도 공간이 부족하다.

곧 센다이시 소방서들에서 구한 사람들이 도착하면 저 공간도 내놔야 할지 몰랐다.

"흠. 이상하네. 벌써 도착했어야 하는데……."

"뭘……?"

쿠르릉!

-보, 본부장님! 지금 서쪽에서! 서쪽에서-!

"아, 이제 왔나 보네요."

움찔!

"대체 또 뭐가……."

고개를 돌린 구조본부의 사람들이 입을 떡 벌린다.

저 멀리서 다가오는 수백 대의 트레일러.

그 차량들에 1.5층 크기의 컨테이너 하우스가 실려 있다.

쿠르릉!

"늦어서 미안해요, 최! 내가 늦었죠?"

"하하! 늦었습니다!"

종혁은 선두에서 내린 사람들을 발견하곤 눈을 동그랗게 떴다.

난생처음 보는 얼굴들이지만 목소리가 너무 익숙하다.

'나탈리아? 헨리?'

부아아앙! 끼이익! 탁!

"종혁!"

"……쿄 형?"

무로이 코헤이까지 등장하자 종혁은 눈을 끔뻑였다.

* * *

삐이! 삐이!

"천천히! 천천히!"

첫 번째 컨테이너 하우스가 곧바로 내려지자 구조본부 사람들의 얼굴에 웃음꽃이 핀다.

전기는 물론이고 수도까지 문제가 생긴 센다이시.

씻는 건 언감생심 바라지도 않았다. 잠이라도 제대로 잘 수 있기만을 바랐는데, 드디어 그럴 수 있게 됐다.

이젠 누가 먼저 잘 것이냐 하는 눈치 게임이었다.

쿵!

"자자, 안으로!"

"억?! 아, 아니!"

말없이 종혁을 못마땅하게 쳐다보던 나탈리아와 헨리가 첫 번째 컨테이너 하우스 안으로 종혁을 집어넣는다.

"이, 이건?"

종혁의 눈이 동그래진다.

새하얀 공간에, 바닥에 고정된 책상. 그리고 하우스 안을 꽉 채운 고가의 의료 기기들.

컨테이너 하우스 안으로 의사 가운을 입은 백인 의사가 들어온다.

"이 친구부터 검사해 줘."

"예, 알겠습니다."

"검사?"

"반갑습니다. 국경없는의사회의 까레 이블라이비치 박사입니다. 방사능 전문이죠."

"그리고 CIA의 요원이죠."

"처음 뵙겠습니다, 최."

종혁이 놀라 나탈리아와 헨리를 본다.

둘의 표정이 심상치 않아진다.

"……하하. 미안해요."

"당신은 자각을 좀 할 필요가 있습니다, 최. 오, 맙소사. 어떻게 그런 곳에!"

후쿠시마 원전에 문제가 생긴 것도 경악스러운데, 그 방사능 오염 지역에 가장 소중한 친구가 가 있었다.

거기서 땅을 밟고, 공기를 마시고, 음식을 먹었다.

대체 어쩌자고 그런 무모한 짓을 했단 말인가.

"이 친구들이 눈에 밟히진 않던가요?"

"아하하. 미안하다니까요."

"됐고, 일단 이것부터 먹어요."

나탈리아의 손이 종혁의 입안으로 거침없이 밀려든다.

뒤이어 헨리의 손도 들어온다.

"우읍?! 푸하아!"

당황하는 종혁의 표정에 둘은 그제야 안심을 한다.

수사기관의 시선을 피하기 위해 러시아의 마야크와 시베리아 화학공단, 그리고 우크라이나의 체르노빌 등에 숨어서 범죄를 공모하는 놈들을 쫓기 위해 KGB가 개발하고, SVR이 계속 업그레이드를 해 온 방사능 중화제.

헨리가 준 것 역시 미국 정부가 비밀리에 개발한 방사능 중화제다.

모두 국가 기밀. 범죄 단체의 악용 때문에 결코 세상에 내놓을 수 없는 것들이었다.
"그러면 이제 닥치고 검사받으세요."
"옙!"
종혁은 얼른 CIA 요원인 의사를 봤고, 그는 싱긋 웃으며 주사기를 꺼내 들었다.
"일단 피부터 뽑아 볼까요?"
참으로 두껍고 굵은 주사기.
종혁이 흐뭇하게 웃는다.
"……살려 주세요."
"따끔합니다."
"으윽!"
차가운 쇠바늘이 몸을 헤집고 들어오는 고통.
종혁의 얼굴이 하얗게 물들었다.

"검사 결과는 3시간 후에 나오게 될 겁니다."
"후우. 감사합니다."
폭풍이 몰아친 기분.
종혁은 작은 원망을 담아 친구들을 봤다가 얼른 시선을 피했다. 경찰로선 어쩔 수 없는 선택이었지만, 친구로선 혼이 나도 어쩔 수 없는 일이었다.
"……미안하다니까요."
"하아. 진짜 어디에 감금시켜 놓을 수도 없고."
할 말이 없었다.
나탈리아와 헨리는 고개를 숙이는 종혁을 보며 다시 한

숨을 내쉬었다.

"……일본의 반격이 심상치 않습니다, 최."

헨리의 말에 종혁의 눈빛이 차갑게 가라앉는다.

"그렇겠죠. 일본으로선 어떻게든 이 재앙이 아무것도 아님을 국제사회에 보여야 할 테니까요."

그래야 하이에나들에게 사냥을 당하지 않을 테니 말이다.

"하지만 한계가 있죠."

동일본 대지진은 너무 갑작스럽게 일어났다.

이틀 앞에 있었던 전진(前震)이 발생했을 때까지도 누구도 예상하지 못한 일본 역사상 최악의 지진.

회귀 전, 그걸 노리고 전 세계의 하이에나들이 몰려들었다.

그런데 이번에는 심지어 하나하나가 공룡급인, 전 세계에 퍼져 있는 종혁과 러시아, 미국의 사냥개들이 재앙이 터지자마자 일본 사냥에 나섰다.

사상 최대의 지진이라는 어퍼컷을 맞고 이미 그로기 상태였던 일본으로선 얼마 버티지 못하고 잡아먹힐 수밖에 없었다.

"……잃어버린 20년이 더욱 길어지게 되겠군요."

"잃어버린 백 년이 될 수도 있을 겁니다."

이후로도 일본엔 수많은 재앙이 이어진다.

전 세계에서 벌어지는 재앙들이 일본을 계속해서 몰아붙인다.

이미 이번 재앙만으로도 구멍이 숭숭 뚫린 함선이 된 일본은 그것들을 막아 낼 여력이 없었다.

"하지만 숨통은 붙여 놔야겠죠?"

"예. 그래야 차후에 배가 고플 때 뜯어먹을 수 있을 테니까요."

냉동실에 넣어 둔 후 생각날 때마다 한 번씩 꺼내 먹는 명절 음식처럼.

셋은 서로를 보며 입술을 비틀었다.

그렇게 이후로도 얼마나 이야기를 나눴을까.

찌지직! 찌지직!

"음?"

셋이 맹렬하게 종이를 뱉어 내는 프린터기를 바라본다.

재빨리 검사 자료를 뽑아 든 나탈리아가 한숨을 내쉬고, 헨리와 종혁이 안심을 한다.

"다신 그런 곳에 가지 마세요, 최."

"하하. 노력해…… 으악!"

"그럼 한국에서 봐요."

"어? 벌써 가시려고요?"

꼬집힌 옆구리를 벅벅 문지르던 종혁이 깜짝 놀라자 나탈리아와 헨리가 푸근하게 웃는다.

종혁 때문에 무리해서 시간을 냈다. 이젠 돌아가야 했다.

종혁의 어깨를 두드린 둘은 밖으로 나갔고, 종혁은 곧

바로 트럭에 올라 사라지는 둘을 보며 입맛을 다셨다.
"걱정을 많이 시켰네."
그래서 이렇게 무리하게 만든 것일 터.
빚이 나날이 쌓이는 기분이었다.
"그러면……. 여보세요? 쿄 형! 어디…….''
-그쪽! 그쪽으로! 거기서라-!
수화기 너머뿐만 아니라 저 멀리서 희미하게 들리는 무로이 코헤이의 목소리.
종혁은 생각할 것도 없이 바로 몸을 날렸다.
그리고…….
후다다다닥!
종혁은 이쪽을 향해 달려오는 웬 거지 한 명의 목을 향해 팔뚝을 들이밀었다.
"으랏챠!"
"컥!"
쿠웅!
"……으아아아악!"
거지 몰골의 사내는 뒤통수를 붙잡은 채 바닥을 뒹굴었고, 뒤이어 도착한 무로이 코헤이가 흐트러진 머리와 옷매무새를 다듬는다.
"거, 구두 따윈 벗으라니까."
"크흠."
종혁은 피식 웃었다. 정장과 구두는 경시청의 캐리어 형사로선 결코 포기할 수 없는 성질의 것임을 알고 있기 때문이다.

비가 와도, 눈이 와도, 태풍이 불어도 경시청의 위엄은 흐트러지지 말아야 한다. 이것이 경시청이 정장과 구두, 차갑고도 깔끔한 헤어스타일을 고수하는 이유였다.

참 쓸데없는 곳에서 멋을 부리고 있었다.

"그런데 여긴 어떻게 온 거예요? 지금 바쁜 거 아니에요?"

"아아, 그게……."

종혁은 이어진 무로이 코헤이의 말에 눈을 동그랗게 떴다.

* * *

일본 역사상 최대 규모의 대지진에, 일본 각지의 정부 기관들은 하나같이 바빠질 수밖에 없었다.

그리고 그건 도쿄도를 관할하고 있는 경시청도 마찬가지였다.

경시청의 최고위 간부들이 모인 회의실.

둥글게 놓인 탁자에 앉은 경시총감을 비롯한 경시청의 최고위 간부들이 내뿜는 담배 연기로 회의실이 자욱하다.

"후쿠시마 쪽 상황은 어떻습니까?"

"제대로 된 구조 작업도 진행이 되지 않고 있다고 합니다."

원자력 발전소 폭발 사고로 인해 현재 후쿠시마에는 대피령을 비롯해 접근 금지령이 내려졌고, 그 탓에 사망, 실종자 수색도 진행하지 못하고 있었다.

"미야기현, 이와테현도 여전히 난리라고 합니다."

해안 지역인 탓에 피해가 가장 컸던 이와테와 미야기현은 지금도 계속해서 행방불명 신고가 이어지고 있었다.

텅!

"지금 그걸 묻는 게 아니잖나!"

정부에서 경찰은 왜 지원에 나서지 않고 있냐고 질책을 해 왔다.

"소방청에선 이미 긴급구조지원대를 조직해 파견했는데, 왜 우리 경시청은 가만히 있느냐는 말이 나왔단 말이야!"

경시총감의 외침에 최고위 간부들의 이마에 힘줄이 돈는다.

"경시청의 관할은 어디까지나 도쿄도입니다! 당장 이곳의 혼란도 수습되지 않았는데, 지원을 나갈 여력이 어디 있다는 겁니까!"

도호쿠 지방의 도시들에 비하면 미미하다 할 수 있겠지만, 도쿄 또한 대규모 정전에 화재 등 지진으로 인한 피해가 없지 않았다.

관할지의 혼란이 채 수습되기도 전에 다른 곳에 지원을 나갈 여력은 없었다.

"지금 그걸 변명이라고 하는 겁니까! 저기 한국을 보세요!"

한국에선 소방구급대원과 경찰 모두 합쳐 3천여 명의 구조본부를 파견했다.

심지어 일본 정부가 이제야 겨우 확보한 양과 맞먹는 구호품과 일본 정부가 확보한 것의 3배가 넘는 수의 중장비까지 동원했다.

그리고 그 선두에 한국 경찰이 서 있다.

한국 소방청이 선두였다면 이렇게까지 화가 나지 않을 거다. 이건 망신이었다.

"십여 년 전만 하더라도 우리에게 DNA 기술이나 구걸하던……."

"아, 그건 오류가 좀 있군요."

"이봐!"

"손바닥으로 하늘을 가려선 안 됩니다. 여긴 경시청입니다."

경시청은 이 일본을 대표하는 가장 고귀한 기관. 정부의 개가 되어선 안 된다.

이건 그들의 자부심이었다.

"……쯧."

그래도 사과는 하지 않는다. 자존심이 용납하지 않기 때문이다.

"그러니까 어서 그곳에 갈 사람을 정하란 말입니다!"

"어흠."

"큼!"

방금 전 목소리에 날을 세웠던 최고위 간부들이 시선을

피한다.

동일본에서 속속들이 들어오는 정보를 뒤로하더라도 언론 매체로 나오는 것만 봐도 현재 동일본은 지옥이다.

경시청의 최고위 간부인 그들이 갈 수 없으니 어쩔 수 없이 파벌의 부하 직원들을 파견 보내야 하는데, 자칫 파견을 나갔다가 무슨 일이라도 생겼다간 골치 아팠다.

서로의 세력을 깎아 먹어야 경시총감이라는 경시청의 정점에 설 수 있는 그들로서는 너무 큰 모험이다.

하지만 엄청난 명예가 걸려 있다. 방금 말한 손해를 모두 상충시키다 못해 경찰 권력의 정점으로 향하게 만들 분기점.

그렇기에 이렇게 서로 눈치만 보는 것이다. 서로의 파벌을 더 많이 보내기 위해.

그때였다.

띠리링! 띠리링!

갑자기 울리는 전화벨 소리에 모두가 굳는다.

경시총감이 눈을 가늘게 뜨며 스피커폰 버튼을 누른다.

"경시총감입니다."

-나요.

"헛!"

총리의 전화.

몸을 들썩인 최고위 간부들이 이를 악문다. 이 이른 시간 왜 전화를 해 왔는지 알 것 같았기 때문이다.

―경시청은 아직입니까?

"죄송합니다, 총리. 현재 엘리트들을 모으고 있으니……."

―지금 그걸 말이라고 하는 겁니까! 지금 내가 세계 각국에서 무슨 전화를 받는 줄 알아요?!

한국을 비롯한 세계 각국에선 구조팀을 보냈는데, 정작 일본에선 제대로 된 구조 활동에 나서지 않고 있다?

국가 재난 상황 속에서 관할지를 지킨다는 이유로 가만히 있었다는 건 변명거리가 되지 않았다.

―거기다 지금 증시가 어떤 난리를 겪고 있는데!

전 세계가 공격을 해 오고 있다. 언제 증시가 무너질지 모른다.

―이거 어떻게 책임질 겁니까! 예?! 말을…….

경시총감이 귀를 막을 때 중후한 인상의 노인이 그에게 쪽지 한 장을 내민다.

그걸 본 경시총감과 최고위 간부들이 눈을 부릅뜬다.

'무, 무로이 경시감, 당신 설마……?!'

무로이 코헤이의 아버지인 무로이 경시감이 얼른 말하라는 듯 손짓을 했고, 경시총감은 얼굴을 구겼다.

"큼. 다행히 그쪽에 파견을 가 있는 친구가 한 명 있습니다, 총리님. 차기 경시총감으로 거론될 정도로 유능한 저희 경시청의 엘리트 중 엘리트입니다."

쿵!

―흠?

"총리께서도 이름 정도는 들어 보셨을 겁니다. 무로이

코헤이 경시정. 일본 최초의 프로파일링수사과를 창설하였고, 현재는 경시청 과학수사대를 지휘하는 친구입니다."

-호오……. 바깥으로 내보일 얼굴로는 괜찮겠군요. 시나리오는 경시청에 맡기겠습니다.

"각국과의 협상이 끝나기 전까지 마무리 짓도록 하겠습니다."

-부탁드리겠습니다.

달칵!

통화가 종료된 전화기에서 시선을 돌린 그들은 무로이 경시감을 보며 눈을 부릅떴다.

"이, 이 늙은 너구리가!"

"정말 이럴 겁니까, 무로이 경시감!"

무로이 경시감은 옅게 웃으며 차를 홀짝였다.

"한국의 최종혁과 제 아들놈이 친구 사이임을 다들 알고 계시잖습니까. 최종혁 총경이 후쿠시마로 들어갔단 소리를 듣자마자 휴가계를 내고 달려갔습니다."

"아무리 그래도……!"

쾅쾅쾅!

얼굴이 빨갛게 달아오른 최고위 간부들이 테이블을 내려치며 위협을 한다.

그러나 저들처럼 산전수전 모두 겪은 너구리인 무로이 경시감에겐 통하지 않는 위협이었다.

"그럼 이렇게 계속 가만히 두고만 보실 겁니까? 여러

분께서 원한다면 본부장과 부부장 자리를 내놓도록 하죠."
 원하는 대로 무로이 코헤이를 이용해라. 그로 인해 얻어질 모든 명예도 당신들의 넘기겠다는 말.
 즉, 재주는 무로이 코헤이가 부릴 테니, 그 이득은 너희들이 챙기라는 뜻이었다.
 움찔!
 "어흠. 뭐 그런 것이라면……."
 "큰 결정을 내렸습니다, 무로이 경시감."
 "쯧. 그래도 덕분에 면은 섰군요."
 "일단 방송부터 보내는 게 어떻겠습니까."
 "예산 좀 빼서 중장비를 확보하는 건 어떻습니까? 어차피 정부에서 갈음해 줄 테니까!"
 그렇게 경시청도 움직이기 시작했다.

* * *

"그 동네도 참……."
"큼큼."
"아무튼 이 동생이 걱정돼서 휴가 쓰고 달려왔다는 거네요?"
"……."
 입을 꾹 다문 무로이 코헤이가 미간을 좁히자 종혁이 키득키득 웃는다.

이젠 나이가 들어서 그런지 예전의 얼굴이 나오고 있는 그.
 좁혀진 미간과 꾹 다문 입술로 차가운 카리스마를 뿜어댔던 그.
 고마웠다. 감사했다.
 종혁은 온몸으로 그 뜻을 전달했고, 둘은 지옥이 된 거리를 말없이 걸었다.
 "처참하군. 뭐부터 시작해야 할지 막막······."
 "쉿."
 어느새 딱딱하게 굳은 종혁의 표정.
 종혁은 옆 호텔의 로비를 바라보며 낯빛을 굳혔다.

4장. 재난 특수

재난 특수

그날의 날씨는 참 화창했다.
―벌레는 안 나오는 거 맞지?
"그렇다니까! 걱정 좀 그만해요. 딸 못 믿어?"
―……믿겠니? 네가 때려잡은 동네 남자애들만 해도…….
"우와아아악!"
도시로 보낸 딸이 걱정되어 매일같이 전화를 하는 어머니.
―장아찌 좀 보내 줄까?
"가지로! 붉은 된장도! 된장 안 가져왔어요!"
―누구랑 통화해?
"아빠!"
그렇게 아빠와도 두런두런 이야기를 나누다 통화를 종

료한 일본 최고의 대학 중 도호쿠 대학교의 법대생인 아사미가 자신의 자취방을 둘러본다.

"히힛!"

외관은 허름하고 안은 좁지만 깔끔한 맨션.

독립. 그 정적이고 재미없는 시골에서 벗어난 지 벌써 1년 가까이 됐건만 매일이 꽃밭을 구르는 기분이었다.

"……바이트를 해야 하나?"

사법 시험을 준비하긴 위해선 아르바이트를 할 시간에 책 한 글자라도 더 봐야 했지만, 슬슬 돈이 떨어져 간다.

부모님께 말씀드린다면 분명 도움을 주시겠지만, 이미 딸을 도호쿠 대학에 보내기 위해 많은 걸 희생하신 부모님께 더 손을 벌릴 수는 없었다.

"단기 과외면 괜찮을 거야!"

명문대인 도호쿠 대학에, 그것도 법대생인 그녀.

단기 과외로도 당분간 생활할 수 있을 만큼은 벌 수 있을 터였다.

"그럼 가 볼까?"

쿠르릉!

"쯧. 또 지진…… 어?"

쿠콰과과과과과과광!

"꺄아아악!"

기존의 익숙하다 못해 일상인 지진이 아니다.

땅이, 하늘이 무너지고 있다.

끼기긱!

맨션이 비명을 지르고 있다.

'빠, 빨리 나가야 해!'

지진이 일어났을 땐 집 안에 있어야 한다. 하늘에서 무엇이 떨어져 내릴지 모르기에 집 안에 있어야 한다.

하지만 그 집이 무너질 것 같다.

아사미는 다급히 맨션을 뛰쳐나왔다.

그 순간…….

콰과광!

아사미는 자신을 향해 쓰러지는 건물의 잔해에 두 눈을 부릅떴다.

"으으."

눈을 뜬 아사미가 멍하니 하늘을 본다.

머리에 큰 충격을 받은 건지, 아니면 자신에게 무슨 일이 생긴 건지 받아들이지 못하는 건지 눈에 초점이 없다.

그렇게 얼마나 시간이 흘렀을까.

"으으윽!"

겨우 정신을 차린 아사미가 맨션을 바라본다.

그리고 그대로 굳어 버린다.

"……웨엑! 우웨에엑!"

무너져 버린 맨션. 그리고 그 잔해 사이로 튀어나온 피투성이의 팔.

자신도 모르게 구토를 한 그녀가 눈물을 흘리며 잔해를 향해 걸어간다.

"괜찮아요! 정신 차리세요! 누, 누구 없어요! 누가 이 사람 좀……!"
"꺄악!"
"도, 도망쳐!"
다급한 그녀를 흔들어 깨우는 비명 소리들.
아니다. 저쪽은 신경 쓸 시간이 없다.
'내가 구해야 해!'
그래야 살릴 수 있다.
그녀가 잔해를 치우기 위해 손을 뻗는 순간이었다.
쿠구구구구!
"아."
뒤에서 들리는 심상치 않은 소리에 몸을 돌린 아사미는 자신을 향해 다가오는 괴물에 절망하고 말았다.

* * *

"허어억!"
기겁하며 일어난 아사미가 주위를 둘러본다.
호텔 방 안에 옹기종기 모여 있는 상처투성이의 여성들.
아사미는 마찬가지로 군데군데 붕대가 감긴 자신의 팔다리를 내려다본다.
정말 천운이었다.
쓰러진 맨션의 잔해가 한 끗 차이로 비껴갔을 뿐만 아

니라, 정신줄을 놓고 사력을 다해 뛴 끝에 갑자기 들이닥친 해일을 간신히 피할 수 있었다.

지금 온몸에 남아 있는 상처는 처음 맨션의 잔해가 떨어져 내렸을 때 튄 파편에 의한 것들뿐이었다.

짧은 머리를 매만진 그녀가 한숨을 내쉰다.

지옥, 그 자체였던 병원.

자신과는 비교도 안 될 중환자들이 병원에 가득했고, 그에 그녀는 CT나 X-RAY를 찍어 볼 생각도 하지 못한 채 간단히 찰과상만 치료하고 나올 수밖에 없었다.

그러다 경찰과 구조대의 인도에 도착한 곳이 바로 여기였다.

꼬르륵!

"후우. 식사를 받으러 가야지."

그녀는 화장실로 향해 물티슈로 몸을 단정히 한 후 신분증을 챙겨 호텔 로비로 향했다.

"또 빵인가……."

평소 빵을 좋아했지만, 지금 상황에선 이것도 감지덕지지만 눈물이 솟는다.

엄마가 보내 준 붉은 된장으로 만든 된장국과 따뜻하다 못해 뜨거운 쌀밥에 폭신한 계란말이를 얹어 먹고 싶다.

아빠가 만든 짭짤하고 새콤한 장아찌를 한입 가득 베어 물고 싶다.

"흑!"

울음을 참느라 입술을 내민 그녀는 바깥으로 나갔다.

너무 안에만 있으니 더 우울해지는 것 같았다.
"저기……."
"네?"
"혹시 저 알지 않아요?"
깔끔한 정장에 광이 나는 구두를 신은, 단정하게 틀어 올린 머리의 중년 여성.
어지러운 재난 현장과 어울리지 않는 말끔한 그녀의 모습에 아사미는 순간 넋을 잃고 그녀를 바라보았다.
"도호쿠 법대생 맞죠? 마츠다 법률 사무소의 리츠코예요. 기억 안 나세요?"
"앗!"
마츠다 법률 사무소의 변호사, 마츠다 리츠코.
법조계 선배로서 대학에 강연을 온 적이 있었다.
"아, 안녕하세요! 도호쿠 법대 1학년 스즈키 아사미입니다!"
"그래요, 스즈키 짱. 지금 식사하러 가는 거예요?"
"아, 네……."
"쇠도 씹어 먹을 나이인데 그거 가지고 되겠어요? 따라와요."
"네? 아뇨, 아니요!"
"괜찮아요."
마츠다 리츠코는 아사미의 손목을 잡고, 호텔의 최상층에 있는 자신의 방으로 향했다.
"우선 좀 씻고 나오세요. 옷도 이걸로 갈아입고요."

떠밀리듯 욕실로 향한 아사미는 경악을 금치 못했다.

물탱크에 보존된 물의 양이 적다며 하루 24시간 중 22시간은 단수가 됐었는데, 지금은 단수된 시간이었는데 물이 펑펑 나왔다.

놀라운 일은 거기서 끝이 아니었다.

옷을 갈아입고 나온 아사미는 입을 떡 벌렸다.

'말도 안 돼…….'

방금 막 지은 따뜻한 밥과 된장국.

어서 먹으라는 손짓에 포근하고, 달콤한 계란말이를 입에 가져간 그녀의 목이 막힌다.

"흐윽! 흐으윽!"

맛있다. 그래서 더 서럽다.

왜 이런 꼴을 당해야 하는 건지, 왜 이렇게 먹고 싶은 것도 못 먹은 채 갇혀 있어야 하는 건지 모르겠다.

마츠다 리츠코는 말없이 눈물을 뚝뚝 흘리는 그녀의 등을 토닥여 주었다.

"죄, 죄송합니다."

"아니에요. 그보다 돌아갈 집은 있어요?"

아사미는 고개를 저었다.

"그러면 돈은요?"

대답 대신 아사미의 얼굴이 붉어진다.

은행에 저금할 돈은 애당초 없었고, 가진 재산이라곤 보증금이 전부였는데 이런 상황에 돌려받을 수 있을 리 만무했다.

'고향에 다녀와야겠지.'

그러고 싶지 않았지만 부모님에게 도움을 청하는 것 외에 그녀에게 남은 방법이 없었다.

아사미는 씁쓸히 웃었고, 마츠다 리츠코는 그런 그녀를 보며 눈을 빛냈다.

"스즈키짱."

"네, 마츠다 씨."

"아르바이트 하나 안 해 볼래요?"

"……?"

띵동!

"잠시만요."

마츠다 리츠코가 호텔 룸의 문을 열어 준다.

우르르!

"왜 이렇게 여는 게 늦어?"

"사람이 있어서 그래."

아사미는 안으로 들어오는 사람들을 보곤 눈을 동그랗게 떴다.

"그래서 어떻게 할 건데?"

"그러니까……."

순간 시끄러워지는 룸.

아사미는 그들이 뱉어 내는 법률 용어와 법률이 아닌 전문 용어들에 눈이 핑핑 돌아간다.

담배 연기와 함께 뿜어내는 박력.

이런 재난 속에서도 일에 대한 이야기를 하는 모습에 이게 성공한 사회인의 모습인가 싶었다.

마츠다 리츠코는 그런 그녀를 밖으로 이끈다.

"미안해요. 벌써 시간이 이렇게 됐는지 몰랐네요."

"아, 아니에요. 아! 정말 감사했습니다!"

"그래요. 언제든 밥 먹고 싶으면 올라와요. 아, 맞아. 내 정신 좀 봐. 가장 중요한 아르바이트 비용 이야기를 안 했네요. 하루에 2만 엔. 어때요?"

쿵!

"네?"

"잘 생각해 보고 연락 줘요. 이건 내 연락처."

"아, 아니……."

"다음에 또 봐요."

아사미의 어깨를 두드린 그녀는 안으로 들어갔고, 아사미는 받아 든 명함을 멍하니 바라봤다.

하루에 2만 엔, 한 달이면 60만 엔.

아직 대학생인 그녀로선 감히 상상조차 할 수 없는 액수에 그녀의 눈이 흔들렸다.

　　　　　　　　* * *

"그래요. 잘 생각했어요."

아사미는 결국 아르바이트를 하기로 했다.

"어, 어려운 일은 아니죠?"

"호호. 스즈키 짱이 할 일은 별거 없어요."

병풍처럼 뒤에 서 있다가 자신이 지시하는 것만 해내면 되는 아주 간단한 일.

"사무관이라는 단어는 들어 봤죠?"

"아, 네!"

"일종의 비서라고 생각하면 편할 거예요. 원래라면 담당 사무관에게 시킬 일이지만…… 연락이 되질 않아서요."

이놈의 재난 때문에 연락이 되질 않는다. 솔직히 살아 있는지도 불분명하다.

"아."

"하지만 어쩔 수 있겠어요?"

재난은 재난이고, 일은 일이었다.

공무원이나 직장인처럼 일을 못해도 돈이 나오는 게 아닌, 일감을 찾아 돌아다니고 계약을 성사시켜야 돈을 벌 수 있는 그녀. 재난이라고 정신을 놓고 있을 순 없었다.

"어차피 재난은 수습될 테니까."

아사미의 눈이 몽롱해진다.

'이, 이게 성공한 여성이구나!'

자신보다 키가 작음에도 훨씬 커 보이는 마츠다 리츠코의 모습에 아사미는 한 발 물러서 고개를 숙였고, 마츠다 리츠코는 만족스럽게 웃으며 들고 있는 가방을 맡겼다.

그리고 옆방의 문을 두드렸다.

똑똑!

"누구십니까."

"마츠다 법률 사무소의 마츠다 리츠코입니다. 우에다 신죠 교수님 되시죠? 긴히 드릴 말씀이 있어서 이렇게 결례를 무릅쓰고 찾아뵙게 됐습니다."

너무 의외의 손님이라서 그럴까.

잠시 침묵을 했던 방의 주인이 이내 문을 연다.

급히 옷을 차려입은 듯 옷차림이 흐트러진 노인이 나타나자 마츠다 리츠코가 곱게 웃으며 고개를 숙인다.

"마츠다 법률 사무소의 대표 변호사 마츠다 리츠코입니다."

아사미도 다급히 고개를 숙인다.

"우에다 신죠입니다. 법률 사무소의 주인께서 날 왜 찾아왔는지 모르겠지만, 일단 안으로 들어오시죠."

안의 테이블로 안내한 우에다 교수가 차를 내온다.

"상황이 상황인지라 대접할 게 없습니다. 이해 부탁드립니다."

"아닙니다."

"그래서 날 왜 찾아온 겁니까."

일본인답지 않은 직설적인 화법.

마츠다 리츠코는 옅게 웃으며 입을 열었다.

"이번 재난으로 인해 많은 손해를 보셨을 거라 생각됩니다."

"……크흠."

우에다 교수가 불편한 표정을 짓는다. 처음 본 사람에게 드러낼 이야기가 아니긴 했지만, 정말 엄청난 손해를 봤기 때문이다.
 바다가 좋아 센다이시 동쪽에 집을 지었던 그.
 그러나 이번 재난에 의해 모두 쓸려가 버렸다.
 금고야 멀쩡할 테지만, 집안 곳곳에 전시해 둔 미술품들은 어쩌란 말인가.
 또 쓰나미에 쓸려 잔해만 남은 집은 어떡하란 말인가.
 안 그래도 속이 쓰려 죽겠는데, 그 상처를 헤집는 말에 당연히 그는 기분이 나빠질 수밖에 없었다.
 마츠다 리츠코는 그런 그를 또렷이 응시하며 입을 열었다.
 "그 손해 배상을 미야기현 지자체와 정부에 청구하시는 건 어떠십니까?"
 움찔!
 "……그게 가능하겠소?"
 말 그대로 재앙이고, 재난이다. 인간은 어떡할 수 없는 천재지변이란 말이다.
 물론 정부가 어느 정도 배상은 해 줄 것이고, 보험사도 그럴 것이다.
 하지만 그건 우에다 교수가 본 손실과 비교하면 티끌만큼도 안 되는 돈일 것이 분명했다.
 그런데 손해 배상을 받는다? 말도 안 됐다.
 "만약 이 재앙이 이미 예견된 것이었다면요?"
 다시 몸을 굳힌 우에다 교수가 입을 다물자 마츠다 리츠코가 뒤로 손을 뻗는다.
 "가방 안에서 노란색 큰 봉투를 주겠어, 스즈키?"

"네, 대표님."

아사미는 얼른 그녀가 말하는 것을 넘겨줬고, 우에다 교수는 넘겨받은 자료를 보며 미간을 좁혔다.

"이건?"

"지난 10년간의 환태평양, 소위 불의 고리라 말하는 지진대의 활동 기록입니다."

사락! 사락! 사라락! 탁!

자료를 내려놓은 우에다 교수의 눈이 흔들린다.

"이 자료가 정말이오?"

"세계 유명 지질연구소에서 입수한 자료입니다."

"그, 그렇다면 정말로……."

"네. 일본 정부는 이번 재난을 충분히 예견할 수 있었음에도 전혀 대비를 하지 않았던 거고, 그로 인해 수많은 이들이 막대한 피해를 입게 된 겁니다. 그건 제 눈앞에 계신 우에다 신죠 교수님께서도 마찬가지실 테고요."

"……내가 뭘 하면 되겠소?"

"손해 배상 청구에 대한 실사 확인을 위한 교수님의 자택 주소와 자금 현황, 그리고 소정의 의뢰비면 충분하답니다, 교수님."

마츠다 리츠코는 환하게 웃었다.

* * *

이후 마츠다 리츠코는 호텔을 누비며 소위 돈 있는 존

재들을 만나고 다녔다.

그러다 결국 종혁과 무로이 코헤이의 눈에도 띈 그녀.

"으음. 어려울 텐데……."

이야기를 가만히 듣던 무로이 코헤이의 우려에 종혁은 코웃음을 쳤다.

"종혁, 설마 가능하다고 보는 건가?"

"아뇨. 그런 게 아닙니다."

'햐. 저년을 여기서 보네?'

동일본 대지진과 쓰나미라는 끔찍한 재난을 이용한 희대의 사기꾼 마츠다 리츠코.

종혁의 눈이 흉흉하게 빛나기 시작했다.

'저년의 주 무대가 여기였나.'

마츠다 리츠코.

동일본 대지진이라는 끔찍한 재앙 탓에 가족과 친구, 재산 등 많은 것을 잃으며 정신적으로 약해진 이들을 노리고 그나마 남은 것마저 모두 빼앗은 사기꾼.

'끝까지 잡히지 않았었지?'

국제 수배까지 떨어졌으나 결국 회귀 전까지도 잡히지 않았던 마츠다 리츠코.

간질거리는 주먹을 쥐었다 폈다 한 종혁은 고개를 저었다.

'아직은 아니야.'

아가리를 터는 게 딱 봐도 밑밥을 까는 단계다. 지금 털어 봤자 엄한 사람을 사기꾼 취급한다는 소리만 듣게 될 것이다.

지이잉! 지이잉!
"음."
갑자기 울리는 핸드폰에 무로이 코헤이는 잠시 떨어져서 전화를 받는다.
'응?'
갑자기 딱딱하게 굳는 그의 표정.
물론 평상시에도 굳은 얼굴이지만, 종혁은 그 미세한 표정 변화를 알아챘다.
"뭔 일이기에 저렇게 심각해?"
후다닥!
"헉! 헉! 부본부장님! 여기 계셨습니까!"
"그냥 무전을 보내시지……. 무슨 일입니까?"
"자, 잠시 본부로 오셔야 할 것 같습니다."
"본부로요? 잠시만요."
종혁은 통화를 하고 있는 무로이 코헤이를 향해 다시 고개를 돌렸다가 깜짝 놀랐다.
"아, 벌써 통화 끝내셨어요?"
"본부로 간다고? 혹시 동행해도 되나?"
"예, 뭐……."
눈을 껌뻑인 종혁은 찾아온 형사를 따라나섰다.

* * *

"예? 뭐라고요?"

종혁이 잠시 귀를 후빈다.

자신이 제대로 들은 건 맞는 걸까.

구조본부의 본부장이자 주일본 대한민국 대사관에서 파견된 공사(公使)가 헛기침을 한다.

"그러니까 의료 시설이 부족해서……."

말을 하는 공사를 일견한 종혁의 시선이 그의 뒤에 서 있는 중장년인들에게 향한다.

죄다 먼 산을 바라보고 있는 가슴팍에 금배지를 단 그들.

'하!'

"네. 좆까는 소리는 잘 들었습니다."

"……뭐, 뭐?"

"눈깔이 달렸는데도 안 보입니까?"

종혁이 컨테이너 하우스를 가리킨다.

절반이 채 내려지지 않았음에도 코 고는 소리가 가득한 컨테이너 하우스.

밤사이 무슨 일이 생기진 않을까 일본 경찰들과 주변 순찰을 하고, 플래시 하나에 의지한 채 밤새 사람들을 구한 소방구급대원들이 잠들어 있다.

언제 어떻게 될지 모르는 천막이 아니라 단단한 지붕과 벽으로 차단된 소음에 이제야 숙면을 취하고 있다.

저 컨테이너 하우스는 단순한 바람막이가 아니라 경찰과 소방구급대원들이 무사히 한국으로 귀국할 수 있게 도와줄 보금자리였다.

붕대나 연고 따위와는 비교도 할 수 없는 중요한 안식처.

그런데 외교부가 저걸 내놓으라고 한다.

"크흠. 양국 간의 관계가 있으니……."

"인도적인 차원으로 양보하라고요? 환자들을 위해? 예, 그럼 당연히 그렇게 해야죠."

당연히 그렇게 해야 한다.

"하지만!"

종혁의 눈이 사나워진다.

"이곳에 일본 정치인 및 일본 정부, 지자체 관계자, 그들의 가족이 단 한 명이라도 들어오면 싹 다 엎어 버릴 겁니다."

"……."

"그래, 내가 이럴 줄 알았지. 진짜 지랄하네."

"어허! 최 총경! 말이 심하지 않습니까! 그들도 엄연한 수재민입니다!"

"수재민은 지랄!"

의료 시설이 부족하다면 얼마든지 양보해 줄 수 있다. 구호품이 부족하다면 얼마든지 내줄 수 있다.

하지만 그것이 특정 몇몇의 편의를 위해서라면 절대 내줄 수 없다.

이들이 앉은 자리는 국가와 국민을 위해 봉사하라고 만들어진 자리였다.

이런 국가 재난 상황에선 누구보다 국민들을 위해 양보

하고 희생해야 됐다.

그런데 저 꼬라지를 봐라.

피난민들은 씻지도 먹지도 못해 초췌한 반면, 저들은 깔끔하다 못해 얼굴에서 개기름이 흘렀다.

"어차피 도와주러 왔으니까 쓸개까지 다 내놓으라고? 이런 씨발. 내가 계속 웃으며 퍼 주니까 호구로 보이냐, 새끼야!"

종혁의 입에서 쌍욕이 튀어나오자 모두가 기겁하며 달려든다.

"워워. 최 총경, 진정해."

"아니, 소방감님! 저 새끼가 말하는 것 좀 보십쇼!"

"어허. 무슨 말인지 알아. 그래도 본부장이야."

"본부장이라면 저딴 개소리를 지껄여도 된답니까! 너 이 씨발, 저기다 저 새끼들만 들여 봐! 내가 너 잘 때 뒤통수를…… 읍! 우읍!"

"그만하라니까 그러네."

종혁은 소방감에게 끌려가면서 눈으로 쌍욕을 퍼부었고, 공사는 얼굴을 뻘겋게 붉히며 이를 갈았다.

그렇게 멀리 끌려간 종혁은 자신의 입을 막은 손을 툭툭 쳤다.

"거 알 만한 사람이 왜 그래?"

"알 만하니까 이렇게 한 겁니다."

"응?"

"아까 제가 한 말 못 들으셨습니까?"

"……설마?"

"설마가 아닙니다."

아마 처음엔 저들도 눈치가 있으니 정말 진료와 치료가 필요한 사람들에게 컨테이너 하우스를 배분해 줄 거다.

하지만 그건 어디까지나 처음뿐. 그러다 슬그머니 그들뿐만 아니라 그들과 연관된 사람들을 집어넣을 거다.

그리고 한 가정당 하나의 컨테이너 하우스를 차지할 거다.

오직 구조대의 편안한 휴식을 위해 참 많은 것을 집어넣은 컨테이너 하우스. 금속제 외관을 제외하면 일반 집과 똑같다.

거기다 방사능 전문의와 외과의들이 포진해 있다.

그래서 욕심을 내는 것이다.

"이러다 본부장이 요구한 50퍼센트의 하우스에 환자들이 꽉 차면 어떻게 되겠습니까?"

"……더 내놓으라고 하겠지."

당장 스타디움에서도 쪽잠을 자는 사람들이 수두룩하다. 그들만 넘어와도 컨테이너 하우스는 모두 뺏긴다고 봐야 한다.

"예. 그러다가 싹 다 쫓겨나서 다시 천막에서 자겠죠."

그땐 주차장이 아니라 센다이시 서쪽이나 북쪽의 산 아래에서 자게 될 거다.

여기까진 이해할 수 있다. 아니, 정말 순수하게 그런 의도라면 수백 개의 컨테이너 하우스를 모두 내놓을 수도 있다.

 문제는 그렇게 그곳에 일본인이 꽉 찼을 때 찾아올 일본 정부의 공무원들과 정치인들이다.

 "아마 입에 침도 안 바르고 일본 정부와 지자체에서 공수한 거라고 떠들어 댈 겁니다. 일본 정부의 발 빠른 대책이라고 전국에 보도를 때려 국민들을 현혹시킬 겁니다."

 어쩌면 한국에서 가져온 구호품도 전부 일본 정부에서 보낸 것으로 둔갑할지도 몰랐다.

 여기까지도 종혁은 참을 수 있었다. 사람을 구하는 게 우선이지, 명예를 위해 일하는 건 아니었으니까.

 그러나 그렇게 모든 것이 일본 정부에서 마련한 것으로 둔갑되면, 도리어 자신들이 일본의 구호품을 축내고 있다는 소리가 나올지도 모른다는 것이 문제였다.

 "일본 국민들과 소통할 길이 없는 우리는 그냥 닥치고 당하게 될 겁니다."

 본부장인 공사도 이미 일본 편인 것 같은데, 자신들의 이야기가 전해질까.

 "서, 설마! 사람이 어떻게 그러려고!"

 "정말 설마라고 생각하십니까? 소방감님도 아시잖습니까."

 뻔뻔하기 그지없는 일부 몇몇을 제외한 대부분의 정부 관계자들과 정치인들.

 이건 전 세계 공통이었다.

절대 믿을 수 없었다.

"하아……. 하지만 최 총경. 지금 당장 지탄을 받을 수 있어. 우리만 깨끗한 곳에서 잔다고 말이야."

"차라리 그러라죠. 그냥 확 철수해 버리게. 아직 다친 사람은 적으니 그게 훨씬 깔끔하겠습니다."

본격적인 구조 활동이 벌어지면 얼마나 다칠지 모른다. 어쩌면 사망하는 사람이 나올 수도 있었다.

도처에 위험이 널려 있는 거리.

사람을 구하러 왔는데 사람을 구할 수 없다면, 선의가 이기적인 이들에게 이용만 당할 뿐이라면 그냥 관두는 게 낫다.

"최 총경……."

종혁은 고개를 돌렸고, 소방감은 난처해했다.

하지만 마냥 설득할 순 없었다. 다 떠나서 현재 컨테이너 하우스가 소방구급대원들에게 큰 도움이 되고 있는 건 사실이었기 때문이다.

둘의 마음이 복잡해지는 순간이었다.

"그 부분은 내가 해결해 줄 수 있을 것 같은데."

"쿄 형?"

종혁은 다가온 무로이 코헤이를 보며 눈을 껌뻑였다.

* * *

"확실히 한국은 저희 일본과 기조가 다르군요. 역시 한

강의 기적을 이룬 한국답게 효율성을 중시하는 것 같습니다."

"하하."

칭찬인 듯 칭찬이 아닌 말.

아니, 그냥 돌려 까는 것이다. 저딴 애송이가 왜 어른들이 이야기하는 자리에서 목소리를 높이냐고 말이다.

노회한 정치인이 공사의 손을 꼭 잡는다.

"어떻게 안 되겠습니까? 지금도 저희 센다이시 시민들이 추위와 병마에 떨고 있습니다."

많이도 바라지 않는다. 딱 절반.

"그것이 안 된다면, 의료진들의 도움만이라도 받게 해 주십시오."

이미 포화 상태가 된 센다이시의 병원들. 제대로 된 치료를 받지 못하고 방치된 사람들이 수두룩하다.

'그러다 위급한 환자가 발생하면……'

가까운 컨테이너 하우스에서 치료를 받아야 할 것이다.

그렇게 물꼬만 트면 나머지 컨테이너 하우스를 모두 집어삼키는 건 일도 아니었다.

'그럼 내 가족들도 안심하고 쉴 수 있겠지!'

현재 집이 아니라 호텔에서 지내고 있는 가족들.

남편이, 아버지가 정치인이라서 저 험하고 위험한 곳에서 제대로 씻지도 못한 채 시민들과 함께 아픔을 나누며 구호 활동을 해야 하는 가족들.

그들뿐만 아니라 부하 직원들, 자신의 지인들, 동료 정치인들의 가족들도 케어가 필요했다.

물론 그렇게 모두 불러 모으면 일반 시민들이 치료받을 공간이 없겠지만, 그게 무슨 상관이란 말인가.

일단 자신들부터 살고 봐야 했다. 그러며 자신들이 이런 길거리에서 시민들과 아픔을 공유하고 있다는 모습을 보여 주는 게 중요했다.

"부탁드리겠습니다."

"아니……."

공사는 난처함에 말을 잇지 못했다.

의료진과 컨테이너 하우스 모두 종혁의 사비로 준비된 것이었다. 아무리 자신이 본부장이라고 한들 거기에 간섭할 권한은 없었다.

'거기다…….'

정계 인맥이 무시무시한 종혁.

그래서 방금 전 폭언을 듣고도 아무 말도 하지 못한 것 아니겠는가.

앞으로도 일본 정치인들과 원만한 관계를 유지해야 하는 그로서는 난감하기 짝이 없는 상황이었다.

이러지도, 저러지도 못해 그의 가슴이 답답해지는 그때였다.

저벅저벅!

천막 안으로 들어온 사내가 공사에게 다가간다.

"본부장님."

공사에게 귓속말을 하는 그.

"뭣?!"

눈을 부릅뜬 공사는 다급히 컨테이너 하우스들이 놓인 곳으로 달려갔고, 일본 정치인도 의아해하며 그 뒤를 따랐다.

그리고 둘 모두 그대로 굳어 버렸다.

"Thank you, Sir."

"Спасибо, Choi."

종혁과 인사를 나누는 백인들과 그들의 뒤에 있는 다양한 인종들, 아니 어젯밤 날아왔던 미국과 러시아의 선발대들.

그들이 각자의 짐을 들고 컨테이너 하우스 안으로 들어가고 있다.

"이, 이게……!"

"아, 오셨습니까."

"이게 무슨 상황입니까!"

"그게……."

종혁이 말을 하려고 하자 무로이 코헤이가 한 발 앞으로 나선다.

"반갑습니다."

"……당신은?"

방금 전 종혁의 곁에 있던 일본인이다.

"무로이 코헤이 경시정입니다. 경시청에서 선발대로 파견됐습니다."

흠칫!

"한국 구조본부의 본부장이라고 들었습니다. 본 경시청이 이곳의 한 귀퉁이를 빌려 썼으면 합니다만……."

말은 허가를 구하고 있었지만, 어조나 표정 모두 명령조인 무로이 코헤이의 모습에 말을 잃은 공사는 종혁을 쳐다봤고, 종혁은 어깨를 으쓱였다.

그 순간이었다.

지이잉! 지이잉!

핸드폰을 본 공사가 헛숨을 삼킨다.

"예! 장관님!"

-방금 일본 정부와 협의가 끝났네. 본격적인 구조 작업에 돌입하게. 곧 방송국이 파견될 테니 허튼짓하지 말고.

공사는 고개를 푹 숙였다.

* * *

"한국의 양보를 잊지 않을 겁니다, 최."

어젯밤 자신들에게 쉴 곳을 양보한 채 차량이나 복도에서 구겨 자던 센다이시 소방대원들을 보며 얼마나 미안해했던가.

"그런데 정말 괜찮겠습니까?"

"서로 돕고 사는 거죠."

여차하면 18명이 잘 수 있도록 제작된 컨테이너 하우

스. 이들에게 자리를 내준다고 해도 큰 무리는 없었다.

"……감사합니다, 최."

"우리 꼭 구하죠."

"예. 한 명이라도 더."

주먹을 꽉 쥔 미국의 선발대는 몸을 돌렸고, 러시아도 감사의 뜻을 표하며 현장으로 향한다.

종혁은 뒤를 돌아봤다.

일본 정부와의 협상이 끝났다는 소식이 전해지자 만반의 준비를 갖춘 채 서 있는 한국의 구조대들.

종혁은 그들이 보내는 존경 어린 시선에 피식 웃다 이내 낯빛을 굳혔다.

그런 그의 눈에 무너지고 망가진 도시의 풍경이 들어온다.

"그러면 우리도 들어갑시다."

저 지옥으로.

재앙이 휩쓸고 간 참사의 현장으로.

주먹을 꽉 쥐고, 이를 악문 구조대원들이 지옥을 향해 걸음을 옮겼다.

* * *

한편 그 시각 센다이시의 동쪽.

"그럼 저흰 저쪽부터 치우겠습니다."

"부탁드리겠습니다."

고개를 숙이는 센다이시 소방대원들을 일견한 철거전문업자들이, 이번 재난에 센다이시와 계약을 맺은 그들이 한 주택가 앞에 멈춰 선다.
"휘유."
멀쩡한 집이 보이질 않는 주택가.
"저희가 먼저 진입해 요구조자가 있는지 확인할 테니, 여러분들은 뒤를 따라오시면서 저희가 치운 잔해들을 처리해 주십시오."
"예. 걱정 마십시오."
"……진입한다."
"예!"
우르르!
산 사람이 있을 거라곤 생각되지 않는 끔찍한 현장.
하지만 포기할 순 없었다.
0.001퍼센트의 확률이라도 살아 있는 사람이 있을 수 있음에, 자신들의 구조를 바라는 요구조자들이 있을 수 있음에 그들은 이를 악물며 나아간다.
그렇게 센다이시 소방대원들이 움직이자 철거전문업자 중 한 명이 입을 연다.
"우에다 신죠 교수의 집이 어디라고?"
"주소는 저쪽입니다."
부하 직원이 가리키는 곳을 바라본 철거전문업자는 눈을 빛냈다.

＊　＊　＊

　부르릉!
　검은 연기를 토해 낸 불도저가 거리의 잔해를 치우며 앞으로 나아가다 멈춘다.
　그러자 불도저 앞에 있던 구조대원들이 달려 나가 길가에 쌓여 있는 잔해들과 차량들을 살피며 신호를 준다.
　그에 다시 불도저가 굉음을 토하며 앞으로 나아간다.
　그 뒤를 따르는 굴삭기와 지게차가 길가의 양옆으로 치워진 쓰레기들을 덤프트럭에 옮겨 담는다.
　가다 서다를 반복하며 거북이보다 더 느릿하게 전진하는 그들.
　-요구조자 발견! 우측 건물 3층!
　-확인! 성덕아!
　-수신!
　열화상 카메라와 적외선 카메라로 건물을 훑고, 또 건물 안에서도 훑으며 요구조자들을 구하는 사람들.
　"크으으! 형님, 우린 이거 도입 못 합니까?"
　여러 가지 이유로 구조 신호를 보내지 못하는 사람들마저 구해 내고 있다. 이것만 있으면 무심코 지나칠 요구조자들도 모두 구해 낼 수 있을 것 같았다.
　"못해."
　"아, 왜요!"
　"비싸."

"……씨부럴 놈의 예산."

울고 웃는 그들을 일견한 종혁이 왼쪽 골목을 가리킨다.

"9시 방향. 흉기 든 사람이 골목으로 들어갔다. 조치 바람."

-수신.

-시신 발견! 다시 전파한다. 모자로 보이는 시신 발견.

"8팀, 지원 갑니다. 조심히 모시세요."

-알겠습니다.

무전기를 내리고 확성기를 집어 든 종혁이 크게 외친다.

"구조대입니다! 밖은 위험하니 나오지 마시고, 저희가 찾아갈 때까지 그 자리에 계십시오!"

잠시 숨을 고른 종혁이 다시 입을 연다.

이번엔 한국어로 말한다.

"한국 구조대입니다! 저희가 왔으니 이제 안심하시고……."

종혁의 목소리가 센다이시를 울렸다.

* * *

"푸후우!"

땅바닥에 주저앉은 종혁이 들고 있던 생수병으로 흙먼지로 범벅이 된 얼굴을 씻는다.

"크윽."
"야, 뭐야! 다쳤잖아!"
"에이, 이 정도는 괜찮습니다."
"개소리 말고 얼른 치료받으러 가, 새끼야!"
"어으으. 죽겠다."
"전 딱 10분만 잤으면 좋겠습니다."

이렇게 쉬는 시간도 아깝지만, 그래도 쉬어야 한다. 그래야 다치지 않고 요구조자들이 보내는 구조 신호를 캐치할 수 있고, 구해 낼 수 있다.

쉬는 게 쉬는 것이 아닌 그들.

"새참 먹고 하십쇼!"
"오오!"

빵과 우유에 웃음을 짓는 사람들을 바라보던 종혁도 마스크를 내리고 빵을 씹어 먹는다.

그러다 한숨을 내쉰다.

"여러분도 카메라 내려놓고 좀 쉬시죠?"
"하하. 저흰 신경 쓰지 마시고 계속 드십시오."

일본 정부에서 촬영이 허락되자마자 가장 먼저 날아온 영웅 경찰 최종혁의 촬영팀들.

그들은 먹지 않아도 배부르다는 듯 흐뭇한 미소를 짓고 있다.

"이거 우리가 최초지?"
"그렇죠. 다른 방송국 팀들은 걸리적거리니까 죄다 뒤에서 대기하잖습니까."

종혁이 방해하면 가만두지 않겠다고 엄포를 놓았다.

그런데 자신들은 생생한 구조 현장을, 이 참사를 밖으로 알릴 사람들은 필요하며 이렇게 촬영을 허락받은 것이다.

이건 무조건 대박이었다.

"역시 최종혁 총경. 사건을 부르는 경찰."

"다 들립니다."

움찔!

"……어이구. 저희도 새참 좀 먹겠습니다."

종혁은 모른 척 흩어져 다른 구조대원들을 찍는 그들의 모습에 피식 웃으며 다시 마스크를 썼다.

"왜요. 더 드시지 않고요."

"화장실 좀 다녀오려고요."

따라오려는 촬영팀을 말린 종혁은 뒤에 설치해 놓은 간이 화장실로 향했다.

찰칵! 치이익!

"후우."

화장실 앞에 멈춰 서는가 싶더니 스윽 옆 골목으로 들어간 종혁. 그 뒤를 웬 사십대 일본 남성이 따라간다.

그리고 종혁에게 무슨 사진들을 건네는 그.

"마에다 리츠코가 만나고 다닌 인물들입니다. 그리고 이건 마에다 리츠코가 머무르는 방으로 들어간 사람들입니다."

종혁이 눈을 빛내며 마에다 리츠코의 호텔 룸으로 들어

간 사람들 사진을 본다.

'잘도 찍었네.'

노하우가 궁금할 정도로 얼굴들이 선명하게 보인다.

"이 사람들도 감시할 수 있겠습니까? 돈은 추가로 드리죠."

"……최선을 다하겠습니다."

그렇지 않아도 예고도 없이 들이닥친 재앙에 기존의 의뢰를 잠시 중단할 수밖에 없었던 상황이다. 종혁이 준 의뢰비라면 전 직원을, 아니 다른 흥신소들까지도 동원할 수 있었다.

"궁금하신 점이 있으시다면 언제든 연락 주십시오."

절도 있게 고개를 숙인 그는 골목 안쪽으로 사라졌고, 종혁은 사진들을 다시 살폈다.

"죄다 아는 얼굴들이네."

회귀 전 이 중 절반은 잡혔고, 나머지 절반은 잡히지 않았다.

종혁은 그중 한 젊은 여성의 사진을 응시했다.

'스즈키 아사미.'

저들 일당 중 유일하게 아무것도 모른 채 범죄에 가담하게 된 억울한 피해자.

"이 친구를 공략하면 좋겠는데…… 으음."

"잠깐…… 안 된……."

갑작스러운 소란에 사진들을 점퍼에 집어넣고 골목을 나선 종혁은 눈을 깜빡였다.

"저건 또 뭐야?"

소방구조대원들이 웬 남성들과 실랑이를 벌이고 있었다.

*　*　*

"그럼 전 이만 가 보겠습니다."
"그래. 수고했어, 스즈키 짱. 이건 오늘 일당."
"아, 아니요! 월급으로 주셔도 되는데요!"
"여자는 많은 게 필요하잖아."
"서, 선생님……."

명망 있는 사람을 만나려면 옷도 격을 맞춰야 한다면서 옷까지 공짜로 줬던 마츠다 리츠코.

아사미는 손에 쥐어진 2만 엔에 눈물을 글썽거린다.

"제가 변호사가 되면 꼭 선생님의 사무소를 찾아갈게요!"
"후후. 스즈키 짱 같은 유능하고 젊은 인재가 내 사무소에 와 준다면 내가 더 감사하지. 내일은 7시까지 와 줘."
"편히 쉬세요!"

마츠다 리츠코에게 고개를 숙인 아사미가 방을 빠져나간다.

달칵!
"……휴."

아사미가 꽉 쥔 주먹을 펴서 손바닥을 본다.

우에다 신죠 교수를 비롯해 오늘 하루만 해도 수많은 권력자들과 만남을 가지면서 시종일관 당당한 모습으로 그들에게 의뢰를 받아 냈던 마츠다 리츠코.

아사미는 이제야 자신의 롤모델이 무엇인지 알 것 같았다.

'닮고 싶어.'

마츠다 리츠코처럼 되고 싶다.

두 눈에 열의가 피어오른 그녀는 입술을 깨물며 몸을 돌렸다.

"아."

커다란 가방을 든 채 이쪽을 향해 다가오는 마츠다 리츠코의 동료들.

아사미는 고개를 숙이며 아래층으로 내려갔다.

한편 룸에 남겨진 마츠다 리츠코가 앞에 쌓인 돈다발과 통장을 바라보며 입술을 달싹인다.

"돈 벌기가…… 쉽네."

이렇게 쉬운 걸 왜 여태껏 하지 않았을까.

왜 정직하게 벌려고만 했을까.

마츠다 리츠코가 양손을 펴서 가만히 바라본다.

향긋한 로션 냄새 사이로 비릿한 냄새가 나는 것 같은 손.

몸을 일으킨 그녀가 창가로 걸어가 어둠에 잠긴 도시를

바라본다.

불과 며칠 전만 해도 불야성처럼 빛으로 가득했던 센다이시.

그녀는 잠시 위스키를 마시며 과거를 추억한다.

* * *

"변호사님!"

"따라와! 여기 증거 좀 더 찾아야 할 것 같아!"

마츠다 법률 사무소는 언제나 활기찼다.

창문을 통해 쏟아지는 포근한 햇빛처럼 열정적인 변호사들로 가득했던 사무실.

마츠다 리츠코도 몸이 부서져라 일하는 그들이 자랑스러웠다.

그런 마츠다 법률 사무소가 무너진 건 고작 한 사건 때문이었다.

"……15년 형에 처한다."

땅땅땅!

"안 돼! 당신 뭐야! 무죄를 받게 해 준다며! 그렇게 해 준다며!"

법원 경비원들에게 끌려가는 의뢰인을 외면한 마츠다 리츠코는 객석에 앉아 자신을 가만히 쳐다보는 한 노인의 무심한 눈빛에 고개를 푹 숙였다.

노인은 몸을 일으켜 마츠다 리츠코에게 다가왔다.

"손자가 감형을 받을 확률은 얼마나 됩니까?"

"……죄송합니다."

사건의 증거가 너무 명확했다. 이쪽에서 어떻게 할 수 없을 만큼.

15년 형도 정말 선처를 받은 것이었다.

"그래요. 수고했습니다. 이 수고는 내 톡톡히 갚죠."

마츠다 리츠코의 어깨를 두드린 권력가는 그렇게 법정을 빠져나갔고, 마츠다 법률 사무소에 끔찍한 악몽이 들이닥쳤다.

-변호에 실패하셨다면서요. 의뢰를 취소할게요.

-알아보니 능력이 썩 좋지 못하더군요. 의뢰를 취소하겠습니다.

"자, 잠시만요! 고객님! 고객님!"

그날 이후 고객들이 떨어져 나갔다.

"저…… 대표님."

"이, 이게 뭐야. 사직서? 히나타, 갑자기 왜 이래? 무슨 일 있어?"

"그동안 감사했습니다."

변호사들이 하나둘씩 관뒀다. 변호 의뢰가 들어오지 않으니 의리로 남아 있던 변호사들도 모두 떠나 버렸다.

언제나 햇살을 포근하게 품고 있던 사무실은 적막하고 쓸쓸해졌다.

그렇게 센다이시에서 다섯 손가락 안에 들었던 마츠다 법률 사무소는 한순간에 망해 버렸다.

찾아가 빌었다. 제발 살려 달라고 빌었다.

하지만 돌아온 건 싸늘한 냉대와 몰골이 엉망이 된 남편이었다.

"여, 여보-!"

사기를 당했다고 한다. 그것도 무려 3억 엔의 사기를.

그렇게 모든 것이 무너져 내렸다.

그녀는 집기마저 모두 팔아 버린 사무실에 가만히 서서 생각했다.

"내가 뭘 잘못했지?"

잘못한 것이라곤 그저 변호를 한 번 실패했을 뿐이다.

그런데 여성의 몸으로 여기까지 성장시켰던 사무실이 망해 버렸고, 변호사들은 도망쳤으며, 자신이 잘나갈 땐 웃으며 반겨 주던 모든 친구, 지인들이 등을 돌렸다.

심지어 언제나 아침마다 웃으며 인사를 해 줬던 옆집 사람도 자신을 무시했다.

허망은 분노로, 분노는 곧 증오로 바뀌었다.

그때, 한 남성이 사무실의 문을 두드렸다.

"저 혹시…… 뭐야, 이사했나?"

"누구……?"

"우왁! 깜짝아! 있다면 있다고 말을 하시지 그랬습니까. 변호 좀 맡기고 싶은데 가능하죠?"

"……네. 어서 오세요."

그렇게 변호를 맡기러 온 사내는 사기꾼이었다.

그것도 무려 1억 엔이라는 거액의 사기를 친 사기꾼.

"무죄를 선고한다."

땅땅땅!

"으하하핫! 감사합니다, 변호사님! 이야! 솜씨 좋으시네!"

"의뢰인."

"예?"

"사기는 어떻게 치는 거죠?"

이날부터 그녀의 인생은 180도 바뀌게 됐다.

* * *

띵동!

"왔나 보네."

몸을 일으킨 마츠다 리츠코가 문을 열어 준다.

"왔어?"

"저 아가씨는 언제까지 데리고 다닐 겁니까? 이거 관계없는 사람이 왔다 갔다 하니 신경이 쓰여서……."

"계속. 병풍으로 좋으니까."

꽤 미인 축에 속하는 아사미.

의뢰인에게 심리적 안정을 줄 장치로, 의뢰인의 긴장과 경계를 풀어 줄 장치론 제격이었다.

"흠. 뭐, 선생님이 알아서 하겠죠. 오, 이건 뭡니까?"

안으로 들어온 사람들이 테이블 위에 놓인 돈다발을 발견하곤 눈을 빛낸다.

"의뢰비야."

오늘 만난 사람들이 준 의뢰비.

누군가는 가지고 있던 현금을 줬고, 또 누군가는 통장으로 이체를 해 줬다.

"전화 한 통으로 이체를 하더라고."

"……역시 있는 놈들은."

인터넷 뱅킹은커녕 폰뱅킹 시스템조차 미비한 일본.

타행 계좌로 이체를 하려면 은행에 들러야 하는데, 그걸 전화 한 통으로 처리한 것이다.

"그보다 어떻게 됐어?"

"……흐."

씩 웃은 철거전문업자가 들고 온 가방을 테이블 위에 내려놓는다.

쿠웅!

얼마나 무거운지 순간 넘어질 뻔한 테이블.

철거전문업자가 가방을 열어젖히자 마츠다 리츠코를 비롯한 사람들이 혀를 내두른다.

"이게 다 뭐야……."

골드바에 귀금속, 달러, 엔화, 위안화, 유로, 심지어 무기명 채권까지 있다.

족히 수천만 엔은 될 보물들.

"들키진 않았지?"

"들킬 리가요."

금고를 한두 번 열어 보는 것도 아닌데 말이다.

옛날 금고전문털이를 하다가 교도소를 몇 번 들락거린 철거전문업자.

"물론 주변에서 알짱거리는 소방대원들이 거슬리기는 했다만."

적당히 잘 둘러대며 금고를 빼돌렸기에 소방대원들이 알아차릴 확률은 없었다.

문제는 이 보물의 주인들이다.

소방대원들과 철거반이 본인의 동네로 향했다는 소식을 듣게 되면 무조건 찾아와 금고 등 귀금속을 확인할 그들.

실제로 철거, 아니 수색을 시작하려고 할 때 찾아온 사람도 있었고, 아예 거기서 상주하고 있는 하수인도 있었다.

그런 사람들 것은 건드리지 않았는데도 이렇게 많은 보물들을 훔칠 수 있었던 것이다.

"금고들은 쓰레기 매립지에 가져다 버린 거 아니었어?"

"버리긴 했습니다만……."

지문도 잘 지워서 가져다 버렸다.

"그럼 됐어."

센다이시의 외곽에 있는 쓰레기 매립지. 그 거대한 곳에서 원하는 걸 찾을 수 있는 사람이 몇이나 있을까.

설사 신이라고 해도 불가능했다.

"그리고 혹시나 찾는다고 해도 문제 있겠어?"

경찰 조사를 좀 받으면 그만이다.

"하긴, 상황이 상황이니까요."

무너진 치안을 유지하는 데만도 벅찬 센다이시 경찰들. 경찰 조사도 제대로 이뤄지지 않을 거다.

"잡혀가면 수고비는 줄게."

"흐흐."

철거전문업자는 씩 웃었고, 마츠다 리에코는 철거전문업자에게 가방 속에 있는 엔화 중 절반을 꺼내 넘겨줬다.

"으허헛. 이런 걸 바란 건 아니었는데!"

"너희들은 돈이 곧 믿음이잖아?"

"으허허허헛! 그럼 내일 뵙겠습니다, 마츠다 씨."

고개를 꾸벅 숙인 철거전문업자들이 나가자 함께 나가지 않고 남아 있던 중년인이 입을 연다.

"마츠다 씨, 굳이 이런 위험을 감수할 필요가 있습니까?"

자칫 꼬리가 밟혔다간 모든 계획이 어그러진다.

"이래야 내게 매달릴 테니까."

소위 있는 자들에겐 최후의 보루인 금고가 사라졌다. 안 그래도 엄청난 손해를 본 그들의 마지막 보루가.

당연히 그들은 범인을 찾기 위해 발악을 하는 것과 동시에 돈 나올 구멍인 자신에게 더 매달리게 될 거다.

의심을 완전히 지워 버린 채.

"……휘유. 이거 똑똑한 분께서 악한 마음을 품으니 징말 무서워지는군요. 뜬금없이 계획을 변경한다고 했을 땐 정말 미쳤나 싶었는데……."

본래는 다른 사기를 기획하고 있었던 마츠다 리에코.

하지만 센다이시를 비롯한 동일본이 박살 나자 생각을 달리했고, 단 하루 만에 계획을 수정하였다.

"흥."

"하하. 그럼 내일은 어딜 가실 예정입니까?"

정확히는 우에다 교수들처럼 어설프게 돈을 가진 사람들이 아닌 진짜배기들과 언제 접촉할 거냐는 뜻.

마츠다 리츠코는 입술을 비틀었다.

"아직은 아니야. 지금은 더 아래로 가야 할 때야."

"더 아래?"

"먼지도 쌓이면 산이 된다는 속담 알지?"

눈을 동그랗게 뜬 중년인은 다시 혀를 내둘렀다.

"걱정 마. 이렇게 돌아다니다 보면 그쪽에서 먼저 다가올 테니까."

그녀는 앞에 놓인 잔을 들어 올렸다.

'그놈들도 불러들여야겠어.'

자신을 배신하고 다른 로펌으로 가거나 개업을 한 과거 동료 변호사들. 지금쯤 일이 없을 그들.

잔인한 눈빛 아래 영롱한 호박빛의 술이 얼음에 뭉개졌다.

* * *

삐비비! 삐비비!

눈을 떠 시계를 확인한 종혁이 얼굴을 구긴다.
"하아."

새벽 5시. 새벽 3시에 작업을 일시 중단하고, 돌아와 겨우 2시간 잠시 눈만 붙인 거다.

하지만 일어나야 했다. 계속 공수하고 있지만, 먹을 물이 부족해 물티슈로 얼굴과 몸을 닦은 그가 정복을 꺼내 입고 컨테이너 하우스를 나선다.

그 순간 주위의 컨테이너 하우스도 문이 열린다.

끼익! 끼이익!

눈을 비비며 나오다 종혁을 발견하고 인사를 건네는 한국 구조대원들.

"최 총경."

"선배님."

올해 경무관 진급이 예정되어 있는 제4부본부장이 경찰 정복을 입은 채 다가오자 종혁이 옅게 웃는다.

"잠은 좀 주무셨습니까. 검사 결과는 어떻습니까."

"다행히 정상이야."

어제저녁이 돼서야 격리가 끝난 제4부본부.

"잠이야 뭐…… 이 나이면 원래 없어지는 거고."

"그래도 주무셔야죠. 나이가 들수록 더 잘 자야 합니다."

"그건 한국 가서 하자고. 그리고 고마워. 덕분에 대원들 전부 피폭을 피할 수 있었어."

구조 작업이 모두 끝난 후 다시 정밀 검사를 해 봐야겠지만, 모두 몸에 후유증은 남지 않을 것으로 예상됐다.

종혁의 준비 덕분이었다.

"계속 센다이시에 있을 거지?"

"아무래도 그러지 않을까 싶습니다."

본부장을 믿을 수가 없다.

그렇게 그들은 두런두런 이야기를 나누며 스타디움 안으로 들어간다. 그들의 뒤를 수백 명이 잠을 깨우기 위한 수다를 하며 따른다.

백인도, 흑인도, 오늘 컨테이너 하우스에서 잔 모든 이들이 뒤를 따른다.

하지만 불이 켜진 필드에 들어서자 그들의 입이 다물어진다.

필드 위에 열 지어 놓여 있는 하얀 천들. 아니, 어젯밤 이곳으로 옮겨진 사망자들이다.

병원 영안실도, 체육관도 둘 곳이 없어 결국 이렇게 야외로 옮겨진 사망자들.

무겁고 뾰족한 잔해에 눌려, 도망치는 사람들에게 짓밟혀, 코와 입을 비집고 들어오는 바닷물에 잠겨 죽어 간 사람들.

"우욱! 우웨엑!"

"외면하지 마. 우리가 구하지 못한 사람들이다."

"끕! 끄흐읍!"

시신을 처음 본 젊은 소방구조대원들이 눈물을 흘리며 이를 악문다. 본격적으로 시신이 발굴되기 시작한 어제는 너무 정신이 없어 제대로 된 반응을 하지 못했던 그들.

죄책감이 온몸을 휘젓는다.

종혁도 씁쓸히 웃는다.

"최 총경은 시신을 많이 봤나 봐."

"못 보지는 않았죠."

그래도 언제나 시신을 볼 때면, 구하지 못해 시신이 되어 버린 사람들을 볼 때면 누군가 심장을 쥐어짜는 것 같다.

"후우. 이제 인사드리자."

"예, 그러…… 아니, 인사는 좀 미뤄야겠네요."

"음?"

저벅! 저벅!

귀를 때리는 구둣발 소리에 모두의 시선이 뒤로 돌아간다.

필드 안으로 수백 명의 사람이 들어선다. 정장을 입고, 머리를 깔끔하게 정돈한 냉막한 얼굴의 사람들.

그 선두에 무로이 코헤이가 서 있다.

종혁과 다른 이들이 그들을 위해 중앙의 자리를 비워 주고, 그 자리를 채운 경시청의 형사들이 하얀 천이 덮인 수백 구의 시신을 보며 이를 악문다.

눈시울이 붉게 달아오르지만, 눈물을 억지로 참아 낸다.

"우리가 늦었군."

"딱 맞춰 오셨습니다."

종혁의 말에 고개를 끄덕인 무로이 코헤이가 다시 시신들을 본다.

"전체 차렷."

고요한 스타디움을 나지막하게 울리는 그의 목소리.

척!

모두가 양손을 양 허벅지에 붙인다.

"경례."

척!

'구하지 못해서 죄송합니다.'

조금 더 빠르지 못해서. 조금 더 세심하지 못해서.

미안하고 또 미안하다.

"바로."

그들은 떨어지지 않은 걸음을 억지로 옮기며 돌아섰다.

그러자 수많은 사람이 스타디움 안으로 밀려 들어온다.

마치 구조대원들은 보이지 않는 듯 그들을 지나쳐 시신들을 향해 달려가는 사람들. 흐려진 눈으로 시신을 덮은 하얀 천을 뒤집는 사람들.

"여보!"

"아들-!"

"으아아앙!"

등 뒤에서 터지는 절규에 그들의 가슴속에서 피가 흐른다.

"시작합시다."
구조를.
그들은 주먹을 꽉 쥐었다.

* * *

"가, 감사합니다, 대표님."
말끔하게 씻은 한 남성이 눈시울을 붉히며 다가온다.
이미 식탁에 앉아 밥을 먹는 옛 동료들이 그를 반긴다.
마츠다 리츠코는 그에게 따끈한 밥이 든 그릇을 넘겼고, 그는 다시 울어 버릴 수밖에 없었다.
이 재앙이 있기 전까지만 해도 몰랐던 일상. 따뜻한 물에 씻고, 따뜻한 밥을 먹으며, 깨끗한 옷을 입는 일상이 얼마나 소중한 것인지 절실히 깨닫는다.
그는 눈물을 삼키며 며칠 만에 먹는 밥다운 밥을 목구멍 안으로 꾸역꾸역 집어넣었다.
마츠다 리츠코는 그런 옛 동료 변호사들의 모습을 차가운 눈으로 바라봤다.
그렇게 후식까지 든든하게 먹자 그들이 자세를 바로 한다.
"……그냥 돕고 싶어서 불렀다는 말은 믿지 않겠네."
"하하."
참 정이 많았던 대표님. 그런 그녀의 보호가 얼마나 큰 것이었는지, 사회에 내던져지고 나서야 확실히 알게 됐다.

재난 특수 ⟨263⟩

세상엔 결코 대가 없는 선의란 것은 없다는 걸.

"좋아. 그러면 내가 현재 계획하고 있는 프로젝트를 알려 줄게."

마츠다 리츠코는 개업을 한 옛 동료들에게 손해 배상에 대해 알려 줬고, 그들은 눈을 동그랗게 떴다.

그러며 새삼 자신들과 마츠다 리츠코의 차이를 알게 됐다.

'이래서……'

이래서 마츠다 법률 사무소가 센다이시에서 다섯 손가락 안에 들었던 것 같다.

자신들은 그저 재난이란 고통에 몸부림치기 바쁠 때, 그녀는 더 먼 미래를 생각하고 있었다.

"개요는 여기까지야."

이 이상은 한편이 되지 않는 이상 알려 줄 수 없었다.

"다들 어떡할래?"

"하겠습니다."

"응?"

단 한 치의 망설임도 없는 그들 다섯.

이들을 꼬드기기 위해 수많은 감언이설을 준비했던 마츠다 리츠코는 눈을 동그랗게 떴고, 그들 다섯 명은 그런 그녀를 보며 웃음을 터뜨렸다.

그리고 동시에 주먹을 꽉 쥐었다.

이미 밥을 먹는 동안 생각을 정리했던 그들.

'드디어 빚을 갚을 수 있겠구나.'

그녀에게 사표를 내밀면서 생겼던 마음의 부채.

살기 위해서라고는 하지만, 그로 인해 끝내 마츠다 법률 사무소가 폐업 직전까지 갔다는 소식을 들었을 땐 얼마나 마음이 안 좋았던가.

그녀가 어려울 때 외면했던 마음의 빚을 갚을 수 있게 된 것이다.

그들의 눈이 마츠다 법률 사무소에 있었을 때처럼 초롱초롱 빛나기 시작했다.

"그보다 고객은 어떻게 확보하시려는 겁니까?"

묵직한 음성에 정신을 차린 마츠다 리츠코는 입술을 비틀었다.

"당연히……."

탁!

USB를 내려놓는 그녀.

"옛 고객님들부터 연락을 드려야지."

그동안 마츠다 법률 사무소에 의뢰를 했던 수천 명의 고객들.

"아!"

그들은 깨달았다. 이 의뢰로 인해 마츠다 법률 사무소가 다시 화려한 복귀를 하게 될 거란 것을 말이다.

'아니, 어쩌면 센다이시 최고가 될지도!'

그들의 가슴에 기대의 흥분이 들어차기 시작했다.

'그렇다면?!'

"대표님! 이걸 받아 주십시오!"

한 사내가 품에서 수첩을 꺼내어 내려놓는다.

사무소를 향해 쓰나미가 들이닥칠 때 가장 먼저 챙겼던 고객 연락처가 적힌 수첩.

"아! 제 것도 받아 주십시오!"

"제 것도!"

마츠다 리츠코는 그런 그들을 보며 속으로 입술을 비틀었다.

그러며 화두를 던진다.

"다들 고마워. 하지만 우리에겐 하나의 큰 난관이 있어."

바로 정부. 정부가 자신들의 요구를 들어주지 않으면 이 모든 계획은 실패로 끝난다.

"정부가 우리의 요구를 들어주게 하려면 어떡해야 할까?"

"……최대한 많은 사람들을 모아야겠군요."

"시민 단체의 도움도 필요할 것 같습니다."

다수가 한목소리를 내면 정부도 무시할 수 없을 터.

"제가 있던 중학교에 이 도움이 절실한 사람들이 많습니다!"

"제가 있던 곳도!"

"전 몇몇 시민 단체의 연락처를 압니다!"

마츠다 리츠코의 미소는 마음속을 벗어나 현실에도 그려지기 시작했다.

마츠다 법률 사무소의 부활이었다.

아사미는 그런 그들의 모습을 보며 두근거리는 심장을 꾹 눌렀다.

* * *

"예, 감사합니다. 계속 수고해 주세요."
통화를 종료한 종혁이 혀를 찬다.
'옛 동료들을 끌어모았다라…….'
장대한 사기극이 본격적으로 시작된 것이다.
"종혁."
"응? 여기서 뭐해요?"
지금쯤 경시청이 차린 대책본부에 있어야 할 무로이 코헤이가 다가오자 종혁은 의아해했고, 그는 어깨를 으쓱였다.
그에 종혁은 낯빛을 굳혔다.
"……설마 밀린 거예요?"
"양보한 거야."
"양보는 개뿔. 진짜 어지간하네요, 그쪽도."
무로이 코헤이는 익숙하다는 듯 웃었고, 종혁은 고개를 저었다.
그런 그들에게 한 노인이 다가선다.
"아, 와쿠 순사부장님."
정년은 현장을 떠나 경찰본부에서 마무리하기 위해 미야기현 경찰본부로 온 그.

"이거 정말 수고하십니다."

푸근하게 웃은 그가 허리를 숙인다.

"감사합니다."

한국의 지원과 경시청의 도착으로 한숨 돌리게 됐다.

만약 이들이 없었다면 센다이시에는 지금보다 더 끔찍한 재앙이 찾아 들었을 거다. 인간이라는 재앙이 말이다.

특히나 한국의 도움은 말도 못한다. 평생 갚아도 갚을 수 없는 빚이었다.

경시청도 의외긴 하다. 연예인이나 정치인, 기업인 등 유명인과 권력가와 연관된 사건이 아니라면 그 무거운 엉덩이를 움직이지 않는다는 경시청.

"아, 아닙니다! 어려울 땐 서로 돕고 사는 거죠. 그보다 어디 가십니까?"

당장 어제까지만 해도 스타디움의 치안을 담당했던 와쿠 순사부장.

"경시청에서 오신 고마운 분들께서 실내 치안을 맡아 주기로 했으니 우린 이제 다시 거리로 나와야죠."

이곳 센다이시는 자신들의 관할이다. 언제까지 다른 사람들의 손에 센다이시의 치안을 맡겨 둘 순 없었다.

이들 덕분에 이렇게 정년을 앞둔 자신도 다시 거리로 나올 수 있게 됐으니 열심히 움직여야 했다.

"아."

"그런데 우치다 놈들과 마찰이 있었다고 들었습니다."

"아아, 예."

어제 제3부본부와 약간의 마찰을 일으켰던 사내들, 아니 야쿠자들. 그들 조직의 이름이 우치다였던 것 같다.
 자신들이 머무르던 건물을 탐색 및 정리하려는 걸 흉기까지 꺼내 들며 막아섰던 그들.
 한국이었다면 그냥 박살을 냈겠지만, 이곳은 일본이었기에 그냥 물러났었다.
 "제가 잘 이야기해 뒀으니 앞으로 놈들이 작업을 방해하는 일은 없을 겁니다."
 "뭐 방해까진 아니었습니다. 그런데 그 안에 귀중한 것이라도 있었나 봐요?"
 "야쿠자 놈들이야 다 똑같죠."
 장부나 조직의 운영 자금 따위였을 것이다.
 1993년 시행된 폭력단 대책법에 의해 국가의 감시를 받기에 계좌 개설이 쉽지 않은 야쿠자들. 장부도 경찰에게 걸리면 바로 끝이기에 기를 쓰고 막았을 것이다.
 "아이고, 놈들이 의미 없는 짓을 했네요. 어차피 이젠 그 짓거리를 안 해도 힘들어질 텐데 말입니다."
 움찔!
 "……그 법이 한국까지 소문이 났나?"
 무로이 코헤이의 말에 종혁은 코웃음을 쳤다.
 "안 났겠습니까? 우리 쪽도 조폭 놈들이 골치인데?"
 폭력단 배제 조례.
 야쿠자 조직원과 그들의 친지 등 관계자들에겐 계좌 개설이나 임대주택 계약, 보험 가입 등 기본적인 활동조차 제한한다는 내요을 담은 법이 올해 시행된다.

 이 법으로 인해 일본 내의 야쿠자 숫자는 급감하게 되고, 야쿠자는 결국 고령화가 되어 점점 옛 영광을 잃어가게 된다.

 훗날 사회의 해충 취급을 받게 되는 야쿠자. 물론 지금도 사회의 해충인 것은 마찬가지지만, 훗날엔 더더욱 그런 이미지를 가지게 된다.

 "호. 한국 야쿠자에 큰 변화가 있었다는데 정말인가 보군요."

 "어휴. 말도 못하죠. 응?"

 고개를 젓다 옆 학교로 들어가는 멀끔한 이상의 여성을, 가슴팍에 변호사 배지를 단 여성을 발견한 종혁이 눈빛을 가라앉힌다.

 '급하기도 하다.'

 "어? 저놈은?"

 와쿠 순사부장의 말에 고개를 돌린 종혁의 옆으로 트럭 한 대가 스쳐 지나간다. 트럭의 보조석에 앉은 사람을 보며 낯빛을 굳히는 와쿠 순사부장.

 종혁도 살짝 놀란다. 그러나 시치미를 뚝 떼고 입을 연다.

 "아시는 사람입니까?"

 "예. 예전에 금고전문털이범으로 유명했던 놈인데……."

 '금고를 전문으로 따던 놈이 철거 일을 한다고? 이 난리통에서?'

평소라면 그냥 마음을 고쳐먹었겠거니 할 일.

하지만 지금은 수많은 사람이 집을 잃은 재난 상황이다.

'그렇지. 집을 잃었지.'

와쿠 순사부장의 눈이 가늘어졌고, 종혁도 생각에 잠긴다.

'금고전문털이범이라…… 왜?'

야심한 시각 마츠다 리츠코의 방으로 들어갔던 중년인. 분명 회귀 전, 마츠다 리츠코의 공범이라 소개됐던 놈.

머릿속이 간질간질해지기 시작했다.

* * *

"더 도와 드릴 일이 없을까요?"
"아니야. 오늘은 이만 돌아가도록 해, 스즈키 짱."
"내일 뵙겠습니다."

고개를 숙이며 방을 나선 아사미가 가쁜 숨을 몰아쉰다.

매일매일 엄청난 모습을 보이는 마츠다 리츠코. 오늘도 정말 엄청났다.

내일은 어떤 대단한 모습을 보여 줄까 기대를 하며 자신의 방으로 내려가던 아사미가 순간 머릿속을 스치는 생각에 잠시 멈춰 선다.

"손해 배상……."

오늘 변호사들이 합류한 이후 손해 배상 대상이 재력가에서 일반 서민들까지 늘어났다.

"그렇다면 집주인 할머니도 받을 수 있지 않을까?"

시골에서 온 자신이, 도호쿠 법대에 입학한 자신이 정말 기특하다며 반찬이나 쌀 등을 매일같이 나눠 주시던 집주인 할머니.

"이, 이 멍청한 년!"

그런 할머니를 까맣게 잊고 있었다.

순간 죄책감에 눈물이 차오른 그녀는 다급히 그녀의 자취방인 맨션으로 달려갔다.

"아?"

쿠당탕! 우당탕!

"저, 저기 여기 맨션에 살던 사람인데…… 어?"

잔해가 치워지고 있는 맨션에 당황하던 아사미가 그곳에 있는 이를 보곤 다시 한번 놀랐다.

"아가씨는 마츠다 씨의……?"

"아, 안녕하세요!"

마츠다 리츠코의 방에 들르는 마츠다 리츠코의 파트너다.

"제, 제가 여기 살아서 그런데……."

"아아. 사망자는 근처 병원으로 옮겨졌어요, 아가씨."

쿵!

"호, 혹시 그중 할머니도 계셨나요?"

"흠. 그런 사람은 없었던 것 같은데…… 어이, 쿠리야마!"

"예, 사장님!"

"혹시 여기서 발견된 시신 중 할머니도 있었어?"

"아, 구출된 분은 계십니다!"

잔해 속에 깔려 있었음에도 찰과상과 양팔이 부러진 것 말고는 멀쩡해서 기억이 난다.

"스타디움으로 옮겨졌다는 말은 들었는데……."

"가, 감사합니다! 감사합니다!"

연신 고개를 숙인 아사미는 몸을 돌리다 다시 철거전문 업자를 봤다.

그의 손에 들려 있는 작은 금고.

의아해하던 그녀는 이내 신경을 끄며 스타디움으로 달려갔고, 철거전문업자는 그런 그녀를 보며 혀를 찼다.

"쯧. 이건 경찰서로 가져다줘야겠군."

센다이시의 경찰들이 너무도 일찍 거리로 나왔다. 마츠다 리츠코의 작업이 끝날 때까진 작은 의혹이라도 피해야 했다.

그는 아쉬워하며 금고를 트럭의 보조석에 놔뒀다.

한편 근처 골목의 어둠에 숨은 와쿠 순사부장은 그런 그의 모습을 보며 눈을 가늘게 떴다.

'저놈 봐라?'

재난 특수 〈273〉

* * *

"저, 정말 손해 배상을 받을 수 있단 말입니까?"

한 변호사가 자신의 앞에 몰려들어 간절히 눈을 빛내는 사람들을 바라본다.

팔에 부목을 댄 허리 굽은 노인.

갓난아이를 품에 안은 젊은 여성.

이제 막 사회생활을 시작한 젊은 청년.

크게 다친 부모를 대신해 찾아온 어린 학생들까지.

각양각색의 사람들이 모두 자신만 바라보고 있다.

일상 속에서 흔히 볼 수 있는 평범한 이들이건만, 그들 모두 집과 재산을 잃은 채 이렇게 추운 체육관에서 골판지 매트에 의지해 재난을 이겨 내려 발버둥을 치고 있다.

변호사는 가슴을 쑤시는 아픔에 입술을 깨물며 고개를 끄덕였다.

"예. 저흰 충분히 배상을 받을 수 있다고 판단하고 있습니다."

"아아."

"그, 그렇다면 배상은 얼마나?"

"아마 잃어버린 집을 다시 얻을 수 있을 정도는 되지 않겠습니까?"

"헉!"

사람들의 눈이 돌변하자 변호사는 고개를 숙였다.

"그러면 충분히 생각해 보신 후 이 번호로 연락을 주십시오."

아직 혼란에서 벗어나지 못한 사람들.

마음 같아선 강제적으로라도 소송에 합류시키고 싶지만, 변호사로서 그래선 안 된다. 좋은 의도로 일을 하고도 끝이 안 좋았던 적이 한두 번이 아니기 때문이다.

찰칵! 치이익!

"후우."

담배 연기가 뿌옇게 뿜어지자 변호사의 가슴속에서 마츠다 리츠코를 향한 감사한 마음이 더욱 커져 간다.

이번 재난에 집과 사무실을 모두 잃은 그.

챙긴 거라곤 고작 연락처 수첩과 2천 엔이 든 지갑뿐.

재난이 언제 수습될지 몰라 담배조차 함부로 피울 수 없었는데, 마츠다 리츠코 덕분에 이렇게 다시 담배를 피울 수 있게 됐다.

그는 또 한 번 일상의 소중함을 느낄 수 있었다.

"저기……."

"응?"

고개를 돌린 변호사는 눈을 크게 떴다.

"너는?"

* * *

"그럼 가 보겠습니다, 대표님."

변호사들이 방을 빠져나간다.

"그래요. 잘 가요. ……응?"

그들을 배웅하던 마츠다 리츠코는 함께 떠나지 않고 남아 있는 변호사에 의아해했다.

"저기…… 대표님."

"차 한 잔 더 줄까요?"

"아뇨. 아닙니다."

고개를 저은 변호사는 이내 한숨을 길게 내쉰다.

이걸 말해도 될까.

고민을 하던 그는 결국 입을 열었다.

"오늘 이토를 만났습니다."

흠칫!

"잘살고 있대?"

마츠다 법률 사무소가 어려워지자마자 가장 먼저 사직서를 내고 센다이시 유명 로펌으로 이직했던 변호사, 이토.

"그게……."

"무슨 말인지 알겠어. 내일 데려와."

"대, 대표님!"

"이토도 우리 가족이었잖아."

"크흑! 죄송합니다. 다니던 사무소 대표가 사망하면서 갈 곳이 없어졌다는 말에 차마 외면할 수가 없어서……."

3월 11일, 대지진이 발생했던 그날 센다이시 로펌의 몇몇 대표들이 모여서 모임을 가졌었고, 그때 화를 피하지 못했다고 한다.

'뭣?!'

깜짝 놀란 마츠다 리츠코가 떨리는 심장을 애써 다독인다.

"저런……."

"정말 감사합니다!"

허리를 꾸벅 숙인 변호사는 혹여 그녀의 마음이 바뀔까 얼른 방을 빠져나갔고, 그런 그를 바라보는 마츠다 리츠코의 입술이 꿈틀거린다.

"안 그래도 연락을 하려고 했는데…… 푸흡!"

하지만 다른 로펌 소속이라서, 혹여 다른 로펌에서 자신을 따라 할까 싶어서 선뜻 연락을 하지 못했던 그녀.

하지만 이젠 괜찮을 듯싶다.

꽤 많은 변호사들이 FA로 나와 있는 것 같았다.

그녀는 가슴 깊은 곳에서부터 치솟는 웃음을 참지 못하고 터트렸다.

"호호호호호!"

대박이다.

이렇게 되면 센다이시 전체를, 아니 미야기현 전체를 뜯어먹을 수 있을 것 같다.

그녀가 자축을 위해 술을 찾는 순간이었다.

쿵쿵쿵!

"누구지?"

의아해하며 문을 열었던 그녀는 깜짝 놀라고 말았다.

"우에다 교수님?"

몰골이 말이 아닌 그의 모습에 그녀는 단숨에 알아차리고 말았다.

'금고가 사라졌단 걸 알아차렸구나!'

"괜찮으세요? 어디 아프신 건 아니죠?"

"내 건강은 됐습니다. 그보다 마츠다 대표."

"예, 교수님."

"배상을 더 받을 수는 없는 겁니까?"

쿵!

순간 그녀의 전신에 전율이 내달린다.

"일단 안으로 들어오시겠어요?"

"내 말에 일단 대답부터 해 주세요."

"……호호. 의뢰비만 더 내신다면 얼마든지 가능하답니다."

"저, 정말입니까?"

"예. 손해 규모를 조금 더 잡으면 될 일이니까요. 하지만 그러기 위해선……."

돈을 써야 한다.

"……얼마나 더 내야 합니까?"

"그건 교수님의 결단에 따라 달라지겠죠."

100만 엔을 더 배상받고 싶으면 30만 엔을.

1억 엔을 더 배상받고 싶으면 3천만 엔을.

"어쩌면 그 이상이 들어갈 수도 있고요."

물론 의뢰비는 선불이다.

"무, 무슨……."

"모든 게 망가진 재난이잖아요. 그쪽에서 공수표를 받지 않을 거라서요. 커피는 어떠신가요? 아니면 차?"

"……술로 합시다. 잠을 푹 잘 수 있게 독한 걸로!"

마츠다 리츠코는 자신을 지나쳐 방 안으로 들어가는 그를 보며 소리 없이 웃었다.

'이거 바로 다음 단계로 넘어가도 되겠네.'

그녀는 활짝 미소를 지으며 문을 닫았다.

* * *

삐이! 삐!

커다란 트럭이 날카로운 소리를 내며 후진을 한다.

"다녀올게."

"다녀오십쇼, 사장님!"

폐기물이 가득 실린 트럭의 운전대를 잡은 철거전문업자가 센다이시 외각의 쓰레기 매립지로 향한다.

쿵짝쿵짝!

"으흐응."

담배를 문 채 경쾌한 엔카 노래에 맞춰 몸을 흔드는 그.

어두운 도로를 달려 쓰레기 매립지에 도착한 철거전문업자가 눈살을 찌푸린다.

"크. 냄새."

언제 와도 익숙해지지 않는 쓰레기가 썩는 냄새.

앞에 줄줄이 늘어서 있는 트럭들에, 자신처럼 센다이시에서 수거한 폐기물들을 가득 실은 트럭들에 그는 조용히 차례를 기다린다.

똑똑!

"어디에서…… 아, 또 사장님이 오셨어요?"

"손이 노는 놈이 오는 거지."

"하하. 예, 확인했습니다! 차례 되시면 저울로 가시면 돼요!"

"그걸 모르겠냐."

센다이시와 톤당 얼마라는 계약을 맺고 폐기물을 처리하는 그들. 하지만 이 양을 속일 수 있기에 이런 교차 검증은 필수였다.

툴툴거린 그가 다시 차창을 올린다.

한참의 시간이 지나 자신의 차례가 되자 액셀을 밟는 그. 저울을 통과하며 수거한 폐기물의 양을 기록한 영수증을 받은 그가 쓰레기 매립지 안으로 들어간다.

하지만 입구에서 멈추지 않고 더 안으로 들어간다.

결국 매립지를 가로질러 끝에 있는 조립식 건물 앞에 트럭을 세운 그.

그으으으윽!

트럭의 짐칸이 들리며 안에 있던 폐기물들을 쏟아 낸다.

그러자 사무실 안에서 사십대 남성이 튀어나온다.

"아, 거 아무 데나 쏟지 말라니까!"

"괜찮아. 냄새 안 나는 것들이야."
"미관이 안 좋잖아, 미관이!"
"풉!"
미관이란 말에 웃음을 터트린 철거전문업자가 트럭에서 내린다.

그에 사십대 사내가 한쪽을 향해 손을 젓고, 이내 어둠 속에서 굴삭기 한 대가 다가와 폐기물 더미를 헤집는다.

"멈춰!"
폐기물 더미 안에서 드러난 금고 하나.
"오, 이 모델은?"
"잔말 말고 장비나 가져와."
"거참 말 거지같이 하네."
"돈 받기 싫다고?"
"그건 아니지. 기다려!"

사내는 얼른 사무실로 들어가 여러 가지 장비들을 가지고 나온다. 다이아몬드 드릴부터 용접기, 케이블 카메라 등 최첨단 장비들.

키이이이잉!
사내가 다이아몬드 드릴로 금고에 구멍을 뚫자 케이블 카메라와 액체질소 등을 든 철거전문업자가 금고 앞에 섰다.

그리고 잠시 후.
"됐다."
철컹!

"……휘유. 이번에도 엄청난데?"

금괴에 귀금속, 달러, 지폐들이 영롱하게 빛나자 사십 대 사내의 눈이 번들거린다.

철거전문업자는 그런 그에게 달러 한 다발을 넘긴다.

"수고비."

"언제나 감사! 커피 한잔할래?"

"커피 좋지. 잠깐 이것만 챙기고."

챙겨 온 가방에 금고 안 내용물을 모두 담은 그는 그걸 트럭의 보조석에 놔둔 후 사내를 따라 사무실 안으로 들어갔다.

그렇게 사무실 바깥에 침묵이 내려앉자 사무실 앞 쓰레기 더미에서 그림자가 하나가 걸어 나온다.

"그래, 이럴 줄 알았다. 내가 말 귀에 염불을 외웠지."

예전에 한 번 검거한 이후 다신 이런 짓을 하지 말라며 직업도 알선해 주고, 좋은 말도 해 줬던 와쿠 순사부장.

하지만 이후에도 똑같은 범죄를 저질러 검거가 됐던 철거전문업자.

그러다 후에 마음을 고쳐먹었단 소리를 들었는데, 이번에도 역시나 변함없이 똑같은 짓을 하고 있었다.

치미는 배신감에 이를 간 와쿠 순사부장은 트럭의 보조석으로 올라가 핸드폰을 들었다.

찰칵! 찰칵!

금고도 찍은 와쿠 순사부장은 사무실을 노려보다 몸을 돌렸다.

'나 혼자선 무리지.'

이젠 비만 오면 얼마 전 수술한 관절이 시큰거리는 노인이다.

'내일 보자, 자식아.'

와쿠 순사부장은 이를 악물며 걸음을 옮겼다.

이 큰 쓰레기 매립지를 걸어서 빠져나갈 걸 생각하니 가슴이 답답했다.

"달은 또 밝네. 에휴."

그렇게 얼마나 걸었을까.

부르릉!

한 3분의 1쯤 걸은 와쿠 순사부장은 뒤에서 들리는 트럭 소리에 얼른 근처의 쓰레기 더미 안으로 몸을 날린다.

'커피는 좀 느긋하게 마시란 말이야!'

얼굴을 구기며 쓰레기더미 안에 몸을 숨기는 그.

끔찍한 냄새가 코를 찌르지만, 그는 이를 악물고 참아낸다.

부르르릉!

점점 가까워지는 트럭의 소리.

눈만 살짝 내민 와쿠 순사부장은 어느새 가까이 다가온 트럭을 보며 입술을 삐죽였다.

"빨리 좀 지나…… 어?"

부아앙!

갑자기 굉음을 내더니 이쪽을 향해 틀어지는 트럭의 머리.

와쿠 순사부장은 눈을 부릅떴다.
콰지지지직!
"커허억?!"
막대한 충격이 와쿠 순사부장의 몸을 덮쳤다.

* * *

저벅저벅.
추가 정보를 전달하기 위해 찾아온 흥신소 사장이 떠나자, 종혁은 차량에 올라 그에게 전달받은 사진을 꺼내 들었다.
만 엔짜리 지폐가 가득 든 종이백을 들고 마츠다 리츠코의 방 안으로 들어간 한 노인.
조사를 해 보니 우에다 신죠라는 도호쿠 대학의 물리학 교수였다.
그뿐만이 아니다. 그 이후로 4명이 더 가방 따위를 들고 마츠다 리츠코의 방으로 들어갔다.
'돈, 사기꾼, 금고전문털이범……'
둘씩 짝지어 놓으면 서로 교집합이 생기지만, 셋을 놓고 보니 잘 생기지 않는다.
"음. 다시 생각해 보자."
일본 정부와 지자체에서 손해 배상을 받게 하겠다는 명목으로 수백억 엔을 의뢰비로 받아 그대로 날라 버린 마에다 리츠코.

피해자의 숫자만 약 7만여 명.

'그런 년이 왜 금고털이범과 짝짜꿍하고 있을까.'

"쉽게 연결이 안 되네…… 에라이."

금고털이범이 무슨 짓을 하려는지는 대충 예상이 간다. 하지만 그것과 마츠다 리츠코는 잘 연결이 되지 않는다.

한참을 생각하던 종혁은 이내 혀를 차며 생각을 그만뒀다.

"일단 이 금고털이범 새끼부터 조져 봐야겠어."

본인의 의지가 아닌 속아서 사기에 가담한 수많은 변호사들과 전혀 다른 이질적인 존재.

종혁은 흥신소 직원을 더 붙여야겠다고 생각하며 차에서 내렸다.

'분명 이놈에게서 마츠다 리츠코를 몰아넣을 단서가 나올 거야.'

그럼 게임은 끝이었다.

"그런데 와쿠 씨는 왜 이렇게 연락이 안 되는 거야?"

금고털이범에 대해 뭔가 더 들을 수 있을까 계속 연락을 해 봤지만 연락이 되지 않았다.

'음? 설마?'

오늘 아침 철거전문업자를 보며 의미심장한 표정을 지었던 와쿠 순사부장.

갑자기 불길한 생각이 든 종혁은 다급히 핸드폰을 들었다.

"저예요, 나탈리아. 지금 위치 추적 좀 해 줄 수 있어요?"

종혁의 표정이 간절해졌다.

'제발 혼자 움직이지 않았기를!'

* * *

"끄으으으!"

온몸이 부서지는 것 같다.

눈앞이 침침해진다.

삐이! 삐! 탁!

"와쿠 씨! 오랜만입니다!"

"너, 너 이 자식……!"

"그런데 우리 와쿠 씨도 많이 늙으셨네. 고작 나 따위에게 미행을 들키고 말이야. 아무리 모른 척하려고 해도 그렇게 티 나게 숨으면 모른 척해 줄 수가 없잖아요."

그 말에 와쿠 순사부장이 눈을 부릅뜬다.

"서, 설마? 너, 너 그래서 가방을……."

"골목에 숨어 노려보던 눈이 어찌나 뜨겁던지…… 어휴. 그나저나 진짜 감이 많이 떨어지셨다. 그걸 봤으면 바로 지원을 불렀어야지."

그럴 걸 그랬다.

'저놈들이 서로를 믿을 리가 없는데!'

견물생심. 그런 막대한 돈을 보여 줬는데, 그걸 아무렇게나 방치할 리가 없다는 걸 까맣게 잊고 있었다.

역시 현장에서 멀어져 있다 보니 감이 떨어진 것 같다.

"역시 늙으면 죽어야 해, 그쵸?"

"이, 이 자식!"

와쿠 순사부장이 젖 먹던 힘까지 짜내 일어나 주먹을 휘두른다.

하지만 철거전문업자는 가볍게 피하며 그의 배에 발을 내지른다.

"크헉!"

다시 악취가 나는 쓰레기 더미에 처박힌 와쿠 순사부장. 그의 앞에 선 철거전문업자가 허리춤에서 칼을 빼 든다.

"오랜만에 만나서 즐거웠고, 성불하쇼."

"아, 안······."

푸우욱!

"끄어억!"

푹!

"끄으읍!"

"음. 됐다."

눈을 부릅뜨며 노려보는 와쿠 순사부장의 모습에 한 번 더 찌를까 했던 그는 이내 관두며 와쿠 순사부장의 품을 뒤져 핸드폰을 빼 든다.

"크. 누가 옛날 사람 아니랄까 봐."

참 옛날 핸드폰을 쓰고 있다.

재난 특수 〈287〉

방금 와쿠 순사부장이 찍은 사진을 삭제하고, 배터리를 분리한 그는 핸드폰과 칼을 와쿠 순사부장에게 쥐여 준다.

그리고 와쿠 순사부장의 머리 쪽에 있는 쓰레기를 잡아 그대로 끌어내린다.

와르르!

양옆의 쓰레기도 끌어와 와쿠 순사부장을 완전히 가린 그가 만족스럽다는 듯 고개를 끄덕인다.

"됐군."

한 번 쓰레기를 버리면 그 누구도 뒤지지 않는 쓰레기 매립지. 이러면 아무도 찾지 못할 거다.

그는 코웃음을 치며 몸을 돌렸다.

트럭에 오른 그는 액셀을 밟았고, 이내 곧 그들이 있던 자리엔 침묵이 내려앉았다.

한편 쓰레기 더미에 매장된 와쿠 순사부장의 몸이 꿈틀거린다.

'아, 알려야 하는데…….'

하지만, 눈이 감긴다. 몸에서 힘이 사라진다.

'하. 드디어 가는구나. 오래 기다렸지?'

먼저 간 아내를 떠올린 그는 미소를 지으며 눈을 감았다.

그 순간이었다.

우르르!

무언가 무너지는 소리와 함께 갑자기 콧속으로 밀려 들어오는 깨끗한 공기.

"……! ……까?!"

와쿠 순사부장은 자신을 향해 손을 뻗는 사람을 발견하곤 눈을 크게 떴다.

* * *

타다닥!

종혁이 빠르게 스타디움의 주차장을 내달린다.

"의뢰인!"

"어떻게 된 일입니까!"

"그, 그게……."

철거전문업자를 미행하고 있다가 갑자기 끼어든 와쿠 순사부장에 짜증이 났었던 흥신소 직원은 상황을 설명했고, 종혁의 얼굴은 와락 일그러졌다.

'이 개새끼가!'

종혁은 방사능 전문가인 CIA 요원을 봤다.

"수술이 끝나 봐야 알 것 같습니다."

안 좋은 부위를 찔렸다.

"죄, 죄송합니다. 최, 최대한 빠르게 데려오려고 했지만……."

혹시나 놈들이 알아치릴까 의료 헬기를 띄우지도 못했고, 그렇다고 구급차로 내달리지도 못했다.

쓰레기 매립지 관리자와 공범인 것 같은 상황에서 흥신소 직원은 그런 모험을 할 수 없었다.

그렇기에 자신이 직접 와쿠 순사부장을 둘러업고 안전한 장소까지 가겠다고 말한 그.

"아닙니다. 저도 허락한 일이잖습니까. 수고하셨습니다."

이 직원이 아니었다면 와쿠 순사부장은 이미 시체가 됐을 거다.

종혁은 카드를 넘겨줬다.

"사고 싶은 게 있으면 사흘 동안 마음껏 사세요. 명품이든, 차든, 집이든."

한 생명을 구하려 애써 준 대가다.

"허어억!"

"집이나 건물을 살 거면 미야기현에선 사지 말고요. 사장에겐 제가 말해 놓겠습니다."

"가, 감사합니다!"

카드를 꼭 쥔 흥신소 직원은 연신 고개를 숙이며 멀어졌고, 종혁은 와쿠 순사부장이 수술을 받고 있는 컨테이너 하우스를 보며 얼굴을 쓸어내렸다.

"거기가 어디라고 혼자 갑니까. 경찰은 무조건 2인 1조잖아요······."

이건 자신의 잘못이다. 증거를 공유하며 수사 협조를 요청했어야 했다.

그랬다면······.

'해 달라는 거 다 해 줄 테니까 제발 이겨 내세요.'
"종혁!"
무로이 코헤이가 달려온다.
"무슨 일이야?"
무로이 코헤이는 종혁의 표정을 보곤 낯빛을 굳혔다. 종혁의 표정에서 무언가 심상치 않은 일이 있었음을 읽어 낸 것이다.

종혁은 주위를 둘러보곤 목소리를 낮췄다.
"와쿠 씨가 당했습니다."
움찔!
"……그때 호텔 로비에서 본 남녀 중 누구지?"
이번엔 종혁이 몸을 굳혔다가 씁쓸히 웃는다.
'하긴 몰라볼 리가 없지.'
한국에서의 연수 이후 프로파일링과 최첨단 과학수사의 필요성을 느끼고 일본 최초의 프로파일링 수사과와 과학수사대를 창설한 무로이 코헤이다.
"……그건 와쿠 씨가 깨어난 이후에 이야기하도록 하죠."
와쿠 순사부장도 이 판에 참가하게 됐다. 그러다 못해 중상을 입었다. 이야기를 들어야 한다면 그가 가장 먼저 들어야 했다.

종혁은 수술실 앞에 놓인 의자에 앉아 입술을 깨물었다.
'부디 이겨 내시길.'

* * *

부르릉!

어두운 밤, 폐기물과 폐자재들을 실은 트럭이 쓰레기 매립지를 가로지른다.

그러다 한 곳에 잠시 멈춰 선 철거전문업자가 산처럼 쌓인 쓰레기들을 보며 히죽 웃는다.

"경찰들도 반응이 없었지."

시간이 제법 흘렀음에도 경찰 중 그 누구도 와쿠 순수 부장이 안 보이는 것을 신경 쓰지 않았다.

정신없이 바쁜 탓도 있었지만, 정년이 코앞인 그였기에 어디 숨어 있더라도 눈치껏 배려하려는 마음도 있었던 것이다.

"크크. 나중에 향은 피워 줄게."

다시 트럭을 몰아 조립식 건물 근처에 주차한 그가 짐 칸을 올린다.

텅!

차에서 내린 그가 의아해한다.

"왜 이렇게 조용······."

오싹!

"빌어먹을!"

본능적으로 느낀 위험에 그는 다급히 트럭을 향해 몸을 돌렸다.

그 순간이었다.

부왁! 꽈아앙!

귀를 스쳐 지나가 트럭의 문을 후려친 돌덩이.

꿀꺽!

마른침을 삼키며 고개를 돌린 그는 도깨비처럼 눈을 부릅뜬 채 노려보고 있는 와쿠 순사부장에 경악했다.

"귀, 귀신?!"

* * *

"귀신 이 지랄하고 있네."

빠아악!

"크흑!"

종혁은 철거전문업자의 뒤통수를 후린 뒤 먼저 체포해 무릎 꿇려 놓은 쓰레기 매립지 관리인들 앞으로 걸어찼다. 그리곤 와쿠 순사부장을 향해 고개를 돌렸다.

"정말 괜찮겠습니까?"

수술대에서 내려와 정신을 차리자마자 자신도 함께 데려가 달라고 말한 와쿠 순사부장. 당연히 걱정이 될 수밖에 없다.

"다행히 위험한 부위는 아슬아슬하게 피해 갔다고는 하지만……."

철거전문업자가 아마추어라서 다행이었다. 프로였다면 수술대에 눕기도 전에 사망했을 정도로 찔린 부위가 위험했다.

"난 괜찮습니다."

현장을 누빌 땐 이보다 더한 상처도 입었다. 그때도 이겨 냈는데 지금이라고 다를까.

최소한 저놈이 교도소로 들어가는 모습을 보기 전까진 죽을 수 없었다.

"그러면 이제 듣도록 하지."

배우들이 모두 모였으니 시나리오를 들어야 했다.

무로이 코헤이가 얼른 말하라는 듯 노려보자 종혁은 조립식 건물 중앙에 있는 테이블에 사진 뭉치를 던졌다.

촤악!

"음?"

"그때 호텔에서 이 여자가 손해 배상에 대해 말했던 거 기억합니까?"

"……설마?"

"예. 전 그때 그게 사기가 아닐까 의심했습니다."

움찔!

종혁과 무로이 코헤이, 와쿠 순사부장의 시선이 철거전문업자에게로 향한다.

흔들리는 눈을 다급히 감추는 그.

선수들 앞에서 애를 쓰는 범죄자를 일견한 종혁이 다시 말을 잇는다.

"그래서 따로 흥신소를 이용해 조사를 해 봤는데, 마츠다 리츠코 이 여자, 마지막 변호 이후 1년여 동안 행방이 묘연했더군요."

"마츠다 리츠코? 설마 마츠다 법률 사무소를 말하는 겁니까? 거긴……."

"예. 한 사건의 변호를 잘못 맡는 바람에 점점 쇠락해 가다가 1년 전 망했죠."

정식으로 폐업 신고를 한 건 아니었다.

"아무튼 그녀가 마지막으로 변호를 맡은 사건이 사기 사건. 이후 마츠다 리츠코는 웬 남성과 함께 자취를 감췄다는 목격 증언을 확보할 수 있었습니다. 전 마츠다 리츠코와 함께 자취를 감춘 남성이 그녀가 마지막으로 변호를 맡은 사기꾼이라고 판단하고 있고요."

그리고 동일본 대지진 직후, 이 센다이시에서 다시 모습을 드러냈다.

"……타이밍이 공교롭군."

"그렇게 확신이 깊어지던 와중에……."

마츠다 리츠코와 깊은 관계를 맺고 있는 듯한 저 철거 전문업자가 와쿠 순사부장을 찌른 거다. 그것도 살의를 가지고.

그 말에 와쿠 순사부장이 의아해한다.

"그것과 이번 일이 무슨 상관입니까? 저놈 그냥 무너진 빈집에서 금고를 빼내 물건을 훔친 것뿐인데……."

"……음? 잠깐, 잠깐."

와쿠 순사부장의 말을 끊은 무로이 코헤이가 두 장의 사진을 집어 든다.

마츠다 리츠코의 방 안으로 들어가는 우에다 신쇼 교수

의 사진들, 날짜가 다른 사진들을.

"이건 왜 이렇지?"

두 사진 속 우에다 신죠 교수의 표정이 너무 다르다.

다른 사진들도 마찬가지다.

"생각나는 게 하나 있긴 한데, 이게 맞는지는 지금부터 확인해 봐야지. 그리고 만약 그게 맞다면 그년은 정말 사기꾼이 된 거고."

종혁이 다시 철거전문업자를 바라본다.

그에 화들짝 놀라 다시 시선을 피하는 그.

"우리 잠깐 이야기 좀 할……."

"여긴 내게 맡겨 주겠어요?"

"와쿠 씨?"

목을 꺾으며 다가가던 종혁은 와쿠 순사부장의 얼굴을 보곤 고개를 끄덕이며 물러났다.

고맙다는 듯 인사를 한 와쿠 순사부장이 의자를 끌고 와 철거전문업자 앞에 놓으며 앉는다.

"어구구. 나이가 드니 이젠 오래 서 있기도 힘들구만. 그러니 너도 젊었을 때 관리해, 이케다."

"와, 와쿠 씨."

"우리가 긴말할 사이는 아닌 것 같으니 나도 짧게 말할게. 우발적으로 갈 거야, 아니면 의도적으로 갈 거야?"

"……와쿠 씨!"

"의도적이면 경관 살해미수 및 유기 혐의로 무기징역 혹은 사형이고, 우발적이면…… 길어야 스무 바퀴 아니겠어?"

"와쿠 씨-!"

짜악!

나약한 노인의 손이 철거전문업자의 볼을 후려친다. 정년을 앞둔 늙은 경찰의 눈이 불타오른다.

"빨리 말해! 지금 네놈들이 누구의 눈에서 피눈물을 뽑으려는 건지 알아!"

재난에 집을 잃고, 가족을 잃고, 희망을 잃은 사람들이다.

재난이 아니었다면 오늘도 아침 일찍 일어나 떠지지 않는 눈을 비비면서 가족을 위해 밥을 차리고, 칭얼거리며 넘어가지 않는 밥을 먹고, 만원 지하철에 답답해하다 저녁에 가족들에게 잘 자라고 말하며 잠들었을 평범한 사람들이다.

이 사람들 눈에서, 자신이 지켜야 할 시민들의 눈에서 피눈물을 뽑는다면 가만두지 않을 거다.

경찰 인생 42년을 모두 걸고 절대 가만두지 않을 것이다.

진심이 가득 담긴 그의 말과 눈빛에 철거전문업자는 고개를 푹 숙였다.

"……저도 뭐가 뭔지는 잘 모릅니다."

자신은 그저 금고를 훔쳐서 그 안에 있는 것을 꺼내 마츠다 리츠코에게 전달한 것밖에 없다. 그 이상은 듣지도 못했다.

"다만 제가 그렇게 금고를 훔치니, 도난당한 사람들이 더 큰돈을 들고 마츠다 씨를 만나는 것 같더군요."

쿵!

눈썹이 크게 흔들린 무로이 코헤이가 종혁을 본다.

"이거?"

"예."

"……끄응. 정말 사기꾼이 맞았군."

"누구 이 늙은이를 위해 설명해 줄 사람 없습니까?"

"간단하지만 이보다 악질일 수 없는 심리적인 장치입니다."

고작 두 달 만에 수백억 엔을 가로채고 자취를 감춘 마츠다 리츠코.

이제야 온전히 이해가 간다.

제아무리 재난 상황이지만 왜 그렇게 많은 사람들이 당했는지.

피해액이 왜 그렇게 컸는지.

"마츠다 리츠코는 저놈을 이용해 사람들에게서 최후의 보루를 없애버린 겁니다."

그것이 단순히 돈일 수도 있고, 추억이 서린 물건일 수도 있다.

"이, 이……! 당장 그년을 체포……!"

"아직 안 됩니다."

종혁은 미간을 좁힌 채 분노를 감추지 못하는 와쿠 순사부장을 바라봤다.

"저놈의 증언을 앞세워 압박해도, 결정적인 물증이 없는 한 마츠다 리츠코가 발뺌하면 아무런 처벌도 할 수 없을 겁니다."

뿐만 아니라 뭇 여론의 몰매를 맞게 될 것이다.

"그녀가 내세운 명분은 대의이자 민의니까요."

대외적으로 마츠다 리츠코는 이번 동일본 대지진에 의해 피해를 입은 이들을 구제해 주기 나선 변호사였다.

그것도 무려 국가를 상대로 한 손해 배상 소송.

패소할 가능성이 높은, 변호사 커리어에 흠집으로 남을 수도 있는 소송이다.

실제로 회귀 전 일본 정부는 여러 이유를 들어 재난민들에게 제대로 된 보상을 해 주지 않았다.

물론 이런 천재지변으로 인한 재난으로 입은 피해를 온전히 보상해 주는 나라가 있겠냐마는, 일본 정부의 대처는 그 최소한에도 미치지 못했다고 할 수 있었다.

아무튼 이렇게 어려움이 예상되는 소송에 먼저 나서서 도움을 주겠다고 손길을 내밀어 준 마츠다 리츠코에게 피해자들은 맹목적인 감사를 표했다.

그런 그녀를 경찰이 명백한 증거도 없이 체포하려고 든다?

모두 거짓이지만, 그 사실을 모르는 피해자들은 경찰에게 분노를 표출할 터였다.

"그런……."

와쿠 순사부장이 좌절한다.

"방법이 없겠습니까?!"

"없긴요."

당연히 있다.

종혁의 입술이 비틀어지자 무로이 코헤이가 철거전문업자를 본다.

"살고 싶나?"

무로이 코헤이의 입술도 비틀렸다.

* * *

철그럭, 철그럭!

큰 가방을 든 철거전문업자가 마츠다 리츠코가 머무는 호텔 방문을 두드린다.

"왔어?"

"시원한 거 있습니까?"

"얼굴은 왜 그래?"

"실랑이가 좀 있었습니다. 그보다 시원한 거는요? 목말라 죽겠습니다."

가방을 테이블에 내려놓은 철거전문업자가 서슴없이 냉장고 문을 열어 맥주를 꺼내 든다.

꿀꺽꿀꺽!

"크으으! 꺼흐윽!"

그런 그를 보며 미간을 찌푸리는 마츠다 리츠코와 사십 대 사내, 아니 그녀에게 사기를 가르쳐 준 사기꾼.

마츠다 리츠코는 고개를 설레설레 젓고는 가방을 열어젖혔다.

"……오늘은 좀 적네?"

"오늘은 죄다 대기하고 있습디다. 에휴. 자기 금고부터 찾아 달라고 어찌나 난동을 부리던지."

"아무래도 공포에서 벗어난 듯싶습니다."

아니면 정말 간절해져 생각이 났거나.

사기꾼의 말에 마츠다 리츠코가 고개를 끄덕인다.

"그렇게 보이네."

생각보다 빠르다. 그녀는 최소한 앞으로 일주일은 더 정신없을 거라고 판단했었다.

"뭐 방법이 없는 건 아니지만. 바람잡이들은 준비됐지?"

"그건 걱정 마십시오."

든든한 말에 마츠다 리츠코가 만족스럽게 웃으며 고개를 끄덕인다.

'앞으로 최소 한 달은 더 혼란이 이어져야 해.'

그래야 원하는 목표를 달성할 수 있다.

"자, 여기. 오늘 일당."

"흐흐. 감사합니다. 아, 그런데 마츠다 씨."

"왜?"

"그런데 이 짓은 왜 하시는 겁니까? 나야 뭐 돈을 버니까 몰라도 상관은 없지만……."

그래도 알면 더 열심히 하지 않겠냐는 듯한 뉘앙스에 마츠다 리츠코가 피식 웃는다.

"그런 건 묻지 않는 게 우리의 룰 아니었어?"

본인이 맡은 포지션에서 본인의 일을 열심히 한다. 다른 사람의 일은 궁금해하지 않는다.

그것이 그들의 룰이었다.

사기꾼은 예외지만 말이다.

"에이. 그러면 됐습니다. 나야 돈만 벌면 되지."

입술을 삐죽인 철거전문업자는 남은 맥주를 들이켰고, 그런 그를 차가운 눈으로 바라보던 마츠다 리츠코는 돌연 한숨을 쉬었다.

"……뭐 상관없으려나?"

그녀는 이유에 대해 간략하게 설명했고, 철거전문업자는 눈과 입을 떡 벌렸다.

"와, 역시 변호사……. 그런 건 어떻게 배우는 겁니까?"

"호호. 배우긴. 타고나는 거지. 이제 알았으면 가 봐."

"흐흐. 그럼 내일 뵙겠습니다."

"쓰레기통은 저쪽."

"수고하십쇼."

철거전문업자는 돈다발로 엉덩이를 툭툭 치며 방을 빠져나갔고, 사기꾼은 그런 그를 보며 눈을 가늘게 떴다.

'흐으음.'

* * *

찰칵! 치이익!

"후우."

호텔을 빠져나온 철거전문업자가 잠시 호텔을 바라보며 담배 연기를 뿜는다.

복잡하고, 미안함이 깃든 그의 얼굴.

차를 타고 본인의 숙소에 도착한 그는 혀를 찬 후 안으로 들어섰다.

"늦었네?"

움찔!

숙소 안에서 핸드폰을 만지작거리는 세 명. 종혁과 무로이 코헤이, 와쿠 순사부장의 모습에 철거전문업자가 얼굴을 구긴다.

'여기에 다 있었다니……'

이럴 줄 알았다면 도망칠 걸 그랬다.

"왜? 도망치게? 어디로 도망치게?"

"……하하하. 그게 무슨 말입니까."

"대가리 굴리지 말고 이리 와."

종혁은 손을 까딱였고, 철거전문업자는 순순히 그의 앞에 선다.

그러자 그의 점퍼 안주머니를 향해 손을 쑥 집어넣는 종혁. 이윽고 그의 손에 MP3 크기의 작은 기계가 딸려 나온다.

무로이 코헤이와 와쿠 순사부장의 얼굴에 초조함이 깃들며 종혁에게 다가신다.

그에 종혁은 녹음 장치의 버튼을 누른다.

그리고…….
-최후의 보루를 뺏기 위해서야.
불끈!
와쿠 순사부장이 주먹을 쥐며 종혁과 무로이 코헤이를 본다.
둘이 추리한 그대로를 말하고 있었다.
"됐군."
이제 끝났다.
발뺌할 수 없는 증거가 쥐어졌다.
셋의 눈이 흉흉하게 빛나기 시작했다.

* * *

아침 7시가 되자 변호사들이 마츠다 리츠코의 방 앞으로 모여든다. 저마다 일행들을 데려온 그들.
"저, 정말 괜찮을까?"
"괜찮아. 대표님은 이미 다 용서하셨어."
"하, 하지만…….
이미 용서를 받은 변호사가 함께 온 일행의 머뭇거리는 모습에 피식 웃으며 방문을 두드린다.
"어서 와, 이토. 그동안 힘들었지?"
"……크흑! 대표님, 죄송합니다! 정말 죄송합니다!"
마츠다 법률 사무소가 어려워지자 가장 먼저 사직서를 내며 이직을 했던 변호사가 굵은 눈물을 흘린다.

그와 마찬가지로 다른 법률 사무소로 이직했던 다른 변호사들도 미안해하고 감사해한다.

이윽고 마츠다 리츠코와 아사미가 만든 따뜻한 밥을 먹으며 눈시울을 붉히는 그들.

이내 밥알 한 톨, 국물 한 모금까지 모두 비운 그들이, 방을 가득 채운 그들이 마츠다 리츠코의 말을 경청한다.

"아마 힘든 싸움이 될 거야. 이렇게 많은 시민들의 요구를 온전히 들어주기는 사실상 힘드니까. 하지만 우린 변호사야."

의뢰인의 의뢰를 무조건 완수해야 할 소명이 있는 변호사.

"모두 힘내자."

"예—!"

방 안, 아니 그녀가 있는 층을 쩌렁쩌렁 울리는 대답.

마츠다 리츠코가 은은하게 웃으며 변호사들을 본다.

"그럼 회의를 시작하자. 유토?"

"예, 대표님. 어제 새로이……."

어제 몇 명이 더 손해 배상 소송 의뢰를 맡겨 왔는지, 희망 배상액이 얼마인지 빠르게 말하는 그들.

그렇게 짧지만 긴 회의가 끝날 때였다.

"저…… 대표님. 제 의뢰인들과 한번 만나 주실 수 있으실까요?"

"의뢰인들을? 음…… 내가 나시시 다독여 주길 바라는 거구나. 그런 거라면 가야지."

당연히 가야 한다.

고작 말 몇 마디 하는 걸로 수백, 수천, 어쩌면 수억 엔을 벌 수도 있는 일이다. 갈 수밖에 없었다.

'대충 손잡고 울어 주며 그들이 바라는 희망을 이야기해 주면 되겠지.'

그러면 사람들은 사기를 당하는지도 모른 채 마지막까지 숨겨 놓은 비상금까지 꺼내 들 것이다.

'호호호!'

호박이 넝쿨째 굴러옴에 그녀는 터지려는 웃음을 억지로 참아 냈다.

"스즈키 짱?"

"오, 오늘 오후 1시부터 2시 사이엔 스케줄이 없으십니다."

"그때 만나는 걸로 하자. 아니……."

마츠다 리츠코가 다른 변호사들을 훑어본다. 그리고 그 뜻을 알아차린 변호사들의 표정이 단숨에 변한다.

"대표님! 제가 있는 곳에서도!"

"저도!"

'호호호호호호!'

마츠다 리츠코는 잔잔하게 웃으며 입을 열었다.

"모두 다이노하라 중학교로 모을 수 있겠어? 어차피 모두 만나면 좋은 거니까."

모두 소중한 돈줄이다. 설령 그 돈이 만 엔, 십만 엔이라도 기꺼이 손을 잡고 웃어 줄 용의가 있었다.

"옛!"
"감사합니다, 대표님!"
"그러면 오늘도 파이팅하자! 하나, 둘, 셋!"
"파이팅-!"
우르르!
'그래, 모두 날 위해 파이팅해 줘.'
방을 빠져나가는 변호사들을 보며 치미는 전율에 잠시 몸을 떨던 마츠다 리츠코가 이내 옷매무새를 바로 한다.
"우리도 출발하자."
"네, 선생님!"
아사미는 얼른 마츠다 리츠코의 가방을 들었고, 둘은 호텔을 빠져나갔다.
그 순간이었다.
스르륵!
그들의 앞에 서는 검은색의 고급 세단 한 대. 조수석에서 내린 한 노인이 그녀를 향해 정중히 고개를 숙인다.
그 순간 마츠다 리츠코의 낯빛이 딱딱하게 굳었다.
"당신은?"
"마츠다 법률 사무소를 다시 오픈하신 것을 축하드립니다, 마츠다 대표님."
결코 잊을 수 없는 얼굴.
마츠다 법률 사무소를 망하게 만든 주범의 하수인이었다.
"당신이 여기까지 무슨 일이죠?"

"어르신께서 뵙고자 하십니다."

스르릉!

움찔!

창문이 열리는 세단의 뒷좌석, 그 안에 앉아 있는 노인을 본 마츠다 리츠코의 입술이 꿈틀거린다.

이쪽은 쳐다보지 않고 앞만 보는 노인.

마츠다 리츠코가 홀리듯 그에게로 걸음을 옮긴다.

'언제 접근해 오나 싶었는데!'

모든 것이 무너졌던 그 지옥 속에서 그토록 보고 싶었던 인물.

이 사기를 기획하며 가장 만나고 싶었던 인물.

마츠다 리츠코의 표정이 사나워진다.

"뻔뻔하시군요."

날카롭고도 뾰족한 음성에 푸근한 인상을 지닌 노인이 그제야 그녀를 바라본다.

"아직도 오해를 하는 겐가?"

빠득!

"쯧쯧. 비즈니스를 한다는 사람이 그렇게 감정적이어서야……."

"어르신과는 감정적일 수밖에 없지 않을까요."

"그래서 이렇게 직접 찾아왔지 않은가."

의뭉스레 웃는 눈 속에는 내가 이렇게 행차했는데도 감히 거부할 거냐는 듯한 압박이 서려 있었다.

하지만 마츠다 리츠코는 허리를 더 펴며 그를 내려다봤다.

"……쯧. 50억 엔이면 되겠나?"

쿵!

'걸렸다!'

드디어 걸렸다. 드디어.

"……오늘 스케줄을 30분씩 뒤로 미루도록 해, 스즈키 짱."

마츠다 리츠코는 속으로 입술을 비틀며 차에 올랐다.

"허허. 역시 여장부 마츠다 대표야."

노인은 자리를 비키며 흡족하게 웃었다.

* * *

방에 도착한 마츠다 리츠코가 저 아래서 멀어지는 차를 보며 부들부들 떤다.

"서, 선생님?"

"잠시만 나가 있어 줄래?"

"네? 네!"

아사미는 얼른 자리를 피했고, 마츠다 리츠코는 몸을 숙인다.

"아하! 아하하하하하하하하!"

결국 웃음이 터진다. 웃음을 참지 못한다.

마치 자신이 의뢰를 받아들일 걸 알았다는 듯 모든 서류를 준비한 그.

자신의 생각보다 더 많은 걸 준비한 그!

'이제 당신도 지옥이구나! 지옥이야!'

대리인 권리를 행사할 수 있는 모든 서류가 자신의 손에 있다.

이 말은 즉, 이 차명으로 형성된 자산을 자신이 임의로 처리할 수 있다는 뜻.

'누구에게 팔까? 어떤 사람에게 팔아야 제값을 받을 수 있을까!'

노인이 센다이시의 절대자라지만, 그건 센다이시에서만 국한된 이야기다. 다른 현으로 넘어가면 이 차명 재산을 사 줄 사람은 넘치고 넘쳤다.

"하아아!"

눈가에 고인 눈물을 닦은 그녀는 애써 거세게 뛰는 심장을 다독이며 방을 빠져나간다.

"꽤, 괜찮으세요?"

"그럼. 괜찮아. 그보다 다음 스케줄은 뭐야?"

"아! 그게……."

노인과의 담소가 너무 길어지면서 오전 스케줄이 모두 취소됐다.

"다이노하라 중학교에서 의뢰인들과의 만남이 예정되어 있었습니다만…… 그러면 식사하실 시간이…….."

"괜찮아. 식사는 나중에 하면 되는 거니까. 그보다는 의뢰인분들을 안심시켜 드리는 게 우선이지. 그럼 가자."

"……네, 선생님!"

'어쩜 이렇게 대단하실까!'

재난민들을 위해서 식사마저 거르는 그녀의 모습에 아사미의 존경심이 더욱 짙어진다.
　그렇게 그들은 다이노하라 중학교로 향했다.
　"오, 오셨다!"
　"오오!"
　활짝 열린 다이노하라 중학교의 대문.
　마츠다 리츠코가 언제 오나 서성이던 사람들이 얼굴을 벌겋게 붉히며, 차오르는 희망에 벅찬 가슴을 누르며 달려오고, 마츠다 리츠코는 그런 그들을 보며 온화한 미소를 짓는다.
　'하. 돈이 달려오는구나.'
　얼굴이 돈처럼 보이는 사람들.
　그들의 손을 일일이 잡아 주며 체육관의 단상에 도착한 그녀의 몸이 다시금 달아오른다.
　체육관을 꽉 채운 것도 모자라, 운동장까지 줄지어 서 있는 의뢰인들의 간절한 눈빛에 그녀의 몸이 뜨겁게 달아오른다.
　'이렇게 많은 사람들이 나를 위해!'
　"반갑습니다. 여러분들을 대신해 소송을 맡을 마츠다 리츠코……."
　"자기소개는 나중에 하도록 하지."
　쿵!
　뜨거워진 그녀의 몸을 단숨에 식히는 차가운 음성.
　고개를 돌린 마츠다 리츠코는 체육관 안으로 들어오는

검은 양복의 사람들과 후줄근한 옷을 입은 거친 향기의 사람들을 보곤 마른침을 삼킨다.

그러다 그들의 뒤에 서 있는 철거전문업자를 발견하곤 눈을 부릅뜬다.

모든 상황을 이해해 버린다.

뚜벅뚜벅!

"다, 당신들은 누구······."

"조용."

마츠다 리츠코의 입을 다물게 한 무로이 코헤이의 구둣발 소리가 침묵에 빠진 체육관을 무겁게 울린다.

그리고 함께 온 센다이시 경찰들과 미야기현 경찰본부의 경찰들, 그리고 경시청의 형사들이 퇴로를 차단한다.

느긋이 걸어 마츠다 리츠코의 앞에 도착한 무로이 코헤이가 겁에 질리는 그녀를 가만히 내려다보다 옆으로 비켜선다.

그러자 와쿠 순사부장이 수갑을 빼 들며 앞으로 나선다.

"마츠다 씨, 잘나가던 대표 변호사가 어쩌다 이렇게 된 거야······."

때려죽일 범죄자이지만, 꼭 해 주고 싶었던 말.

한때 센다이시에서 유명했던 로펌 대표의 추락에 그의 표정이 서글퍼진다.

하지만 그것도 잠시다.

거칠게 마츠다 리츠코의 손목을 잡아챈 와쿠 순사부장

이 그녀의 손목에 수갑을 채운다.

철컥!

"마츠다 리츠코, 너를 사기 혐의로 체포한다."

손목에 닿는 차가운 감촉에 순간 방금 전 만난 노인이 준 차명 자산들이 스쳐 지나간다.

"마, 말도 안 돼."

지금 꿈을 꾸고 있는 것일까.

이제야 복수를 할 수 있는데…….

이제야 자신을 외면한 모든 이들에게 복수를 할 수 있는데…….

이제야 부자로 살 수 있는데!

"이, 이럴 순 없어! 왜! 왜-!"

희망, 돈, 복수까지 모든 것이 박살 난 마츠다 리츠코는, 높은 곳에서 추락한 그녀는 그대로 부서져 버렸다.

* * *

삐용삐용!

"사, 사기라니! 아니죠?! 아닌 거죠! 아니라고 말해-!"

"내, 내 돈! 내 돈 내놔-!"

"으아아아앙!"

마츠다 리츠코에게 당한 사람들이 경찰들을 붙잡고 매달린다.

일말의 희망마저 박살 나 버림에 절규하고 소리친다.

아이들은 겁에 질려 울음을 터트린다.
 한숨을 내쉰 무로이 코헤이와 와쿠 순사부장이 멀리 떨어져 있는 종혁에게 다가간다.
 "축하드립니다, 와쿠 씨."
 7만여 명의 피해를 막은 것뿐만 아니라, 소위 있는 자들의 차명 재산까지 밝혀냈다.
 이 정도면 1계급, 아니 2계급 특진도 노려 볼 수 있는 일.
 아마 정부는 이 재난을 이겨 낼 마스코트, 영웅을 만들기 위해 와쿠 순사부장과 무로이 코헤이를 전면에 내세울 것이다.
 말년을 멋지게 장식하게 된 거다.
 "쿄 형도 축하드리고요!"
 무로이 코헤이도 무조건 1계급 특진이다.
 경시장, 한국으로 치면 경무관에서 치안감 사이의 고위 간부가 되는 거다.
 그렇게 종혁은 좋은 이야기만 하려고 애를 썼다.
 "정말 괜찮겠어?"
 "그, 그래요. 정말 괜찮겠습니까?"
 처음부터 끝까지 종혁이 해결한 사건이다. 그런데 종혁은 그 공을 모두 자신들에게 돌렸다.
 종혁은 미안함에 어쩔 줄 몰라 하는 그들의 모습에 손을 저었다.
 "에이, 됐습니다. 내 나라 사건도 아니고."

일본 사건은 일본 경찰이 해결하는 게 옳았다.
"한국 경찰이 도움을 줬다는 것만 잊지 말아 주세요."
"……이 은혜를 어떻게 잊겠습니까."
비록 정부가 종혁의 공을 숨기고 묻을지라도 자신들 일본 경찰은 절대 잊지 않을 거다.
"흐흐. 나중에 공조나 잘해 주십쇼."
음흉하게 웃은 종혁의 모습에 둘은 고개를 저을 수밖에 없었다.
종혁은 그런 그들을 보며 돌연 낯빛을 굳혔다.
"아마 마츠다 리츠코만 있는 게 아닐 겁니다. 수많은 사기꾼들이 이 재난을, 이 특수를 이용하고 있겠죠."
오키나와를 제외한 사실상 일본 전역에 피해를 준 동일본 대지진.
가장 큰 피해를 입은 동일본 지역뿐만 아니라, 일본 전역에서 이번 재난을 이용한 범죄들이 재난민들의 희망을 농락하고 있을 것이다.
실제로도 그랬다.
"특수……."
무로이 코헤이와 와쿠 순사부장이 몸을 떤다.
재난 특수. 무섭도록, 미치도록 잘 어울리는 단어다.
"바빠지겠군."
아마 앞으로 1년은 잠을 제대로 잘 시간이 없을지도 모른다.
하지만 무조건 해야 될 일이었다.

종혁은 열의에 불타는 둘을 보며 고개를 끄덕였다.
그 순간이었다.
"와, 와쿠 씨!"
그들을 향해 센다이시의 경찰이 달려온다.
"하, 한 명이! 마츠다 리츠코의 파트너였던 놈이……!"
셋의 낯빛이 딱딱하게 굳었다.

* * *

와글와글. 웅성웅성.
"오랜만에 귀국하신 걸 축하드립니다."
"감사합니다."
사십대 남성이, 마츠다 리츠코의 파트너였던 사기꾼이 능숙한 한국어로 입국 심사대를 통과하며 부산항을 나선다.
"예, 과장님. 지금 부산에 도착했습니다. 예. 예. 그러면 다음에 뵙겠습니다."
찰칵! 치이익!
"……후우. 씨발."
얼굴을 구기며 욕설을 내뱉는 그.
모자를 깊게 눌러쓰고, 마스크를 턱에 걸친 그는 주변을 둘러보더니 이내 부산항을 벗어나 도보로 자갈치시장으로 향한다.
그렇게 자갈치시장의 외진 곳으로 향하여 다시 담배를

무는 그에게로 두 명의 남성이 다가선다.

두꺼운 패딩에 카고 바지, 비니를 쓴 둘.

"수고하셨습니다, 윤승현 대리님. 본사에서 왔습니다."

쿵!

슬그머니 둘의 주변을 둘러본 사기꾼이 둘의 얼굴에 드러난 물음에, 왜 도중에 프로젝트를 접고 도주했냐는 물음에 혀를 찬다.

"먼저 보고했다시피 최종혁이 얽혔습니다."

철거전문업자의 반응이 이상했다. 돈만 주면 그 어떤 궁금증도 내비치지 않던 놈이.

그래서 느낌이 이상해 일단 몸을 뺐는데, 아니나 다를까 종혁이 개입해 있었다.

그렇게 자신의 부서에서 오랫동안 기획했던 프로젝트가 허무하게 박살 나 버리고 말았다.

"흠. 알겠습니다. 자세한 이야기는 조용한 곳으로 이동한 뒤에 듣도록 하죠."

본사의 직원들은 들고 온 가방을 내밀었고, 사기꾼은 그 안에 있는 옷과 분장 도구로 환골탈태를 했다.

그리고 본사 직원들과 함께 도보로 자갈치시장을 벗어나 이리저리 헤매다 본사에서 준비한 차를 탄 그.

그런 그가 도착한 곳은 어느 바닷가의 한 섬이었다.

"여긴…… 신안?"

분명 듣기로 최종혁이 있는 곳, 천사의 섬 신안이었다.

사기꾼의 주먹이 그대로 앞 사람을 후려쳤다.

뻐어억!

한편 작은 다리를 지나는 차가 갑자기 휘청거리는 것이 보이는 먼 도로 위.

수풀에 가려진 곳에 차를 정차한 동양인이 핸드폰을 꺼내 든다.

"제임스입니다."

CIA 요원 제임스의 눈빛이 가라앉았다.

5장. 귀국

귀국

"감사합니다. 수고하셨습니다."
꾸욱!
주먹을 쥐었다 편 종혁이 눈을 가늘게 뜬다.
'신안…… 신안이라…….'
하필 공교롭게도 신안이다.
놈들의 지부가 있는 것으로 추정되는 신안.
'놈들일까?'
"맞는 것 같기도 하고."
수법이 딱 놈들이다.
웬만해선 전면에 나서지 않고, 조력자로서 상황을 컨트롤하는 수법이 딱 놈들이 쓰는 수법이다.
하지만 확신은 힐 수 없다.
"흐음……."

"종혁."

"최 총경."

"아, 쿄 형. 와쿠 씨."

종혁은 고개를 들지 못하는 둘을 보며 씁쓸히 웃었다.

자신이 밥상을 모두 차리다 못해 숟가락으로 떠먹여 주기까지 했는데, 결국 마츠다 리츠코의 첫 번째 조력자를 놓치고 만 둘.

'정말 놈들이라면 단순히 감시한다고 될 놈들이 아니니까.'

CIA와 SVR, 국정원의 감시망조차 아무렇지 않게 빠져나가는 놈들이다. 경찰 몇 명으로 놈들을 완벽히 감시한다는 건 불가능한 일이었다.

"에이, 표정들이 왜 그래요. 그만 얼굴 펴고 일하러 갑시다!"

저 재난 현장에 또 어떤 사건이 있을지 모른다.

또 어떤 피해자가 경찰의 도움을 간절히 원하고 있을지 모른다.

"……후우. 그러지."

삐요오옹!

-거기 서!

서로를 본 셋은 사이렌이 울리는 방향을 향해 몸을 날렸다.

* * *

-적게는 수백억, 많게는 수천억 엔의 피해가 발생했을

지도 모릅니다.

"……알겠습니다."

경시청과의 통화를 종료한 일본의 총리가 한숨을 내쉰다.

하마터면 큰 망신을 당할 뻔했다. 일본 전 국민이 힘들어하는 재난 상황에서 일본인이 같은 일본인에게 사기를 치려 한 것이다.

그것도 어쩌면 수천억 엔의 초대형 사기를.

'조기에 막아 낸 것은 다행이지만……'

사건을 해결을 한 경찰이 하필이면 한국 경찰이다.

쾅!

책상을 내려친 일본 총리는 다시 입을 열었다.

"현재까지 한국의 기부금 현황은?"

"구호품 지원을 제외하면 현재까지 100억 엔이 넘습니다."

일본과 거래를 하는 한국의 기업들뿐만 아니라 한국 국민들마저 일본의 재난 구호에 동참을 하고 있다.

일본 내에선 이 재난에서 한국인이 지진을 일으켰다, 자이니치가 우물에 독을 타고 있다, 자이니치가 재난 현장에서 물건을 훔치고 있다 등 여러 유언비어가 확산되고 있는데도 말이다.

사상 초유의 재난.

그렇기에 국민들의 들끓는 분노와 절망을 빨아 줄 욕받이 인형이 필요했고, 일본 정부는 그런 것을 묵인해 주고 있었다.
 국민들의 분노가 정부로 향하는 것보다는 나으니 말이다.
 그런데 이런 일까지 터지고 말았다.
 "사건을 해결한 경찰이 그 경찰이라고?"
 "예. 최종혁 총경. 한국에선 일명 부호 형사로 불리는 초엘리트 경찰로, 본인과 부모의 자산 모두 합하여 수백억 엔으로 판명된 상태입니다."
 그리고 그 막대한 돈으로 현재까지도 일본 정부가 확보하지 못한 숫자의 중장비를 해외에서 들여와 재난 현장에 투입시켰고, 천여 채가 넘는 컨테이너 하우스와 수백 명의 의료인들을 통해 일본 국민들을 돕고 있다.
 게다가 후쿠시마현에서 구출해 낸 재일 한국인들과 외국인들의 숫자는 또 몇 명이던가.
 '그렇게 돈이 많으면서 왜 하필 경찰을!'
 "센다이시의 반응은 어떻다고?"
 "현재까지는 국민들에게 알려지지 않고 있습니다만……."
 구조 활동에 도움을 받은 일본 경찰과 소방대원들이 종혁과 한국 구조본부를 영웅으로 추앙하고 있는 상황이다.
 이 사실이 널리 알려지는 건 시간문제였다.
 지끈!
 그 말에 갑자기 아파 오는 관자놀이를 꾹 누른 일본 총리가 내각의 구성원들을 둘러본다.

"어떻게 대응하는 게 좋겠습니다."
"음……."
슬그머니 시선을 피하며 말을 아끼는 그들.
"뭐라도 말을 해 보세요."
"어흠."
"뭐…… 굳이 이쪽에서 대응할 필요가 있겠습니까?"
일본 총리의 표정이 심상치 않아지자 일단 입을 열었지만, 마땅히 떠오르는 대책은 없자 그들은 화두를 돌렸다.
"그보다 일본 증시가, 나라가 흔들리고 있습니다. 이걸 먼저 해결해야만 합니다, 총리님."
"일본 증시를 흔드는 세력 중 한국의 기업이 있음이 확인됐습니다."
"그게 사실입니까?!"
"예. 한국의 권&박 홀딩스라는 곳에서 현재까지 벌어들인 엔화가 무려 2천억 엔이 넘는다고 합니다!"
"허! 지금 병과 약을 함께 주고 있다는 건가!"
"역시 한국! 앞과 뒤가 다른 놈들이야!"
순식간에 시끄러워지는 그들.
일본 총리는 그 누구도 책임지지 않으려는 내각의 모습에 한숨을 내쉬었다.
"그럼 이 건은 그냥 묻는 걸로 합시다."
"……어흠."
"그래서 현재 빠져나간 엔화가 얼마나 된다고요?"
"미국으로 유출된 엔화가……."

그들은 골치 아프고 예민한 문제보다 당면한 문제부터 해결하기로 했다. 언제나처럼 말이다.

*　*　*

가로등 불빛이 듬성듬성 켜진 센다이시의 거리.

웅성웅성.

불과 며칠 전까지만 해도 밤이 되면 암흑에 물들었던, 사람의 통행이라곤 구조대밖에 없었던 센다이시의 거리에 사람들이 돌아다니기 시작한다.

그런 그들의 얼굴에 서려 있는 미소.

불과 얼마 전까지만 해도 비탄과 절망이 가득했던 거리에 웃음꽃이 피어난다.

비록 온전한 미소를 되찾기까지 많은 시간이 걸릴 테지만, 그래도 사람들은 미소를 지으며 깨끗해진 거리를 걷는다.

술집에 들어찬 사람들이 잠시 시름을 잊고자 술잔을 부딪친다.

드르륵!

"어서 오세요!"

가게를 꽉 채운 채 왁자지껄 떠드는 사람들을 둘러보던 종혁이 한 자리로 다가간다.

"오, 최 총경!"

"왔나?"

"오셨습니까!"

"어후, 아저씨 쉰내. 아저씨 세 명이서 궁상맞게 뭐하는 짓입니까? 안주는 또 왜 이렇게 부실해?"

그 말에 무로이 코헤이와 와쿠 순사부장, 그리고 한국 구조본부의 소방감이 얼굴을 구긴다.

"말 그렇게 하는 거 아니다, 최 총경! 넌 아저씨 안 될 것 같아?! 그리고 안주는 이 정도면 훌륭하지!"

아직도 용돈을 받는 처지인 소방감. 솔직히 안주는 너무 비싸서 감히 시킬 엄두가 안 난다.

무로이 코헤이도 결혼을 위해 돈을 모으고 있었고, 와쿠 순사부장은 노후를 위해 함부로 지갑을 열 수 없었다.

그러면서도 불쌍한 재난민들에게 지갑을 열었던 그들.

키득키득 웃은 종혁이 빈자리에 앉아 손을 든다.

"여기요!"

"네!"

후다닥 여종업원이 달려오자 종혁은 메뉴판을 펼치며 말했다.

"여기 메뉴 처음부터 끝까지 하나씩 다 주세요."

"……네?"

"맥주는 초메가 생맥주로 주시고요."

한 잔의 크기가 1200ml가 넘는 초메가 생맥주.

"……감사합니다! 아빠—!"

"가게에선 사장님!"

종혁이 다정한 부녀의 모습을 보며 푸근히 웃는다.

"다행이네요."

사람들이 웃음을 찾아서.

포기 대신 희망을 품어서.

살아갈 힘을 내고 있어서.

"참 다행이에요."

"모두 너와 한국 덕분이지."

재난이 터지자마자 같은 일본인보다 더 빨리 달려와 도왔던 한국.

종혁이 가져온 중장비와 구호품이 아니었다면 아직도 이곳의 혼란은 수습되지 않았을 것이다.

"당연히 해야 할 일을 했을 뿐인데요, 뭘."

종혁과 소방감은 손을 저었지만, 무로이 코헤이와 와쿠 순사부장, 아니 일본은 그럴 수가 없었다.

종혁은, 그리고 한국은 일본의 은인이었다.

"그런데도……."

뿌득!

오늘 아침 신문 기사를 떠올린 무로이 코헤이가 이를 악문다. 와쿠 순사부장은 고개를 들지 못한다.

'일본의 재난을 이용하는 한국!' 등 악의 가득한 제목의 기사.

일본의 거의 모든 언론사가 한국을 성토하고 있었다. 이는 정부가 개입했다고 봐야 했다.

쿵!

"초메가 생맥주입니다……."

"아, 감사합니다."

괜찮다는 듯 웃어 준 종혁은 커다란 맥주잔을 들어 올렸다.

"자, 그런 정세 이야기는 윗대가리들끼리 하라고 하시고 저흰 술이나 마시죠!"

거의 한 달 만의 술이다. 어차피 하루 이틀이 아닌 일, 그딴 건 신경 쓰고 싶지 않았다.

"……그래. 미안합니다, 소방감."

"흐하핫! 아닙니다! 자자, 건배합시다! 내가 '재난을'이라고 선창하면 '이겨 냅시다'라고 후창하는 겁니다! 재난을!"

"이겨 냅시다!"

채재쟁! 꿀꺽꿀꺽!

"크아아아!"

"으하아!"

좋다. 차갑고 씁쓸한 맥주의 맛이 온몸의 피로를 적시며 녹여 낸다.

"여기 생맥 한 잔 더요!"

"내가 그래서 그냥 멱살을……."

"으하하하핫!"

"하하하핫!"

얼굴이 벌겋게 달아오른 네 명이 웃음을 터트린다.

국적이 다름에도 같은 재난을 헤쳐 나왔기에 한마음이

된 그들. 이 순간 국경은 아무런 장벽도 되지 않았다.
"정말 감사합니다. 정말……."
쿵!
"억! 와쿠 씨? 와쿠 씨!"
흔들어 깨우지만 테이블에 머리를 박은 와쿠 순사부장이 깨어날 생각을 하지 않는다.
그리고 한국 구조본부의 소방감도 어느새 말이 사라진 채 꾸벅꾸벅 졸고 있다.
"하, 이거 현장을 누볐던 양반들이 왜 이렇게 허약한 거야?"
"2차 가야지, 2차!"
"어이쿠. 네. 곧 갈 테니까 잠시 주무시고 계세요."
"응. 깨워야 해……."
결국 픽 쓰러져 벽에 머리를 기댄 채 잠들어 버린 소방감.
못 말리겠다는 듯 고개를 저은 종혁이 무로이 코헤이를 본다.
"얼씨구?"
무로이 코헤이도 입을 꾹 다문 채 술만 홀짝이고 있다.
"이 양반도 취했네. 형, 쿄 형."
"안 취했다."
"예, 그래요. 안 취했습니다. 여기 생맥주 한 잔 더 주세요."
"예, 알겠습니다!"

냉큼 생맥주와 서비스 안주를 가져다주는 사장. 재난이 들이닥치기 전에도 없었던 엄청난 매출에 그의 입가에 미소가 가득하다.

"쿄 형."

"왜 그러지?"

"마스터는 잘 계시죠?"

"마스터?"

초점이 살짝 풀린 눈을 껌뻑이던 무로이 코헤이가 이내 낯빛을 굳힌다.

"……단순히 안부를 물으려는 건 아닌 것 같군."

한때 거물 범죄 브로커였지만, 지금은 지하 바에서 주류를 파는 바텐더인 마스터. 무로이 코헤이의 지인이자, 종혁도 과거 일본에서 한 사건을 해결하며 알게 된 인물이다.

"마츠다 리츠코의 사기가 꽤 치밀했잖아요."

자신도 회귀 전의 기억 덕분에 알아차린 것이지, 아니었다면 마츠다 리츠코가 도망칠 때까지 아무런 의심을 하지 못했을 것이다. 그만큼 시나리오가 좋았다.

"본인은 자신이 설계했다고 말하고 있지만……."

"영감을 준 건 그녀의 파트너다?"

종혁은 고개를 끄덕였다.

물론 그녀가 처음부터 설계를 했을 수 있다.

하지만 종혁이 알아보려는 건 마츠다 리츠코가 설계한 이번 손해 배상 사기가 아니라 그녀의 파트너, 지금 신안에 몸을 숨기고 있는 놈이 마츠다 리츠코를 만나기 전 벌였던 사기 사건이다.

일본에서 발생하는 사기 사건 중 수법이 비슷한 사기는 거의 범죄 브로커를 통한다고 보면 되기에 아직 그쪽에서 눈과 귀를 거두지 않은 마스터와 이야기를 해 볼 필요가 있었다.

'백종명, 그 새끼의 후원 사기도 일본에서 넘어온 것이었지.'

그것도 놈들 회사가 시뮬레이션을 위해 넘겨준 것으로 판단이 되고 있다.

마츠다 리츠코의 파트너가 놈들 회사의 직원으로 의심되기에 한번 알아볼 필요가 있었다.

'만약 이놈이 정말 놈들 회사 소속이라면 지금 덮쳐선 안 돼.'

본사를 쳤음에도 살아남은 놈들이다. 이전보다 더 신중하고 조심스럽게 움직여야 했다.

"알았어. 말해 놓지."

"귀국하기 전에 한번 만나 뵈러 가요."

고개를 끄덕인 무로이 코헤이는 남은 술을 모두 들이켜곤 몸을 일으켜 화장실로 향했고, 종혁도 잠시 몸을 일으켜 술집을 빠져나가 담배를 물었다.

찰칵! 치이이익!

"으하하하!"

"호호호호!"

"3차는…… 저기!"

늦은 저녁이 돼서 그런지 비틀거리며 집으로, 다른 술집으로 향하는 사람들.

이제 일상으로 돌아온 사람들을 빤히 바라보던 종혁은 담배 연기를 길게 내뿜었다.

"슬슬 돌아가야겠네."

한국으로.

지직, 지직.

주머니에 넣어 놨던 방사능 측정 장비를 바라본 종혁이 몸을 돌렸다.

어느덧 4월 중순, 따뜻한 봄바람이 그를 향해 불어오고 있었다.

* * *

쏴아아아!

씻고 나온 종혁이 어젯밤 깔끔하게 다려 놓은 정복을 입고, 컨테이너 하우스를 나선다.

끼익!

"헛! 이제 나오십니까."

"좋은 아침입니다!"

정복을 입은 채 컨테이너 하우스를 나서는 경찰들과 구급대원들.

고개를 끄덕인 종혁이 그들을 이끌고 스타디움으로 향

한다.
"아, 그런데 부본부장님. 우리가 가면 이 컨테이너 하우스들은 어떻게 되는 겁니까?"
"미야기현과 센다이시에서 매입해 저쪽 해안가 마을로 이동시킬 겁니다."
그리고 집을 잃은 사람들에게 무상으로 나눠 줄 거다.
마츠다 리츠코에게 속다 못해 주변 사람들까지, 일반 시민들에게까지 마츠다 리츠코를 찬양하며 끌어들이려 했던 센다이시와 미야기현의 정치인들.
발등에 불이 떨어진, 아니 함부로 거리를 돌아다녔다간 돌을 맞을 수 있을 정도로 신뢰가 떨어진 그들로서는 어떻게든 시민들을 위한 선택을 할 수밖에 없었다.
"오, 웬일이래요?"
"그러게. 나는 쓰레기를 놓고 간다고 지랄할 줄 알았는데."
한국을 욕하는 기사들에 기분이 상해 말이 좀 험하게 나온 구조본부의 사람들.
그래도 센다이시 등 구조본부의 인력이 파견된 곳들에선 마치 은인으로 대해 주고 있지만, 애초에 그 어떤 이득조차 바라지 않고 온 것이지만, 그래도 기분이 상할 수밖에 없었다.
종혁은 씁쓸하게 웃었다.
"안 그래도 이것들을 어떻게 할 거냐고 하기에 걱정 말라고, 싹 다 한국으로 가져갈 거라고 했거든요. 그러니까

오히려 살려 달라고 하더라고요."
"으하하핫!"
"푸하하핫!"
"그런데 이런 건 왜 물으십니까?"
"아니, 뭐……."
"확실히 근무 시간에 농땡이 치기엔 여기만 한 곳이 없긴 하죠?"
"어흠!"
"큭큭큭큭!"
"푸흐흡!"

그렇게 걸어 스타디움 앞에 도착한 스타디움 입구에 도열해 있는 수천여 명의 사람들을 향해 고개를 숙인다.
"선배님."
"최 총경."

후쿠시마현을 훑고 돌아와 미야기현 전체에서 구조 활동과 치안 확립 활동을 벌인 제4부본부.

그 외에도 이와테현으로 향했던 제2부본부, 치바현으로 향한 제1부본부 등 일본 전역으로 흩어졌던 모든 이들이 오늘 한자리에 모였다.
"어이구. 역전의 용사들이 여기 다 계셨네요."
"하하하."

고된 구조 활동에 얼굴이 새까맣게 타고, 일본에 오기 전보다 최소 8킬로그램씩은 빠진 구조본부의 사람들.
"이, 이제 입장해 주시면 됩니다!"

귀국 〈335〉

고개를 끄덕인 그들은 스타디움 경기장으로 향하는 입구를 넘다 잠시 멈춰 서 묵념을 한다.

얼마 전까지만 해도 수백, 수천 명의 시신이 잠시 머물렀던 스타디움.

아직도 이곳에 있을 망자에 대해 예의를 갖춘 그들은 여전히 입을 다문 채 스타디움 경기장 안으로 들어간다.

그러자 객석을 가득 채운 사람들이, 센다이시의 주민들이 그들을 반긴다.

짝짝짝짝짝!

그들을 향해 쏟아지는 우레와 같은 박수들.

꾸욱!

방금까지 기분이 좋지 않았던 한국 구조본부의 사람들이 치미는 감동에, 자발적으로 찾아와서 배웅 인사를 해주는 시민들의 모습에 입을 꾹 다물고, 주먹을 꽉 쥔다.

이젠 깨끗한 옷을 입고, 깨끗이 씻은 센다이시의 사람들.

다행이고, 또 다행이라는 생각이 그들의 가슴에 퍼진다.

종혁은 마이크를 잡은 본부장을 바라봤다.

그동안 별 도움이 안 됐던 본부장. 그걸 아는지 얼굴을 붉힌 그가 마이크를 입으로 가져간다.

"어흠. 안녕하십니까. 미야기현, 그리고 센다이시 주민 여러분. 한국 구조본부의 본부장입니다."

짝짝짝짝짝짝짝!

본부장은 히죽 웃으며 입을 말을 이어 갔고, 사람들은 입을 다문 채 그의 말에 귀를 기울였다.

"비록 재난이 완전히 수습되지 않았음에도 이렇게 가게 됐지만, 저희의 마음은 언제나 이곳에 있음을 기억해 주십시오. 저희가 필요하시다면 언제든 다시 오겠습니다."

"고마워요!"

"감사합니다!"

"잊지 않을 거예요, 한국!"

센다이시 시민들은, 이들에게 구조를 받은 사람들은 기억한다.

어둠과 공포에 질려 떨고 있을 때, 신을 향해 구원을 외칠 때 마치 영웅처럼 나타나 자신들을 구해 준 저들을.

가까운 이웃, 한국인들을.

눈물을 흘릴 듯 달아오른 눈시울로 목이 터져라 외치는 그들의 모습에 사람들이 다시 울컥하며 눈시울을 붉힌다.

그래. 이것이면 충분했다.

지금까지 목숨을 걸었던 것에 대한 대가는.

"전체 차렷! 경례!"

"충성!"

"와아아아아아아!"

4월 20일. 일본의 재난을 돕고자 일본으로 향했던 한국 구조본부가 귀국을 시작했다.

* * *

"방사능 수치가 하루하루 다르게 오르는데, 와……."
"몸은 정말 괜찮아?"
"난 그것보다 싸늘하게 식어 버린 시신이……."
도쿄의 나리타 국제공항. 출국을 위해 모여 있던 대원들 중 한 대원의 말에 저마다 자신의 손을 본다.
잔해 속에 파묻혀 싸늘하게 식어 버렸던 시신들.
구해 내는 순간 마지막 숨을 토해 내며 식어 가던 시신들.
제발 살아 달라고 외치던 절규들.
그 모든 것들이, 그 모든 순간들이 지금도 온몸을 왕왕 울린다.
지금도 현장에 있는 것처럼 몸이 서늘해지고 감각이 곤두선다.
"그, 그래도 구해 냈잖아."
"그렇지? 많이 구해 냈지?"
그랬다. 이 손으로 참 많은 사람들을 구해 냈다.
애써 웃으려 하는 그들을 일견한 종혁이 배웅을 나온 무로이 코헤이를 본다.
'역시…….'
서로를 향해 똑같은 뜻을 담은 눈빛을 보내는 둘.
어젯밤 마스터에게 확인한 결과, 손해 배상 사기에 관한 설계도를 사 간 세력이 있다고 했다.

정체는 불명.

마스터나 그 설계도를 판 범죄 브로커도 느낌이 이상해 뒤를 밟지 않았다고 했지만, 간사이 지방 사투리를 쓰면서도 일본 본토인의 억양이 아니기에 간사이 지방에서 잠시 살았던 인물로 추정된다고 했다.

'간사이라…….'

둘은 서로를 보며 고개를 끄덕였고, 무로이 코헤이가 손을 내밀었다.

"이제 가면 언제 보는 거지?"

"보는 거야 언제든 볼 수 있죠. 나 보고 싶으면 언제든 와요. 나도 쿄 형 보고 싶으면 언제든 찾아올 테니까."

비행기를 타면 고작 2시간이다.

서울에서 신안으로 내려가는 것보다도 덜 걸리는 짧은 시간. 서로가 원하면 언제든 볼 수 있었다.

"사건으로만 보지 맙시다."

"훗. 그래. 사건으로만 보지 말자."

뜨거운 악수를 나눈 무로이 코헤이는 종혁이 표창장 수여를 위해 도쿄까지 올라온 와쿠 순사부장과도 악수를 나누자 입을 열었다.

"전체 차렷!"

척!

한국 구조본부의 대원들을 향해 감사의 눈빛을 보내는 수백 명의 일본 경찰.

그들은 죽는 날까지 잊지 않을 것이다.

일본이 가장 힘들 때 아무런 조건 없이 날아와 일본을 구해 준 이웃 나라의 의로운 이웃들을.
"경례!"
척!
일사불란하게 이마에 닿는 그들의 손에 한국 구조본부의 대원들도 모두 자세를 바로 하며 눈썹 끝에 손을 붙인다.
그리고 돌아선다.
그렇게 위험한 곳을 함께 뒹군 전우들이 이별을 고했다.
뚜벅뚜벅!
"저 사람들이 그 한국의?"
"오오."
신기해하는 시선들에 코와 어깨가 하늘로 승천하는 한국 구조본부의 대원들.
"정말 고마워요, 최 총경님. 덕분에 우리 애들이 무사할 수 있었어요."
후쿠시마현 바로 옆인 이바라키현으로 향한 부본부장이 종혁을 향해 감사를 표한다.
끔찍한 사고가 발생한 후쿠시마와 그리 멀지 않은 곳인 이바라키현. 종혁이 준비해 준 방진복과 방독면 등이 아니었다면 대원들이 피폭됐을지도 모른다.
거기다 컨테이너 하우스와 의료진들은 또 어떻던가.
구조본부에서 사망자나 중상자가 발생하지 않은 건 모

두 종혁 덕분이었다.

"하하, 아닙니다. 그보단 무사하셔서 정말 다행입니다. 재검사는 꼭 받으시고요."

"아무렴요. 아무렴."

"나도 고마워, 최 총경!"

"진짜 자넨 영웅이야!"

"하하하."

종혁은 쏟아지는 감사 인사에 어색하게 웃었다.

"최 총경."

"예, 선배님."

"본부장이랑 한바탕했다며?"

"아. 예, 뭐 이런저런 일들이 있었습니다. 다 끝난 마당이니 더 말해서 뭐하겠습니까."

"하여튼 윗대가리 놈들은…… 쯧쯧쯧. 아, 그런데 전에 웬 외국인들과 꽤 심각한 이야기를 하는 것 같던데, 그분들 누군지 물어도 돼?"

"예? 아아, 기빙의 한국 지부장과 드바 로마노프 코리아와 재팬 사장님들이세요."

"뭐?! 기빙?!"

사람들의 귀가 쫑긋 솟는다.

한국의 경찰과 소방관들에게 너무도 큰 은혜를 준 기빙. 드바 로마노프도 그들과 가족들이 잘 애용하는 글로벌 브랜드다.

"그, 그분들이 왜?"

"이번에 구호품을 마련하는 데 사용된 비용 중 3분의 1을 자신들이 부담하고 싶다고 하더라고요."

"뭐? 아니, 거기서 왜?"

"선의라기보다는 기업을 홍보하기 위한 일종의 마케팅이라고 봐야겠죠."

"음…… 아무튼 좋은 일이네."

부본부장은 다행이라고 생각했다.

이번 구조 활동을 위해 천문학적인 돈을 지출했던 종혁. 종혁이 아무리 부자라지만, 선의로 쓰기엔 너무 많은 돈이었다. 정말 다행이었다.

"아, 그러면 국내 대기업들은? 그치들한테도 마찬가지로 기업을 홍보할 기회였을 텐데?"

"그쪽에서는 대신 다른 걸 준비해 줬습니다."

"다른 거? 그게 뭐…… 응? 어디 가?"

눈을 껌뻑인 사람들은 의아해하면서도 종혁을 따랐고, 이내 눈을 동그랗게 떴다.

기이이이이잉!

포트에 줄지어 세워진 십여 대의 커다란 비행기.

"국내 기업들에서 고생 많았다며 돌아오는 길은 편히 오라고 준비해 준 비즈니스 제트기들입니다. 아무거나 골라 타세요."

"……씨발?"

그들의 입이 떡 벌어졌다.

* * *

"무사 귀환을 축하드립니다."

"감사합니다."

입국 심사장을 나선 종혁이 멍한 표정들의 구조본부 사람들을 보며 피식 웃는다.

'하긴, 비즈니스 제트기는 다들 처음 타 본 걸 테니.'

이코노미만 타던 사람이 퍼스트 클래스를 처음 이용해 봤을 때 느낄 충격과 비슷할까.

어딜 둘러봐도 고급스럽고 우아함의 연속이었던 비즈니스 제트기의 기내.

기내에 침실에 샤워실까지 있는 것을 보곤 다들 충격을 감추지 못했다.

그리고 척 보기에도 값비싸 보이는 접시에 담겨 줄지어 나오던 프랑스식 정찬은 또 어땠는가.

여기 있는 사람들 중 대부분은 난생처음 받아 보는 양질의 서비스였을 것이다.

그렇게 흐느적거리는 사람들을 이끌며 나아가던 종혁은 입국 게이트가 나타나자 관리자들을 툭툭 건드리며 뒤를 돌아봤다.

그에 관리자들도 얼른 정신을 차렸다.

"모두 정렬-!"

"저, 정렬!"

의아해하면서도 얼른 오와 열을 맞추는 사람들.

"우리 유종의 미를 거둡시다!"

"⋯⋯예!"

우렁차게 대답한 후 옷매무새를 가다듬는 그들이 준비가 된 것 같자 종혁이 본부장을 본다.

"어흠! 그럼 나갑시다!"

본부장은 떨리는 심장을 애써 달래며 입국 게이트 너머를 향해 발을 내디뎠다.

그 순간이었다.

촤라라라라라락!

"이쪽을 봐주십시오!"

"여깁니다, 여기!"

사지에서 돌아온 영웅들을 향해 플래시 세례가 쏟아졌다.

짝짝짝짝짝짝!

"수고했어요!"

"여보!"

"아빠―!"

이웃 나라를 위해 목숨을 내놓으며 떠난 구조본부의 대원들에게 박수가 쏟아지고, 안절부절못하며 기다리던 대원들의 가족들이 달려든다.

구조대원들도 마중을 나온 가족들을 끌어안으며, 재난현장에서 벗어났음을 실감한다.

"최 총경, 오늘 한잔해야지?"

"에이. 오늘 한잔하고 각방 쓰시게요?"

"그건 나쁘지 않을 듯……."
"하하. 그러지 말고 이번 주말에 다시 모여서 한잔하시죠."
"그래. 그러자고."

기자들 앞에서 해산식을 마치고 인천공항을 나선 그들은 각자의 기관에서 준비한 버스 앞에 서서 헤어짐을 준비했다.

어차피 재해 현장과 사고 현장을 뛰어다니다 보면 다시 만날 그들. 오늘의 이별은 영원한 이별이 아니었다.

"현장에서 꼭 협조해 주시고요."
"우리 소방관, 구급대원들도 마찬가지야. 사이렌 울리면 좀 도와줘."
"예, 당연히 그래야죠."

그 말을 끝으로 서로를 가만히 바라보는 그들.

지난 한 달 반 동안의 순간이 눈앞을 스쳐 감에, 그들은 잠시 헤어지는 동기의 얼굴을 두 눈에 담는다.

"아, 이러다 남자끼리 정분나겠네."
"크크큭!"
"그럼 다음엔 현장에서 봅시다."
"예."

뜨거운 악수를 나눈 그들이 며칠 뒤를 기약하며 각자의 버스에 오른다.

"어흠! 저…… 최종혁 총경."
"……그동안 수고하셨습니다. 하지만 나신 보지 맙시다, 본부장님."

귀국 〈345〉

"아, 아니! 최 총경! 최 총경!"
버스 좌석에 앉은 종혁은 커튼을 치며 핸드폰을 들었다.
"응, 쿄 형. 방금 도착했어. 와쿠 씨는?"

* * *

짝짝짝짝짝!
경찰 본청 주차장에서 내리는 그들에게 박수가 쏟아진다.
해외에서 한국 경찰의 명예를 드높인 용사들을 위한, 몸 성히 돌아온 것에 대한 안도의 박수. 공항에서처럼 박수가 쏟아진다.
"전체 차렷-!"
얼떨떨해하던 경찰들이 종혁의 큰 외침에 반사적으로 자세를 잡는다.
종혁은 올해 경무관 진급자들을 바라봤고, 그들 중 가장 나이가 많은 이가 피식 웃으며 입을 크게 열었다.
"장희락 경찰청장님과 걱정한 동료들을 향하여 경례!"
"충성-!"
"충성. 무사히 다녀와 줘서 감사하다. 정말 고맙다."
마이크를 내린 장희락 경찰청장이 다가와 경찰들의 손을 잡는다.
"얼굴이 많이 상했군."
"아닙니다!"

"역시 한국 밥이 최고지?"
"예! 그렇습니다!"
그렇게 한 명, 한 명 모두의 손을 잡아 준 장희락이 마지막으로 종혁의 손을 잡으며 묘한 눈빛을 짓는다.
'아주 좋아 죽는구만?'
딱 봐도 알 것 같은 그의 표정.
그럴 수밖에 없다. 일본에 있을 때 알아보니 그 어떤 나라보다, 아니 일본 정부보다 빠르게 급파되어 재난민들의 구조에 나선 한국 경찰의 발 빠른 대처에 칭송이 어마어마했다고 했다.
그것도 모자라 TV 토크쇼나 뉴스에 출연한 그.
종혁의 손을 톡톡 두드린 장희락이 다시 마이크를 잡는다.
"해산식은 공항에서 했을 테니 긴말은 안 하겠다. 모두 저기 한우집으로 돌격! 쉬어도 마시다 죽고 쉬어야지!"
"……우아아아아아아!"
씩 웃은 장희락은 종혁을 비롯한 경무관 진급자들에게 시선을 주곤 본청 안으로 들어갔고, 그들은 한숨을 내쉬며 장희락의 뒤를 따랐다.
달칵!
"이런 개새끼들!"
경찰청장실의 문이 닫히자 경찰모를 벗어 던진 장희락 경찰청장.
그를 뒤따르던 이들은 일그러진 그의 얼굴에 깜짝 놀랄 수밖에 없었다.

귀국 〈347〉

"미안하다. 내가 능력이 부족해서 자네들이 일본에서 그런 취급을 받는데도 아무 말을 못했어."
"아, 아닙니다. 저흰 괜찮습니다!"
"그, 그렇습니다, 청장님!"
경찰의 날 행사와 이번에 일본으로 떠나기 전 때 말고는 장희락 경찰청장과 가까이에서 만나 볼 기회도 없었던 총경들.
안절부절못하는 그들의 모습에 종혁은 속으로 고개를 저었다.
'입 터는 솜씨는 진짜…….'
거의 무협지의 절정고수 수준이다.
"청장님."
"……그래, 최 서장. 하고 싶은 말 있어?"
"일본 경시청 및 일본 동부 전역의 경찰들이 이후 협조 및 공조를 적극 협력해 주겠다는 약속을 해 왔습니다."
움찔!
순간 표정이 굳은 장희락의 입술이 꿈틀거리고, 총경들의 입술이 의기양양한 미소를 그린다.
장희락은 자리에 앉아 다리를 꼬았다.
"그거 자세히 이야기해 봐."
고개를 끄덕이며 자리에 앉은 종혁과 총경들은 일본으로 도주한 한국 수배범들의 송환에 관한 말로 입을 뗐고, 곧 경찰청장실이 뜨겁게 달아올랐다.

* * *

"푸후."

늦은 밤, 술기운에 얼굴이 발갛게 달아오른 종혁이 실실 웃으며 정혁빌딩 안으로 들어선다.

'당분간 다들 기분 좋게 일하겠네.'

이번에 국내 대기업들이 기업을 홍보하기 위한 마케팅 수단으로 지원해 준 것은 전용기만이 아니었다.

항상 위험을 무릅쓰고 고생하는 경찰과 소방관들에게 감사를 표한다며 사무용품에 노트북은 기본이고, 심지어 차량과 순찰 오토바이까지 기부해 주었다.

언제나 예산이 부족한 그들에게는 정말 최고의 선물이었다.

"최!"

벌떡 일어나는 이고르에게 무사히 다녀왔다며 손을 흔들어 준 종혁이 집으로 올라간다.

삐비비비빅! 띠리릭!

문을 열고 들어간 종혁이 잠시 걸음을 멈추며 미소를 짓는다.

그간 얼마나 마음고생을 했는지 한 달여 만에 살이 많이 빠지신 어머니.

종혁은 울컥 차오르는 감정에 그녀를 꼭 끌어안는다.

"다녀왔습니다."

"……몸은? 밥은?"

"몸 건강하고, 후유증 없고, 밥은 잘 먹었어요. 하루에 다섯 끼씩 챙겨 먹었어요."

다행이다. 다행이었다.

고정숙은 무사히 돌아온 아들의 옷자락을 꽉 쥐었고, 종혁은 그녀를 더욱 강하게 끌어안았다.

이제야 한국에 돌아왔다는 것이 실감이 난다.

무사히 돌아왔다는 것이 실감이 난다.

"오빠!"

"형님!"

후다닥 달려오는 순철과 순희.

아쉬워한 고정숙이 종혁의 등을 토닥인다.

"씻어. 밥 먹자."

"옙!"

눈물이 글썽거리는 순철과 순희의 머리를 헝클어트린 종혁은 기지개를 켜며 방으로 향했다.

드디어 한국, 집으로 돌아왔다.

* * *

"……쯧."

환한 백열등 불빛이 사방을 밝히는 사무실.

원탁에 둘러앉은 본사의 최고 임원들이 못마땅한 표정을 짓는다.

"그러니까 최종혁은 아무런 손해를 보지 않았다는 겁

니까?"

 일본 지사 최고의 프로젝트가 될 뻔했던 프로젝트가 어그러졌는데도 아무런 피해를 보지 않았다는 종혁.

 "그것을 넘어, 각 기업들과의 관계가 더욱 공고해졌다고 합니다. 특히 이미 최종혁과 관계가 깊은 걸로 추정되는 드바 로마노프는 감사패와 사례금도 전달한다고 하더군요."

 기빙도 보험에 관한 약관을 상향 조정해 준다고 했다.

 "아니, 도움을 받은 일본도 아니고 왜 외국 기업들이 감사패와 사례금을 주는 겁니까?"

 "알아보니 바람잡이까지 동원해서 그 기업들이 구호품을 지원했다는 사실을 열심히 퍼뜨리고 다녔다고 하더군요."

 사장을 비롯한 최고 임원들이 헛웃음을 터트린다.

 머리를 기가 막히게 쓴 거다. 기업들에서 돈을 내놓을 수밖에 없도록 말이다.

 "에이."

 "최종혁 이 자식의 돈은 대체 언제 떨어지는 건지."

 세상에 돈을 버는 운명을 타고나는 놈은 따로 있다더니 그중 한 명이 최종혁인 것 같다.

 못마땅한 얼굴로 담배를 뻑뻑 피운 그들은 이내 한숨을 쉰다.

 "그나저나 이놈이 다시 신안으로 돌아왔군요. 연수원은 아무 문제도 없는 겁니까?"

 "인신매매 사건으로 인해 설치되는 CCTV의 수가 더 늘어날 거 같지만, 문제 될 정도는 아니라고 봅니다."

"그렇다면 다행이긴 한데……."
"너무 걱정 마시죠. 곧 경무관으로 진급해 본청으로 갈 놈이 아닙니까."
"너무 안심하지는 맙시다. 거기 연수원마저 무너지면 정말 골치 아파집니다."
"거, 말이 씨가 되는데……."
"어흠."
짝!
박수를 쳐서 부산해지는 분위기를 정리한 사장이 낯빛을 가라앉힌다.
"그럼 다음 안건으로 넘어갑시다. 영국 지사에서 공문이 날아왔다고요?"
"예. 위장 회사 하나를……."
종혁에 의해 숫자가 확 쪼그라든 사원들.
현재도 계속 충원시키고는 있지만, 아무래도 예전만큼 복구하는 건 쉬운 일이 아니었다.
줄어든 사원만큼이나 떨어진 매출을 복구하기 위해선 벌어지지도 않은 일을 걱정하기보단 돈 벌 궁리를 해야 했다.
진지해진 그들은 저마다의 의견을 꺼내며 회의를 이어갔다.

(회귀 경찰의 리셋 라이프 38권에서 계속)